Das Schwarze Auge

BARBARA BÜCHNER

AUS DUNKLER TIEFE

Achtundzwanzigster Roman aus der aventurischen Spielewelt

herausgegeben
von
ULRICH KIESOW

Originalausgabe

WILHELM HEYNE VERLAG
MÜNCHEN

HEYNE SCIENCE FICTION & FANTASY
Band 06/6028

Umwelthinweis:
Dieses Buch wurde auf
chlor- und säurefreiem Papier gedruckt.

Redaktion: F. Stanya

Printed in Germany 1997
Umschlagbild: Arndt Drechler
Die Karte auf Seite 6/7 zeichnete Ralf Hlawatsch
Umschlaggestaltung: Atelier Ingrid Schütz, München
Technische Betreuung: M. Spinola
Satz: Schaber Satz- und Datentechnik, Wels
Druck und Bindung: Presse-Druck, Augsburg

ISBN 3-453-12691-2

HEYNE BÜCHER

Fantasy

Herausgegeben von Friedel Wahren

Das Schwarze Auge

1. Band: Ulrich Kiesow, *Der Scharlatan* · 06/6001
2. Band: Uschi Zietsch, *Túan der Wanderer* · 06/6002
3. Band: Björn Jagnow, *Die Zeit der Gräber* · 06/6003
4. Band: Ina Kramer, *Die Löwin von Neetha* · 06/6004
5. Band: Ina Kramer, *Thalionmels Opfer* · 06/6005
6. Band: Pamela Rumpel, *Feuerodem* · 06/6006
7. Band: Christel Scheja, *Katzenspuren* · 06/6007
8. Band: Uschi Zietsch, *Der Drachenkönig* · 06/6008
9. Band: Ulrich Kiesow (Hrsg.), *Der Göttergleiche* · 06/6009
10. Band: Jörg Raddatz, *Die Legende von Assarbad* · 06/6010
11. Band: Karl-Heinz Witzko, *Treibgut* · 06/6011
12. Band: Bernhard Hennen, *Der Tanz der Rose* · 06/6012
13. Band: Bernhard Hennen, *Die Ränke des Raben* · 06/6013
14. Band: Bernhard Hennen, *Das Reich der Rache* · 06/6014
15. Band: Hans Joachim Alpers, *Hinter der eisernen Maske* · 06/6015
16. Band: Ina Kramer, *Im Farindelwald* · 06/6016
17. Band: Ina Kramer, *Die Suche* · 06/6017
18. Band: Ulrich Kiesow, *Die Gabe der Amazonen* · 06/6018
19. Band: Hans Joachim Alpers, *Flucht aus Ghurenia* · 06/6019
20. Band: Karl-Heinz Witzko, *Spuren im Schnee* · 06/6020
21. Band: Lena Falkenhagen, *Schlange und Schwert* · 06/6021
22. Band: Christian Jentzsch, *Der Spieler* · 06/6022
23. Band: Hans Joachim Alpers, *Das letzte Duell* · 06/6023 (in Vorb.)
24. Band: Bernhard Hennen, *Das Gesicht am Fenster* · 06/6024
25. Band: Niels Gaul, *Steppenwind* · 06/6025
26. Band: Hadmar von Wieser, *Der Lichtvogel* · 06/6026 (in Vorb.)
27. Band: Lena Falkenhagen, *Die Boroninsel* · 06/6027 (in Vorb.)
28. Band: Barbara Büchner, *Aus dunkler Tiefe* · 06/6028
29. Band: Lena Falkenhagen, *Kinder der Nacht* · 06/6029 (in Vorb.)

Jeder kennt das Gefühl, daß sich im Neunaugensee etwas verbirgt, aber niemand, der sich auch nur dem Ufer dieses Gewässers nähert, kann das Empfinden leugnen, daß jeden Augenblick etwas aus diesen Wassern herauskommen wird! Niemand, der den seltsamen, stets violett verhangenen Himmel mit den unregelmäßig zuckenden Blitzen über dem See gesehen hat, wird den bedrückenden und zugleich faszinierenden Anblick je vergessen.

QUELINA VON SALMFANG,
Leiterin des größten Binnentempels des Efferd

Ifirns Ozean
Yeti-Land
Riva
Norburg
Bornland
Orkland
Festum
Thorwal
Lowangen
Baliho
Warunk
Mittelreich
Beilunk
Nostria
Havena

Aventurien
Meer der Sieben Winde
Perlenmeer
Fasar
Zorgan
Vinsalt
Kuslik
Khunchom
Mherwed
Liebl. Feld
Khom
Thalusa
Tuzak
Maraskan
Zyklopen-Inseln
Al'Anfa
Brabak
Altoum
Waldinseln
500 Meylen
N
W
O
S

1. Kapitel

Schande über Euch! Welch eine törichte und verwerfliche Frage!«

Der alte Radumar, Magister für Allgemeine und Heilende Magie an der Magierakademie ›Seminar der Elfischen Verständigung & Natürlichen Heilung zu Donnerbach‹, stand hochaufgerichtet vor seinen Schülern. Sein silberweißes Haupthaar schien sich an den Schläfen zu sträuben. Seine Augen blitzten, als sein Blick prüfend über die Klasse glitt und sich dann einem jungen Mann zuwandte. »Ich will es Eurer jugendlichen Wißbegier zuschreiben, Barstopal, daß Ihr sie gestellt habt, sonst müßte ich fürchten, daß Ihr auf dunklen Wegen wandelt, auf sehr dunklen Wegen ... Was Ihr zu wissen begehrt, das ist Borbarads Kunst, und Ihr werdet in einer grauen Schule nichts davon lernen.«

Der Mann, den er angesprochen hatte, war noch blutjung, aber von ebenso feierlichem wie ein wenig seltsamem Äußeren. Sein Haar, das er straff zurückgekämmt trug, war dunkelbraun, ebenso wie seine Augen, die tief in den Höhlen lagen. Die breite Stirn über den spitz zulaufenden Zügen verriet große Willenskraft, ja sogar Starrsinn. Seine Haut, die sich glatt und straff über dem Fleisch spannte, hatte einen gelblichen Stich, als hätte er schon lange die Sonne nicht mehr gesehen – was auch tatsächlich der Fall war, denn der junge Barstopal verbrachte den größten Teil seines Tages in der Studierkammer, und kein noch so lieblicher Rahjamond konnte ihn ins Freie locken.

»Es war nur eine Frage«, erwiderte Barstopal achselzuckend. »Sie ging mir durch den Kopf, und ich suchte Belehrung zu erhalten.«

Beifälliges Gemurmel erhob sich in den Reihen der Studiosi und Studiosae, lag die Wißbegier doch ihnen allen im Blut. Daß ein Lehrer sich weigerte, eine Frage zu beantworten, war schon ein seltsames und ungewöhnliches Ereignis.

Der Zorn des alten Magisters kühlte ab. Insgeheim hatte er durchaus Verständnis dafür, daß ein angehender Magier in den spinnwebverhangenen Ecken und Winkeln seiner Kunst herumschnüffelte. Er selbst hatte sein Lebenlang eine Vorliebe für unlösbare Rätsel und verzwickte Thesen gehabt – erst kürzlich war eine kleine Schrift von ihm erschienen, ›Über die Verteilung der thierischen und menschlichen Anteile bey den Biestingern‹. Dennoch, der Junge mußte gewarnt werden – es gab einfach Dinge, von denen man besser die Finger ließ.

In dem hohen Lehrsaal mit den weißen Butzenscheibenfenstern herrschte aufmerksame Stille, als Radumar das Wort ergriff. »Ich will vorausschicken«, sagte er, »daß wir es hier mit einer theoretischen Abhandlung zu tun haben, denn die Zaubersprüche, die auf die Uralten Wesen einwirken, sind längst verschollen – so wie diese Wesen selbst vom Antlitz Deres verschwunden sind. Ich weiß, man munkelt, daß da und dort noch eines schlafe, aber lassen wir es damit gut sein – lassen wir sie schlafen bis ans Ende der Welt. Die Götter selbst haben sie in ihre dunklen Verstecke geschleudert, und jedem von uns sei der Frevel fern, sie aufzuwecken.«

Er zögerte kurz, dann fuhr er fort: »Es hätte wohl auch keinen Sinn, denn selbst wenn jemand ein solches Wesen aus seinem Schlaf stören könnte, so wäre es doch zu nichts zu gebrauchen; diese Ungeheuer gehorchen nur sich selbst, sie sind stumpf und widerwillig und in ihren eigenen Träumen befangen.«

»Aber wer sind die Uralten Wesen?« warf eine Studiosa neugierig ein. »Ich habe nie von ihnen gehört.«

»Man redet heutzutage auch kaum mehr von ihnen. Sie sind – soferne es sie tatsächlich gibt – Wesen, die lange vor aller Zeit Aventurien heimsuchten. Es heißt, sie seien von jenseits der Sterne gekommen, aus der namenlosen Sternenleere, aber niemand weiß Näheres. Sie erweckten den Zorn der Götter, und diese verbannten sie in die tiefsten Höhlen, die ödesten Moore und das tiefste Meer, wo kein Mensch, Elf oder Zwerg jemals hingelangt, und versenkten sie in tiefen Schlaf. Wie gesagt, die Zaubersprüche sind verlorengegangen, also werden sie wohl in alle Ewigkeit schlafen.«

Barstopal widersprach trotzig: »Wie könnt Ihr wissen, ob die Zaubersprüche verschollen sind? Es gibt noch genug, was auch die Weisen nicht wissen. Habt Ihr die großen Bibliotheken in Fasar und in Anchopal durchforscht, wo alles Wissen über Borbarads Künste aufbewahrt werden soll …«

Der Alte fiel ihm gereizt ins Wort: »Nein, und weder Ihr noch ich werden sie jemals durchforschen, denn die Magier vom ›Orden der Grauen Stäbe‹ hüten ihr Wissen gut, damit es keinem Neugierigen zum Verhängnis wird.«

Barstopal zuckte die Achseln. »Das mag sein. Aber es gibt viele Magier auf Dere, und jeder von ihnen könnte etwas aufbewahrt haben, von dem Ihr nichts wißt. In Selem, meine ich, müßte ein wahres Schatzhaus sein …«

»Dann schert Euch nach Selem, junger Herr!« Der Zorn des Alten loderte ungehemmt auf. »Aber ich warne Euch, ich warne Euch, hütet Euch davor, an solche Dinge auch nur leichtfertig zu denken!« Er atmete tief durch und ließ die Schultern fallen. Die Röte wich aus seinem Gesicht, als er sich langsam beruhigte. Er schüttelte den Kopf und nahm wieder seinen Platz am Katheder ein. »Wir wenden uns wieder dem regulären Lehrstoff zu«, sagte er streng. »Heute befassen wir uns mit der Wirkung von Zaubersprüchen auf die Biestinger – ein ausgefallenes, aber sehr reizvolles Kapitel der Magie ...«

Fünf Jahre später

Die Nacht breitete sich über die Straßen und Gassen von Selem. Über den Sümpfen stand ein Gewitter, dessen Blitze hin und wieder die Umrisse der schlanken Sumpfzypressen aufleuchten ließen. Der Wind fuhr fauchend durch die Gassen und vertrieb die faulige Schwüle des Tages.

Ein einzelner Mann eilte durch die fast menschenleeren Gassen. Er trug einen Umhang, aber keinen Hut, und einer der Blitze riß sein Profil grell aus dem trübschwarzen Dunkel – eine breite Stirn, spitz zulaufende Züge, Augen, die tief in dunklen Höhlen lagen. Mit langen Schritten eilte er dahin, die breiten Schultern gegen den Wind gestemmt, der jetzt immer heftiger wehte.

Barstopal schritt durch die Gassen, ohne nach links und rechts zu blicken. Er beachtete weder das Gegröle, das da und dort aus einem offenen Fenster drang, noch die roten Lichter, die in verschiedenen Hauseingängen brannten. Ein einziges Mal stockte er: Da wurde urplötzlich knapp vor ihm eine Tür aufgerissen, und aus dem Dunkel des Hauses hervor schoß ein splitternackter Mensch, der sich mit beiden Händen den Kopf hielt und brüllte: »O Götter, die Dämonen zerhacken mir das Hirn! Hickehacke, hickehacke ... Helft mir, gnädiger Herr ...« Seine Hände umklammerten Barstopals Arm, er starrte ihn mit fiebrig glitzernden Augen an. »Rote, schwarze, schwefelgelbe«, ächzte er, »und einer greulicher als der andere ... hickehacke, hickehacke ...«

Der Magier riß sich los und stieß ihn beiseite. Der Mann stürzte. Arme und Beine eng an sich gezogen, rollte er im Straßenschmutz hin und her und heulte weiter von Dämonen, die ihm das Hirn aus dem Schädel stahlen.

Du hast nicht mehr viel Hirn zum Stehlen, dachte Barstopal, während er mit langen Schritten das Weite suchte. Er hatte sich an solche traurigen Ereignisse gewöhnt, seit er in Selem wohnte – jeden Tag wurde hier einer auf offener Straße verrückt. Am besten, man achtete gar nicht darauf.

Schließlich erreichte er ein hohes, schmales, aus Lehmziegeln erbautes Haus, das sich zwischen zwei größere Häuser zwängte. Alle Fenster waren dunkel, nur aus dem Oberstock schimmerte das Licht einer Kerze. Der Alte war also noch wach. Wahrscheinlich hielt ihm die Gier nach Rauschkräutern den Schlaf fern.

Barstopal stieg eine halsbrecherische finstere Treppe hinauf, auf der es nach Waschlauge und Fischschnaps roch, und stieß oben eine Tür auf. Sein Blick glitt über ein höhlenartiges kleines Zimmer, das bis zur Decke hinauf mit Regalen vollgestopft war. Bücher, Manuskriptbündel, gerollte Pergamente lagen dort kunterbunt durcheinander. Inmitten des Zimmers saß auf einem niedrigen Bett ein alter Mann, so grau und gebrechlich, daß er eher einem Untoten ähnelte als einem Menschen. Seine rotgeränderten, wäßrigen Augen funkelten im Schein der Kerze.

»Habt Ihr mir die Rauschkräuter mitgebracht?« empfing er seinen Besucher mit krächzender Stimme. »Ihr wißt doch, ich schaffe es nicht mehr selbst bis zum Tempel des Boron ...«

Barstopal warf ihm einen Bund Rauschkräuter zu, den er augenblicklich mit gierigen Händen umklammerte. »Wo sind die Papiere?« fragte er scharf.

»Dort hinten auf der Truhe.« Der Alte schnüffelte bereits verzückt an den Kräutern. »Ihr könnt sie alle haben, alle ... aber vergeßt das Gold nicht.«

Der Magier trat an die Truhe heran. Seine Hände zitterten, als er die alten Pergamente berührte. Tatsächlich, da waren sie, die Sprüche, die er gesucht hatte … seit unvordenklichen Zeiten weiter- und weitergegeben, bis sie endlich in dieses Rattenloch geraten waren, in dem ein schwachsinniger greiser Magier sich nur mehr mit Schnaps und Kräuterrausch befaßte. Was mochte hier noch alles verborgen sein! Aber es würde Monate dauern, diese dicken Papierbündel zu durchforsten, und er wollte nicht mehr Zeit in Selem verbringen – die Stadt stahl einem das Hirn aus dem Kopf; die giftige Luft der Sümpfe, die Rauschkrautnebel, die beinahe jeden Einwohner umschwebten, die ständige Schwüle …

Er schreckte auf, als er es draußen heftig donnern hörte. Ein Windstoß rannte gegen das Gebäude an, daß die morschen Holzläden knirschten. Wenn er sich nicht bald aus Selem verabschiedete, würde er enden wie dieser alte Basilisk hier.

Nein, er brauchte zunächst frische Luft und einen klaren Kopf. Die größten Schwierigkeiten lagen schließlich noch vor ihm.

Wiederum zwei Jahre später

An einem regenverhangenen dunklen Abend pochten drei Männer an das Haus des Weinhändlers Knorrhold Erlgrimm im Tralloper Stadtteil Hohenufern. Knorrhold, der als Sonderling galt, wohnte ganz allein mit einer taubstummen Magd in einem düsteren Fachwerkhaus. Er kam selbst zur Tür, und als er den Anführer der drei erkannte, verbeugte er sich tief. »Ihr seid es«, flüsterte er freudig erregt. »Ich hoffte nicht, Euch noch einmal wiederzusehen.« Seine Stimme bebte vor Gier. »Und … habt Ihr es?«

»Erst laßt mich hinein und stellt mir einen Trunk auf den Tisch«, erwiderte der Mann gereizt. »Danach können wir alles besprechen.«

Knorrhold murmelte eine Entschuldigung und ließ die drei späten Gäste ein. Der Anführer war ein hochgewachsener Mann mit wächserner Haut, tief eingesunkenen Augen und einem spitzen Bart. Die beiden anderen trugen fremdländische bunte Tracht unter den Kapuzenmänteln.

Knorrhold jagte die Magd in die Küche, eine Mahlzeit zu bereiten, dann öffnete er eine Amphore Balihoer Bärentod und schenkte den Männern ein. Er tat sein Bestes, gastfreundlich zu sein, obwohl die düstere Stube mit den schweren schwarzbraunen Großvatermöbeln wenig dazu angetan war, eine heimelige Atmosphäre zu schaffen. Auf einer Kommode saß eine bronzene Eule; ihre weitaufgerissenen runden Augen schienen allem Geschehen im Raum zu folgen. Die beiden dicken Kerzen auf dem Tisch füllten die Ecken und Winkel mit zuckenden Schatten.

Knorrhold – ein hochgewachsener, hagerer Mann mit strähnigem Haar und einem schiefen Mund – starrte den Anführer neugierig an. »Wo wart Ihr, Meister Barstopal? Ihr wart so lange weg; ich dachte nicht, daß Ihr je wiederkämt.«

»Die Dinge brauchen ihre Zeit«, erwiderte Barstopal. »In der Lowanger Schwarzen Schule war nichts zu holen. Ich mußte bis nach Selem reisen, um eine Abschrift zu finden.«

Knorrhold preßte beide Hände aufs Herz. »Dann habt Ihr es also gefunden?«

»Ja, aber der Spruch allein hätte mir wenig genutzt. Es erfordert übermenschliche Kraft, ihn zu sprechen. Hätte nicht ...« Er zögerte und schien nach Worten zu suchen. »Nun, ich erhielt unerwartet Hilfe. Es gibt nämlich noch jemanden, der das Erwachen des Omegatherions wünscht – so nennt er die Kreatur.«

»Wer ist er?« fragte Knorrhold mißtrauisch. »Ihr wißt, das kein Außenstehender ...«

»Außenstehender!« lachte Barstopal mit metallischem Klang auf. »Es ist Borbarad selbst, du Narr!« Ein merkwürdiges Glühen trat in Barstopals Augen. »Er ist zurück – unsterblich, mächtiger denn je! Einer seiner Vertrauten, ein gewisser Liscom von Fasar, hat wohl jahrelang in Selem geforscht. Jedenfalls hat Borbarad mich über den Spruch aufgeklärt.«

Knorrholds Hände klammerten sich an der Tischplatte fest, als fürchte er, weggerissen zu werden. »Ihr ... Ihr habt mit ihm gesprochen? Mit ihm selbst?« Seine Stimme quäkte beinahe vor Furcht.

»Ja, mit ihm selbst. Er kannte den Spruch – natürlich! Und er hat ausdrücklich bekräftigt, daß wir das Omegatherion – das Uralte Wesen – wecken sollen. Er hat mir auch die Kraft gegeben, es zu tun.«

»Gegeben?« echote Knorrhold mit gepreßter Stimme.

Barstopal hob mit langsamer Gebärde die linke Hand, an der ein Ring prangte. Es war ein einfacher Reif aus einem schwarzen, offenkundig magischen Metall, in dessen Fassung ein fingergliedgroßer Blutopal glühte. Während Knorrhold ihn mit aufgerissenen Augen beglotzte, meinte Barstopal: »Ihr könnt seine wahre Schönheit gar nicht erkennen. Aber für einen Magier ist es ein Ausdruck blendender Macht. Die astrale Kraft in diesem Stein übersteigt die jedes sterblichen Beschwörers.«

Dann sank er in sich zusammen, und Erschöpfung malte sich auf seinem Gesicht. »Jetzt ist nur noch die Frage, ob mein Leib diese Energien bündeln kann, ohne dabei zu vergehen. Es wird noch eine Weile dauern, bis ich stark genug bin ...« Dann wechselte er abrupt das Thema. »Wie geht es dem Kreis?«

»Alle sind wohlauf und voll Sehnsucht, von Euch zu hören. Sie fiebern dem Tag entgegen, an dem das Uralte Wesen erwacht. Mittlerweile bringen wir unsere Opfer und halten die Gesänge ab, aber wir müssen vorsichtig sein, denn in dieser Stadt gibt es viele Soldaten und viele neugierige Augen und Ohren. Dank dem Namenlosen, daß wir bis jetzt keine Schwierigkeiten hatten. In diesem Nest hier weiß jeder alles über den anderen.« Er grinste unterwürfig, wobei seine großen gelben Zähne sichtbar wurden. »Es ist uns aber immer gelungen, die geforderten Opfer zu bringen.«

Barstopal tat einen tiefen Schluck vom Balihoer Bärentod. »Die Zeit wird kommen, da wir uns nicht mehr um die anderen kümmern müssen. Wenn der Große Alte erst erwacht ist, wird er das Land beherrschen, und wir werden ihm ungestört Opfer darbringen.«

Inzwischen kam die Magd mit dem Essen, und eine Weile herrschte Schweigen am Tisch, während sie sich über die Fleischklößchensuppe und die zwei Hühner mit Gemüse hermachten. Dann fragte Knorrhold: »Was habt Ihr jetzt vor?«

»Ich will in Trallop ungesehen bleiben«, erwiderte Barstopal. »Ihr müßt mir drei Pferde besorgen und genug Vorräte für einige Wochen, dann will ich von hier aus geradewegs ins Nebelmoor ziehen. Dort gibt es einen Ort, den ich für geeignet halte. Und *sie* sind dort ... die Hüter des Moors. Sie werden uns helfen.«

Knorrhold zögerte. »Nehmt Euch in acht vor ihnen. Sie sind tückisch und feindselig. Meint Ihr wirklich, daß es Euch gelingen wird, sie im Zaum zu halten?«

»Sie sind ebenso begierig wie wir, daß der Große Alte wiederum auftaucht. Nein, ich mache mir keine Sorgen. Also besorgt mir die Vorräte und achtet darauf, daß niemand Fragen stellt.«

»Gewiß nicht«, versicherte Knorrhold eifrig. »Die Brüder und Schwestern vom Kreis werden alles erledigen. In zwei oder drei Tagen werdet Ihr reisefertig sein.«

»Gut. Dann richtet mir und meinen Gefährten jetzt ein Bett, wir haben eine lange Reise hinter uns.«

Als die drei zu Bett gegangen waren, saß Knorrhold noch lange in seiner Stube und trank einsam den Rest des Balihoer Bärentods aus. Er wagte kaum zu glauben, was geschehen war. So lange hatten sie gewartet, und nun trug Barstopal den Schlüssel bei sich, um den Großen Alten zu erwecken. Ein paar Wochen noch, und der Kult würde wieder aufblühen.

Schließlich stand er auf und öffnete eine kaum sichtbare kleine Tür in der Wand. Dahinter lag ein schwarz ausgemaltes Kämmerchen, geschmückt mit den purpurnen Insignien des Namenlosen. Auf einem Betschemel lag eine Abschrift des Buches *Die dreizehn Lobpreisungen des Namenlosen*, ein Werk, das jeden normalen Menschen in den Wahnsinn gestürzt hätte. Knorrhold kniete nieder, öffnete es und begann zu lesen. Nach einer Weile begann sein Körper krampfhaft zu zucken, Schaum trat ihm vor den Mund. Seine murmelnde Stimme wurde immer lauter und inbrünstiger, bis sie sich plötzlich zu einem meckernden »Ny-ää!« erhob. Die Züge gräßlich verzerrt, sprang er auf und begann in der schwarzen Kammer zu tanzen.

Zwei Wochen später

Die Abendschatten senkten sich über das Nebelmoor. Das Madamal glühte rot aus einer flüchtigen Wolkenbank hervor, die wie ein Nebelstreif am Himmel hing. Unten im Moor zogen sich die Nebelfetzen zusammen, wurden dichter, bis sie eine undurchdringliche Wand bildeten. Wehe dem Wanderer, der jetzt noch im Moor unterwegs war! Der sichere Tod erwartete ihn. Überall gähnten tückische Sumpflöcher, und was wie feste, üppige Wiesen aussah, war in Wirklichkeit nur eine leichte Brücke aus schwimmenden Grasbüscheln. Die Mirbelfliegen tanzten in den dumpfen Niederungen, und ein Chor Heckenschmätzer sang sein grillenähnliches Lied.

Der junge Naul, Enkelsohn des greisen Torfstechers Rodunk, saß am Feuer ihrer winzigen Kate im Süden des Nebelmoors und dachte nach. Seine Gedanken waren bei den drei Männern, die kürzlich durchs Moor gezogen waren, schwerbeladene Lasttiere am Zügel führend. Er hatte ihnen den Weg zu dem Ort gezeigt, wo sie hinwollten, und mit den paar Hellern, die er dafür bekommen hatte, wäre seine Arbeit getan gewesen, aber das Ereignis ließ ihn nicht los.

Wann sah man je im Nebelmoor einen so schönen, grimmigen Mann wie den, der die kleine Truppe angeführt hatte! Bleich war sein Gesicht, fast wächsern, aber die Lippen waren rot und voll, die dunklen Augen glühten in den Höhlen. Sein Haar war straff zurückgekämmt, sein Bart gebürstet und gestärkt, daß er in spitzem Winkel vom Kinn abstand. Er hatte vornehme Kleider getragen. Auch seine beiden dunkelhäutigen Gefährten waren prächtig gekleidet gewesen, aber nach einer Mode, die Naul nie zuvor gesehen hatte: Alle ihre Kleider waren sehr bunt und klirrten von Anhängern und Schmuck, und sie trugen grellfarbige Tücher um den Kopf geschlungen.

»Ist das Essen bald fertig, Junge?« fragte der Großvater aus den Schatten der Hütte heraus. Er war an die achtzig Jahre alt und braun wie altes Leder, sein Gesicht war kreuz und quer gerunzelt, aber die Augen, die unter dem schmutzigen Hut hervorblickten, waren immer noch scharf und klug.

»Es kommt schon, Großvater.« Naul holte den rußigen Kessel vom Feuer und stellte ihn auf ein paar Steine auf dem Hüttenboden. Der Alte kam herbei, kauerte sich nieder und schnüffelte zufrieden an der Suppe. Gleich darauf hielten sie beide einen Kanten Roggenbrot in der Hand und langten kräftig zu. Das Torfstechen war harte Arbeit, und sie hatten schwer ums Überleben zu kämpfen.

»Nun, denkst du immer noch über die Fremden nach?« fragte der alte Mann schließlich, als die Mahlzeit beendet war und sie beide, eine mit Warunker Knaster gestopfte Pfeife im Mund, auf der harten Liegestatt lagen. Ihr Strohsack war mit Schilf gestopft, und auch die Hütte bestand zum größten Teil aus einem schilfgedeckten Dach, das rundum bis zum Boden reichte. Nur der schwache Glanz des Torffeuers erhellte das Innere. Die Kate enthielt wenig mehr als ein breites Lager und eine Feuerstelle. Pfannen und Kessel, Spaten und Harken hingen an Zapfen in der Holzwand und warfen verzerrte Schatten im sinkenden Feuerlicht.

Der alte Mann wußte genau, daß Naul an nichts anderes denken konnte als an die geheimnisvollen Fremden, die mit Sack und Pack ins Moor gezogen waren. Er dachte sich sein Teil, was sie dort vorhatten, aber er zog es vor, nicht weiter zu fragen. Seltsame Dinge gingen im Moor vor, und es war besser, wenn man nichts damit zu tun hatte – die Nacht war dunkel, und die Moorlöcher waren tief.

Naul, der die Frage als Vorwurf empfunden hatte, protestierte: »Ich habe so etwas noch nie zu sehen bekommen, Großvater. Hast du etwa je einen so stolzen Mann gesehen wie ihren Anführer? Der Blick seiner Augen konnte einem Löcher in den Bauch brennen! Ich bin sicher, er ist ein Zauberer.«

»Ein Grund mehr, sich von ihm fernzuhalten«, knurrte der Alte. Er dachte an den prächtig bestickten Mantel des Fremden, seinen langen Stab und seine düster glühenden Augen. Ein unbehaglicher Schauder lief ihm über den krummen Rücken.

»Was sie wohl vorhaben, dort in der finstersten Einöde?« bohrte Naul weiter.

»Das weiß ich nicht, und du solltest auch lieber aufhören zu fragen.«

Der Junge drehte sich auf den Bauch. »Du weißt es, Großvater, nicht wahr?«

»Ich weiß nur, daß die Leute vom Versunkenen Dorf unruhig sind«, gab der Alte zurück. »Gestern sah ich einen von ihnen durchs Moor laufen … und in der Nacht brannten kleine Feuer auf den Hügelkämmen. Irgend etwas hat sie aufgestört, und ich denke, daß es mit diesen Fremden zusammenhängt. Wenn die Namenlosen Tage anbrechen, werden wir in unserer Hütte bleiben und früh schlafen gehen.«

Naul nickte gehorsam. Er kannte das; jedes Jahr, wenn der sternlose Himmel über Weiden aufstieg, blieb der Großvater in der Kate und setzte nachts keinen Fuß vor die Tür, nicht einmal um sich zu erleichtern. In diesen Tagen war das Moor immer voll unheimlicher Unruhe. Ständig schien etwas zwischen den Binsen hindurchzuschleichen, seltsame Schreie hallten im Nebel, und Feuer flackerten an Stellen auf, an denen keine Menschen wohnten.

»Ich dachte immer, du glaubst nicht an das Versunkene Dorf«, fing Naul wieder an. Die Sache beschäftigte ihn schon seit langem, aber der Großvater war sehr zugeknöpft.

»Muß nicht alles weiterschwatzen, was ich glaube«, murrte der alte Mann. »Gewiß gibt es das Versunkene Dorf, und die Leute dort leben so gewiß im Moor, wie wir hier leben. Man sieht sie nur nicht … sie sind heimlichtuerisch und lichtscheu, und sie wollen auch nicht gesehen werden – so, wie sie aussehen!«

Der Junge rückte näher heran und starrte angespannt in das runzlige Gesicht des Großvaters. »Wie sehen sie aus?« forschte er eindringlich.

»Wie alter Käse. Will sagen, sie sind so bleich und milchig, als kämen sie nie an die Sonne, und die meisten von ihnen sind schwach im Kopf … aber doch auf ihre Weise ganz schlau. Sie haben eine Menge vergessener Dinge aufbewahrt, dort oben in ihrem schimmligen Nest. Du weißt schon, dort, wo die Trollsteine liegen … der Ort, von dem ich dir sagte, du solltest niemals allein dort hingehen, und schon gar nicht bei Nacht.«

»Du sagtest, etwas würde mich holen«, bemerkte Naul leichthin. Er nahm die Warnungen seines Großvaters nicht immer ganz ernst.

»Und ob es dich holen würde!« fuhr der Alte gereizt

auf. Er stocherte lange in seiner Pfeife herum, ehe er weitersprach. »Weißt du nicht, daß sie dort oben Menschenopfer darbringen, auf den alten Steinen? Und du kämst ihnen gerade recht, jung und dumm, wie du bist.«

»Wem opfern sie?« fragte Naul, ohne sich von den heftigen Worten einschüchtern zu lassen. »Boron?«

»Nein. Dem Ding da.« Der alte Mann wies mit seiner Pfeife in Richtung See. »Dem Ding, das in der Stadt im See haust. Ich denke, sie tun es seit Jahrhunderten und sind darüber blöde geworden. Früher – aber da waren du und ich noch nicht auf der Welt – soll es ein schönes Dorf gewesen sein, groß, mit vielen Häusern und Tempeln. Aber die Leute fielen alle von den Zwölfgöttern ab und wandten sich dem Ding im See zu, und so wurden sie immer wunderlicher und heimlicher und kümmerten sich nicht mehr um ihr Dorf, das allmählich verfiel. Heute ist dort nichts mehr, nur eine große runde Sumpfwiese. Aber die Leute sind noch da, und ich wette, sie werden aus ihren Löchern herauskommen, um diesen Fremden zu sehen.«

Naul hatte sich aufgesetzt. Er vergaß schon seit einer Weile, an seiner Pfeife zu ziehen, und mußte aufstehen und sie mit dem glühenden Torf aus dem Herd wieder in Gang setzen. »Aber was haben sie miteinander zu schaffen?« fragte er, nachdem er sich wieder auf dem Lager ausgestreckt hatte.

»Das weiß ich so wenig wie du. Aber glaub mir, es wird ein böser Handel sein, und höchstwahrscheinlich geht es dabei um die Stadt im See und das Ding, das darin wohnt. Das hat nämlich auch noch andere Anhänger, die nicht im Sumpf hocken, und dieser Fremde hat mir ganz danach ausgesehen, als sei er einer davon.«

»Aber woher weißt du, daß sie Menschen opfern?« drängte Naul. Er zog sich die Flickendecke hoch und kuschelte sich behaglich an den alten Mann. Es war eine seltene und günstige Gelegenheit, wenn der Großvater einmal den Mund auftat.

»Was meinst du wohl, warum hier keine Menschen mehr leben?« gab Rodunk zurück. »Früher – aber das war auch lange vor deiner und meiner Zeit – wurde hier viel Torf gestochen; es gab ein ganzes Dorf hier. Aber den Leuten wurde angst, als immer wieder welche von ihnen verschwanden, und so gaben sie das Dorf auf. Und wenn wir beide«, setzte er warnend hinzu, »nicht vorsichtig sind, werden wir auch eines Tages verschwinden. Vor allem du, du bist jung und hast viel Blut im Leib. Danach sind sie gierig … nach dem süßen, frischen Blut.«

Naul blies eine lange Rauchwolke aus, die in der Düsternis unter dem spitzen Giebel verschwand. »Ich werde aufpassen«, versprach er. Im Augenblick war ihm auch gar nicht mehr danach zumute, vor die Hütte zu gehen. Er stellte sich vor, wie eine kalte, klamme Hand aus den Nebeln griff und ihm die Kehle zudrückte. »Weißt du noch mehr, Großvater?« fragte er.

Aber der Alte hatte seine Pfeife zu Ende geraucht und keine Lust mehr zum Reden. Er brummelte nur vor sich hin und zog sich die Flickendecke über die Schultern. »Gute Nacht, Junge. Schlaf gut.«

2. Kapitel

Es war ein Abend im späten Rahjamond. Die Sonne war eben hinter dem Finsterkamm gesunken, und die zarten Schatten des Abends breiteten sich über das Städtchen Trallop in der kaiserlichen Provinz Weiden. Die spitzen Giebel der Fachwerkhäuser von Altentrallop zeichneten sich scharf wie Scherenschnitte vom rotorangefarbenen Abendhimmel ab. Ein Brillenkukkuck sang in einem Baum am Stadtbrunnen sein süßes Lied.

Feierabend! Die nördlichste Stadt des Kaiserreiches erlebte ein kurzes, aber heftiges Gedränge, als viele ihrer arbeitsamen Bewohner zugleich nach Hause oder in die nächstgelegene Kneipe strömten. Die Straßen waren erfüllt von fröhlichem Geschwätz, Zurufen und Begrüßungen. Der warme Abendwind trug den Duft der Wandelröschen mit sich, die sich an den Untergeschossen vieler Häuser emporrankten, und vernebelte den Verliebten den Kopf.

Gille, der Sohn des alten Ratsherrn Jarl Staffauer und wohlbestallter Besitzer der Metzgerei *Zur Lammkeule* in Altentrallop, lehnte vor der Tür seines Ladens in der Gasse der Flußschiffer und betrachtete, die Daumen hinter den Gürtel gehakt, gemächlich die Vorübergehenden. Man rief ihm allseits Grüße zu, denn Gille Staffauer war der bekannteste und beliebteste Metzger der Altstadt. Man war überzeugt, daß er seinem Vater auf den Sitz des Ratsherren nachfolgen würde, sobald der alte Jarl endgültig dem Suff verfallen wäre, dem er jetzt bereits unmäßig huldigte.

Gille war ein hochgewachsener junger Mann von beachtlicher Leibesfülle. Er trug weiße Kniebundhosen und lederne Stiefel, ein weites weißes Hemd und darüber eine buntbestickte, ärmellose offene Jacke. Sein schulterlanges blondes Haar umrahmte ein bartloses Gesicht, das mit seinen Grübchen und seiner glatten rosigen Haut auf den ersten Blick fast mädchenhaft wirkte – aber ein zweiter Blick lenkte die Aufmerksamkeit auf die breite Stirn, das kampflustig vorgeschobene Kinn, die starken Muskeln unter dem üppigen Fleisch. Im Ganzen war Gille ein gutaussehender Mann, und er hätte längst verheiratet sein können, wäre er Frauen gegenüber nicht so schüchtern gewesen.

Im Augenblick umringten ihn gleich drei, alles leckere Mädchen, die ihn im Chor neckten. »Die Zwölfe zum Gruß, Gille! Wollt Ihr mich nicht auf einen Becher Wein im *Kaiserstolz und Orkentod* einladen? Es soll Euch auch nicht an Kurzweil fehlen! Ah, Gille, schenkt mir doch einen Ring! Man sagt, Ihr hättet die Truhen voll Gold! Wie wär's mit einem Küßchen in Ehren, Gille? Vielleicht gefalle ich Euch!«

Der junge Metzgermeister wehrte unbeholfen ab. Er wünschte insgeheim, seine Schwester Alwen wäre hier. Die verstand es, diesen Gänsen den Schnabel zu stopfen! Aber Alwen tat Dienst in der Herzoglich Weidenschen Reiterei und war zur Zeit in die Sichelwacht abkommandiert, wo die Goblins wieder anfingen, die Reisenden nach Uhdenberg zu belästigen.

Schließlich verlor der junge Mann die Geduld. Er schob die Mädchen von sich weg und rief atemlos: »Eine gute Nacht wünsche ich euch – und nun laßt mich los!« Damit floh er die Stiegen hinauf in das Obergeschoß über der Metzgerei, wo sich die Wohnung der Familie Staffauer befand. Gille atmete tief durch. Endlich hatte er Ruhe – und der Duft aus der Küche verriet, daß Frau Birsel, die alte Haushälterin der Familie, schon fleißig am Werk war. Er steckte neugierig die

Nase in die Küche. »Was habt Ihr mir heute gekocht, Frau Birsel?«

»Wirsing mit Krachwurst und zum Nachtisch einen Roggenkuchen mit gedörrtem Obst. Seid Ihr zufrieden damit?«

»Oh, sehr zufrieden.«

»Dann setzt Euch schon einmal an den Tisch, junger Herr, und ich werde sofort auftragen.«

Gille schritt langsam durch die Stube und setzte sich an den Tisch. Er zündete eine dicke Kerze im gußeisernen Leuchter an, denn im Inneren des Hauses war es bereits dunkel geworden. Sein Blick glitt langsam und zufrieden über den Raum. Er schätzte jedes einzelne Ding, das sich hier befand, von den bunten Butzenscheiben der Fenster angefangen bis zu dem mächtigen Tisch aus Walnußholz und den vier kunstreich hohen beschnitzten Stühlen. Ein einfacher Teppich aus Schafwolle lag auf den blankgescheuerten Dielen.

Nachdem Frau Birsel den großen Teller mit dem Wirsing und der scharf knoblauchgewürzten Wurst vor ihn hingestellt hatte, begann er zu essen und trank in kleinen Schlucken eine Maß Ferdoker Bier dazu. Seine Gedanken beschäftigten sich langsam und geruhsam mit den Ereignissen des Tages. Alles war gut gelaufen. Zur Zeit ließ es sich leben in Trallop ... keine Orks mehr, seit Herzog Waldemar ihnen in ein paar kurzen Kriegszügen kräftig den Pelz versengt hatte, keine Oger, und auch die Goblins trieben sich hauptsächlich fernab von Trallop herum, in der Nähe von Uhdenberg. Sein Geschäft blühte, und auch ansonsten ging es ihm gut. Er wünschte, Alwen wäre öfter zu Hause, aber natürlich hatte sie ihren Dienst.

Sein Blick wanderte nachdenklich zu dem Ölgemälde an der Wand, das sie darstellte. Alwen Staffauer war eine knapp mittelgroße, aber kräftige und muskulöse Frau. Sie hatte schulterlanges hellblondes Haar und erstaunlich dunkelbraune Augen, die einen scharfen

Kontrast zu diesem hellen Haar bildeten. Ihr Gesicht war offen und ehrlich, wenn auch ein wenig hochmütig – sie schien immer die Nase zu rümpfen, über die sich ein Band heller Sommersprossen zog. Auf dem Gemälde war sie in voller Rüstung der Herzoglich Weidenschen Reiterei dargestellt.

Gille seufzte. Wenn ich je eine Frau finde, die es meiner Schwester gleichtut, dann werde ich sie heiraten, dachte er. Ansonsten wollte er lieber Junggeselle bleiben.

Seine tolpatschige Scheu vor Frauen hatte dazu geführt, daß er, wenn er hin und wieder den Rahjatempel besuchte, lieber nach dem Hochgeweihten Ullman fragte. Der verstand seine Sache. Er bereitete Gille jedesmal ein warmes Bad mit vielen duftenden Kräutern darin, und nachdem er ihn gebadet hatte – wobei seine langen schlanken Finger keinen Zollbreit Haut unberührt ließen –, setzte er sich zu ihm aufs Ruhebett und rieb ihn am ganzen Körper mit einem köstlichen Öl ein.

Gille streckte sich unwillkürlich. Die Erinnerung an diese Stunden war wundervoll. Nie hatte er sich so gelöst, so entspannt gefühlt. Und außerdem machte Ullman immer sehr hübsche Komplimente. »Oh, was seid Ihr kräftig gebaut, liebster Gille! Das Schönste, was ich seit langer Zeit in der Hand gehabt habe. Ihr müßt ein Stier von einem Mann sein. Und wie lecker alles bei Euch aussieht, einfach zum Küssen …« Gille hörte diese Schmeicheleien so gern, daß er anfing, vor Freude und Erregung zu kichern, und dann verwickelte Ullman ihn jedesmal in sehr vergnügliche, neckische Spiele.

Frau Birsel steckte den Kopf zur Tür herein. »Wann soll denn für den Besuch aufgetragen werden, gnädiger Herr? Ihr wißt, heute sind der Mondschatten Jargold und seine beiden Fuchsgesellen zu Tisch geladen.«

»Ich habe es nicht vergessen, Frau Birsel. Fangt schon

einmal an, das Bier anzuzapfen, sie werden bald kommen.«

Tatsächlich erschienen nach kurzer Zeit der Mondschatten Jargold vom örtlichen Phextempel und die beiden Fuchsgesellen Barl und Linnert. Die beiden Jüngeren waren flinke junge Männer mit beweglichen, schelmischen Zügen, der Geweihte selbst war ein Mann in mittleren Jahren, untersetzt, mit verschlagenen Augen und einem trügerisch runden, harmlosen Gesicht. Alle waren in weiße Hosen und bauschige, schillerndgraue Hemden gekleidet. Auf dem Kopf trugen sie breitrandige Hüte. Gille schätzte die drei als unterhaltsame Geschichtenerzähler und Plauderer, und er lud sie gerne nach getaner Arbeit zu sich in die *Lammkeule* ein.

»Nun«, rief Jargold mit dröhnender Stimme, »ich hoffe doch, es gibt etwas zu essen!«

»Es gibt sogar sehr viel zu essen«, antwortete Gille lächelnd. »Aber dafür muß ich Euch nach rechter Phexenart etwas abnehmen.«

»Was verlangt Ihr, Fuchs?«

»So viele Geschichten, als Ihr mir nur erzählen könnt.« Gille liebte es, wenn der Geweihte und seine Gesellen bei Kerzenschein am Tisch saßen und in der lauen Nacht Geschichten von allem und jedem erzählten, sei es eine Vampirgeschichte oder etwas Wissenswertes über den Sternenhimmel. Jargold war ein kluger und gebildeter Mann, der es auch gut verstand, für das üppige Abendessen – und den reichlich fließenden Balihoer Bärentod – mit faszinierenden Geschichten zu danken. Die beiden Fuchsgesellen unterstützten ihn mit Liedern, Schelmereien und manchmal auch mit Tänzen, so daß es für alle Beteiligten ein höchst vergnüglicher Abend wurde.

Frau Birsel brachte eine große silberne Platte mit allerlei aufgeschnittener Wurst und kaltem Braten herein, dazu ein Fäßlein Ferdoker Bitterbier, das auf die Tischkante gestellt wurde, und bald waren alle fröhlich am Schmausen und Zechen. Die Butzenfenster standen offen, um die laue, milde Sommernachtsdämmerung einzulassen, den Gesang des Brillenkuckucks und das Rascheln der Bäume zwischen den Häusern. Die ersten Sterne funkelten zwischen den Hausdächern. In der Stube war es inzwischen ganz dunkel geworden, so daß sie bei Kerzenschein tafelten.

Als alle leidlich vollgestopft waren, forderte Gille: »Und was ist jetzt mit meinen Geschichten?«

»Sie kommen schon.«

Während er da und dort noch ein Häppchen Wurst und ein Schnittchen kalten Braten naschte, begann Jargold zu sprechen. Er erzählte vielerlei, von den Vorgängen in der Stadt (soweit Gille sie von seiner Haushälterin nicht schon erfahren hatte) und in der weiten Welt draußen, wobei er seine oft unvollständigen Schilderungen durch allerlei kühne Fabelei aufputzte. Immer dunkler wurde die Nacht, und als Gille schließlich aufstand und den Balihoer Bärentod aus dem Schrank holte, war es Zeit für die unheimlichen Geschichten.

Die meisten kannte Gille schon, aber er hörte sie immer wieder gern – die Geschichten von der Hexe Luzelin oder der alten, bösen Hexe Yolana von den Rotwassern und ihrer Tochter Raxan, vom Zauberer Nachtschatten im Moosgrund und von der Stadt am tiefsten Grunde des Neunaugensees, in der nur Ungeheuer hausten.

»Ich glaube«, sagte Barl, der jüngere der beiden Fuchsgesellen, »ich habe die Hexe Luzelin vom Blauen Wald tatsächlich einmal gesehen. Man sagt ja, sie wagt sich nicht mehr oft unter die Menschen, aber ich sah sie doch – und eine immer noch schöne Frau war sie, das könnt ihr mir glauben, obwohl sie jetzt über sechzig Jahre alt sein muß. Sie war groß und elegant gebaut, in ihren schwarzen Haaren hatte sie eine weiße Locke, und sie trug ein rotes Kleid mit Hermelinbesatz. Auf dem Arm hatte sie ihren alten Vertrauten, den dicken Kater Pallikratz.«

»Wo habt Ihr sie gesehen?« fragte Gille neugierig.

Der Fuchsgeselle machte eine beiläufige Bewegung. »Oh, am Rand des Blauen Waldes, als ich in Geschäften dort vorbeiritt. Sie stand unter den dunkelnden Tannen, und um sie her webte es wie ein feuriger Lichtschein.«

Gille zweifelte daran, daß die Geschichte stimmte, aber er sagte nichts. Jargold und seine beiden Gefährten erzählten Geschichten immer so, als seien sie ihnen eben erst zugestoßen – und wenn nicht ihnen selbst, dann ihrem Vetter oder Neffen.

»Die Luzelin zu sehen, mag ja noch angehen«, sagte Jargold. »Aber mir ist Yolana begegnet, so wahr ich hier sitze! Habt ihr gewußt, daß sich ihr Hexenzirkel in Levthansnächten auf dem alten Schlosse trifft, um mit Widharcal und seinen Dienern zu buhlen? Ich kam gerade am Schlosse vorbei, als sie mit dem Tanz anfingen ... und ich kann euch sagen, das war ein Lärm und ein Getöse! Ich dachte, die morschen Mauern würden gleich einstürzen. Die Bauern hatten sich alle in ihren Hütten versteckt, und kein Bäuerlein hätte es gewagt, einen Fuß über die Schwelle zu setzen. Ich sage euch, ich sah, wie der ganze Hexenzirkel ankam. Manche flogen auf feurigen Besen, andere in flammenden Truhen oder Weidenkörben ... Schenkt Ihr mir noch einmal nach, Meister Gille?«

»Das ist alles nichts«, mischte sich Linnert ein, der zweite Fuchsgeselle. Seine Stimme klang tief und geheimnisvoll in dem halbdunklen Raum. »Wer die Stadt am Grunde des Sees gesehen hat, der hat etwas gesehen! Ein ganzer Drachenhort von Gold und Edelsteinen soll dort unten liegen, die Fracht von vielen Schiffen ... da könnte einer reich werden!«

»Ja«, fiel Gille ein wenig spöttisch ein, »wenn er zuerst an den Ungeheuern vorbeikäme! Habt Ihr nicht auch gehört, daß diese Stadt im See von Monstern bewohnt ist? Ich hörte, da unten gebe es Kraken und Schlangen und Wasserdrachen – *und etwas noch viel Schlimmeres …* Nein, ich würde keine Fingerspitze in den See stippen, und wenn das Wasser aus flüssigem Gold wäre!«

Eine Weile diskutierten sie, wieviel jeder von ihnen bereit wäre, für Gold zu riskieren, dann griff Linnert das Gespräch wieder auf. »Es gibt wirklich seltsame Dinge im See … nicht nur die Neunaugen. Mein Vetter sagte, er habe einmal in der Au vor den Stadttoren unten etwas aus dem Wasser kriechen gesehen, das aussah wie ein Wasserschlange, aber fünfmal so groß war und Saugnäpfe unterm Bauch hatte …«

Gille schauderte behaglich. Die Au war ein übelbeleumundeter Streifen Uferland zwischen dem Neunaugensee und den Stadtmauern; eine Wirrnis von Weiden, Pappeln und graugrünen Sumpfgewächsen. Niemand ging dorthin, nicht einmal die Fischer, die in Trallop als unehrliche Leute galten und daher ihre Hütten vor der Stadt erbauen mußten.

»Wer weiß, was dein Vetter gesehn hat«, mischte sich Jargold verächtlich ein, »wahrscheinlich war er betrunken … Aber mein Neffe zeigte mir einmal ein goldenes Armband, das der See an Land gespült hatte, und es war von feinstem Gold, reichverziert mit Edelsteinen, aber ganz verschmiert mit einem seltsamen öligen Zeug … es war sehr schwierig, es sauberzukriegen.«

Gille lehnte sich zurück, pickte an den Resten des kalten Bratens und leerte genießerisch ein Gläschen Balihoer Bärentod, während er die tanzenden Schatten im Raum betrachtete. Es war wieder einmal ein Abend nach seinem Herzen. Als er sich schließlich von den Besuchern verabschiedet und sie hinausgelassen hatte, waren seine Beine schwer, und sonderbare Gedanken flatterten wie Eulen und Fledermäuse in seinem Gehirn herum.

Frau Birsel steckte den Kopf zur Tür herein. »Kann ich abräumen, gnädiger Herr?« Sie betrachtete ihn, dann rief sie aus: »Bei den Zwölfen, gnädiger Herr, Ihr habt über den Durst getrunken! Begebt Euch rasch ins Bett, ich mache noch hier sauber.«

Gille, der sich wohlig umnebelt fühlte, nickte ihr zu und verschwand in seiner Schlafkammer, die der Wohnstube gegenüber lag. Er kleidete sich aus und rekelte sich zufrieden. Nur ein Gedanke trübte seine gute Laune: Sein Vater war wieder einmal auf Sauftour. Wer weiß, in welchem Zustand der Alte spätnachts vor der Tür stehen würde!

»He, holla, Alter … Ihr könnt hier nicht übernachten.« Frau Laya, die Wirtin der Schenke *Norderwacht*, bemühte sich um einen Gast, der neben seinem letzten Becher Wein zusammengesunken war und tief und fest schlief, den Kopf auf dem Wirtshaustisch. »Wacht auf«, drängte sie unwirsch. »Der Gong am Praiostempel hat schon die Sperrstunde geschlagen, und ich will auch einmal ins Bett.«

Der Gast schnarchte und rührte sich nicht. In der Wirtsstube war es bereits fast vollkommen dunkel, nur zwei Kerzen am Tresen brannten noch. Fledermausähnliche Schatten zuckten über Tische und Bänke. Längst hatten alle anderen Gäste die Taverne verlassen. Nur Jarl Staffauer, der alte Ratsherr, hatte nicht im Sinne zu gehen.

Schließlich öffnete er die Augen, aber nur um einen neuen Becher Wein zu verlangen.

»Hier gibt's keinen Wein mehr«, erwiderte die Wirtin barsch. »Nichts für ungut, mein Herr, Ihr seid ein bedeutender Mann in der Stadt und mir ein guter Kunde, aber unsereins will auch einmal schlafen, also zahlt jetzt und geht. Die Taverne ist geschlossen.«

Es brauchte noch einiges Hin und Her, bis der Gast – ein ungeschlachter alter Mann mit maulbeerfarbenem

Gesicht und schneeweißem Haar – sich schließlich zum Aufbruch bewegen ließ. Die Silbertaler, die er auf den Tisch warf, rollten klirrend über die hölzerne Platte und fielen zu Boden. Schwankend und schnaubend stand er da, als die Wirtin ihm seinen Umhang und sein Barett reichte, dann tastete er sich, linkisch auf seinen Stock gestützt, zur Tür. Die schwere Eichentür der *Norderwacht* fiel hinter ihm ins Schloß.

Die warme Nacht ernüchterte Staffauer ein wenig von den Rauschnebeln, so daß er immerhin aufrecht – wenn auch heftig schwankend – seines Weges ging. Er tastete sich die Marktgasse entlang und ging dann über den nächtlich stillen Großen Markt weiter. Fahles Wetterleuchten zuckte über den See und erhellte die große leere Fläche mit einem gespenstischen Schimmer.

Staffauer erreichte die Lange Brücke und kam gerade noch durchs Tor, ehe es hinter ihm für die Nacht geschlossen wurde. Er mußte sich beeilen, um auch das zweite Tor am anderen Ende zu passieren. Dann stolperte er langsam durch die Gasse der Flußschiffer auf den Hafen zu.

Wie immer, wenn er sturzbetrunken war, überkam ihn das Bedürfnis, über große und bedeutsame Dinge nachzudenken, in diesem Fall über die Sterne. Welch geheimnisvolles Geflimmer! Er mußte blinzeln, um klar zu sehen, aber dann erkannte er sie doch: Da war der Nordstern, dort die glühende Salajana, der Stern des Neubeginns. Er hob den Blick zum Himmel – wobei er fast hintenüber gefallen wäre – und suchte die Sternbilder zusammen. Da leuchtete Rahjas Stute, dort der Greif des Praios, die Schnauze des Delphins tauchte eben über den Horizont, während der Fuchs sich zur Flucht duckte … Aber da war noch etwas anderes.

Der alte Mann schauderte. So oft in seinem Leben hatte er diesen düsteren Fleck am Himmel schon aufsteigen und wieder versinken gesehen, und dennoch überrann ihn immer wieder ein Frösteln. Das schwarze

Loch brachte böse Kunde – während Rahja versank, stiegen die Fünf Namenlosen Tage in den Himmel empor. Zwischen altem und neuem Jahr klaffte ein Spalt, ein bedrohlicher Abgrund über der Welt. In den fünf Tagen, da zwischen Stute und Greif die Namenlose Sternenleere über der Dere stand, wandten die Götter sich von den Irdischen ab, und Böses erwachte. Staffauer erinnerte sich, daß manche Geweihten behaupteten, der Namenlose Gott selbst sei an dieser Stelle in die Welt eingedrungen ... Wie dem auch sein mochte, in diesen fünf Tagen war seine Macht groß, und böse Dinge erwachten.

Der Alte schüttelte seine Furcht mit einer heftigen Bewegung ab und setzte einen tastenden Fuß vor den anderen. Die Sternenleere mochte Böses bedeuten, aber immerhin war sie bislang noch jeden Sommer in den Zenit gestiegen und wieder versunken, ohne daß der Lauf der Welt sich änderte. Es würde auch diesmal nicht anders sein.

Er tappte weiter, auf den Flußhafen zu, wobei er bisweilen gebrochen vor sich hinsang. Dann wieder sog er tief den Atem ein und schimpfte über den Gestank, der plötzlich in der Luft hing. Es war ein seltsamer Gestank ... ein wenig wie von einem Tier, aber doch anders. Vor allem war es ein *kalter* Gestank, er erinnerte an lange verschlossene Verliese, an abgründige Höhlen, in die nie ein Lichtstrahl fiel. Das Wesen, das diesen Geruch ausströmte, konnte nur in vollkommener Finsternis wohnen. Dann wieder schüttelte Jarl Staffauer sich und machte sich selbst Vorwürfe, daß er so haltlos vor sich hin phantasierte. Welch wirres Zeug! Gewiß war der Gestank nichts anderes als der Geruch einer toten Ratte, die irgendwo in einem Winkel lag.

Sein Blick fiel auf die Stadtmauer, die zu seiner Rechten entlanglief, und er schnaubte aufgebracht. Man mußte den Zünften wirklich wieder einmal ins Gewissen reden! Es war eine Schande, wie die Mauer aussah.

Ungepflegt und brüchig, das Dach des Wehrgangs eingefallen. Überall klafften Löcher und Lücken, denn allein die Gilde der Flußhändler und die Zünfte der Flußschiffer und Bader hatten dafür aufzukommen, daß die Mauer instand gesetzt wurde, und die hatten immer zuwenig Männer zur Hand.

Die Gasse wurde steil, denn Altentrallop lag auf einem Hügelrücken, der sich zur Alten Veste hin erhob. Staffauer blieb stehen und blickte über die Dächer der tieferliegenden Häuser hinweg auf den Neunaugensee hinaus, der sich bis an den Horizont vor ihm ausbreitete. Die Sterne spiegelten sich in dem reglosen nachtschwarzen Wasser. Staffauer schauderte. Sicher, die scharfzähnigen Neunaugen waren Fische und mußten im Wasser bleiben, aber wer sagte denn, daß nicht noch anderes in diesem See hauste? Er war bodenlos, davon war jedermann in Trallop überzeugt. Niemand wußte, was alles sich in der schwarzen Tiefe unter der tückisch glatten Oberfläche verbarg.

Jarl Staffauer stutzte.

Da war das Geräusch wieder, ein Klatschen wie von nassen Flossen auf dem Stein. Er fuhr herum und stieß einen Schreckensschrei aus … Aber da war es bereits zu spät. Das dunkle Ding, das die Stadtmauer erklommen hatte, sprang mit einem Satz auf ihn herab und grub ihm die Zähne in den Nacken.

Die Totenkammer im Boronstempel von Trallop hatte eine niedrige gewölbte Decke und drei Butzenglasfenster, die jetzt offenstanden. Von draußen drang der Geruch nach Regen und dem kurzgeschnittenen frischen Gras des Boronsangers herein. Regenschwangeres bleiches Licht fiel in den langen Raum. Die metallenen Becken und Arbeitsplatten glänzten, wo ein Lichtstrahl sie traf. Drei Arbeitstische aus dunklem Holz standen in der Kammer, und auf einem dieser Arbeitstische lag, nackt und bloß, der Leichnam des Ratsherrn Jarl

Staffauer. Sein Sohn Gille, der soeben beeidet hatte, daß es sich bei dem Verstorbenen ohne Zweifel um seinen Vater handelte, stand daneben und biß sich auf die Lippen. Sein Blick wanderte hilflos zwischen den drei Medici hin und her, die sich mit der Leiche beschäftigten. Schließlich fragte er leise: »Kann ich jetzt gehen?«

»Ja, geht nur.« Einer der Medici nickte ihm zu.

Gille verschwand dankbar. Er hatte nie eine große Liebe für seinen Vater empfunden, also empfand er auch keine Trauer über seinen Tod, aber es entsetzte ihn doch, den Mann so kalt und steif daliegen zu sehen ... und diese grausigen Wunden an seinem Nacken!

Mittlerweile begutachteten auch die drei Medici – die Doctores Emmerer, Fierfeiner und Stürzl – diese Wunden.

»Ein scharfes Messer, mehrmals geführt, könnte sie hervorgerufen haben«, sagte Emmerer. »Seht, sie sind lang und glatt, wie eine Messerwunde. Ich würde sagen, hier war ein Meuchelmörder am Werk, der den alten Mann um seines Goldes willen tötete.«

»Das glaube ich nicht«, widersprach der zweite, ein greiser Medicus namens Fierfeiner. Er griff nach einer schmalen Zange und öffnete die bläulichen Wunden am Nacken des Toten. »Seht ihr? Sie reißen nach innen auf. Hier drang eher ein Dorn als ein Messer ein. Oder noch eher ein Tierzahn.«

»Aber wo gibt es in Trallop wilde Tiere?« verlangte Stürzl zu wissen. »Oder weiß jemand etwas von einem tollwütigen Hund?«

Alle drei sahen einander an und schüttelten die Köpfe.

»Der Tote ging am Flußufer entlang«, bemerkte Fierfeiner mit einem bedeutungsvollen Blick auf die beiden anderen.

»Aber Neunaugen, so tödlich sie sein mögen, können nicht aus dem Wasser und über eine Stadtmauer springen«, hielt ihm Stürzl entgegen.

»Es waren auch keine Neunaugen.« Fierfeiner trat zu dem Brett, auf dem man die Kleidungsstücke des Verstorbenen abgelegt hatte, und kehrte mit dessen Mantel zurück. »Da«, sagte er, während er den Mantel erst Emmerer, dann Stürzl unter die Nase hielt, »das ist Euch doch gewiß auch aufgefallen, oder etwa nicht?«

Die beiden anderen wichen prustend und schnaubend zurück, als ihnen der Gestank in die Nase fuhr, der dem Mantel anhaftete. Hinten auf dem Tuch waren noch große nasse Abdrücke zu erkennen, als hätte irgend etwas den Unglücklichen von hinten umklammert, ehe es ihm die Zähne in den Nacken grub.

»Wollt Ihr wirklich sagen, der See ...«, begann Emmerer zweifelnd.

Fierfeiner nickte entschieden mit dem Kopf. »Ja, das will ich sagen. Es war *irgend etwas*, das aus dem See kam.«

Bis zum prunkvollen Begräbnis und darüber hinaus beschäftigte der Tod des alten Ratsherrn die Stadt, und jeder hatte eine andere Weisheit dazu beizutragen. Alles Suchen brachte kein Ergebnis, und so drohte die Sache im Sande zu verlaufen, als wenige Tage später ein neuerlicher Zwischenfall das verschlafene Städtchen aufschreckte.

Lange nach Mitternacht lief ein einsames Mädchen durch die Gassen der Altstadt – eine junge Magd, die von ihrer Herrschaft zum Apothecarius geschickt worden war, um Medizin für ein plötzlich erkranktes Familienmitglied zu holen. Die Magd, Gunelde mit Namen, beeilte sich sehr; ihre nackten Füße klatschten in rascher Folge auf das Katzenkopfpflaster, das noch warm war von der Hitze des Tages. Zum einen hatte sie es eilig, die Medizin heimzubringen, zum anderen fürchtete sie sich in der menschenleeren Nacht. Immer wieder wandte sie im Laufen den Kopf und warf einen Blick zum Mond hinauf, der sich einmal hinter rasch ziehenden Wolken verbarg, dann wieder plötzlich hervorlugte und sein silbernes Licht in die Gassen ergoß. Wie unheimlich diese tintenschwarzen Wolken aussahen! Wie ein Dämonenheer, das am Madamal vorbeistürmte! Gunelde war eine eifrige Zuhörerin jedes Geschichtenerzählers und jeder alten Frau, die am Herdfeuer Geistergeschichten erzählte, aber jetzt wünschte sie, sie hätte sich etwas weniger mit diesen unheimlichen Dingen beschäftigt.

Sie rannte die Alte-Veste-Gasse entlang, bog dann in die Wassergasse ein, wo sie plötzlich stehenblieb. Welch ekelhafter Gestank! Unwillkürlich preßte sie die Hände auf die Brust und sah sich nach allen Richtungen um. Hatte hier jemand Jauche verschüttet, oder ... nein, die Gasse lag glatt und sauber vor ihr. Nichts Außergewöhnliches war zu sehen, nur der Gestank hing in der Luft, so durchdringend, daß das Mädchen unwillkürlich würgte.

Dann überwand sie den Brechreiz und sah sich um. Vielleicht sollte sie lieber eine andere Gasse nehmen? Aber nein, sie hatte es eilig. Die Familie wartete, und sie würde Schelte und Schläge bekommen, wenn sie nicht rechtzeitig wiederkehrte. Also nahm Gunelde ihren Mut zusammen und rannte geradeaus weiter, mitten in diese übelriechende Wolke hinein, obwohl der Gestank ihr den Magen umdrehete.

Plötzlich jedoch hielt sie inne. Über dem Klatschen ihrer eigenen nackten Fußsohlen auf dem Pflaster hörte sie ein Geräusch – ganz kurz nur, aber deutlich. Es klang wie ein dumpfes Aufklatschen, als wäre etwas aus großer Höhe herabgesprungen. Das Geräusch kam hinter der Ecke der Krebsengasse hervor, so daß sie nicht sah, wer es verursachte, aber von dem Laut allein erstarrte ihr schon das Blut in den Adern. Sie strengte den Blick an, um in dem Durcheinander von Licht und Schatten – die Wolken zogen jetzt sehr schnell – etwas auszumachen, sah aber immer noch nichts.

Von Panik getrieben, jagte sie weiter, denn dem Aufklatschen folgte ein leises *Flapp-flapp* – kein Zweifel, jemand war hinter ihr her! Schon im Laufen warf sie einen Blick zurück und sah eine seltsam knorrige große Gestalt an der Ecke stehen. Ein Mensch, ging es ihr im ersten Augenblick durch den Kopf – aber nein, das Ding hatte hinten einen echsenartigen langen Schwanz! Für einen Augenblick sah sie ihn ganz deutlich, als das Madamal zur Gänze aus den Wolken auftauchte. Sie stieß einen Schrei aus und rannte schneller als zuvor. Das leise *Flapp-flapp* folgte ihr.

Was hätte es genutzt zu schreien? Viele Fenster standen zwar offen, um die laue Luft des Rahjamondes einzulassen, aber selbst wenn jemand ihre Schreie hörte und ans Fenster stürzte, wie sollte er ihr helfen?

Gunelde wollte schon verzweifeln, als sie ein Eckhaus mit einer angelehnten Leiter entdeckte. Haufen von Dachschindeln vor dem Haus verrieten, daß Ausbesserungsarbeiten am Dach im Gange waren. Sie stöhnte beinahe vor Erleichterung, als sie die Fluchtmöglichkeit sah – die Leiter reichte bis zum spitzen Dach des Giebelhauses! Es war eine kühne Kletterei die hölzernen Holme hinauf, aber sie schaffte es. Gerade noch rechtzeitig, bevor das geschwänzte Wesen sie einholte, zog sie sich aufs Dach hinauf und stieß die Leiter um. Sie fiel quer über die enge Gasse und schlug im gegenüberliegenden Haus ein Fenster ein.

Gunelde kletterte barfuß weiter, bis sie über einem Vordach einen einigermaßen sicheren Sitz fand. Sie spähte mit wild hämmerndem Herzen auf die Straße hinunter.

Da stand das Ding – im vollen Mondlicht …

Einen Augenblick nur, dann war es wiederum in den Schatten verschwunden.

Gunelde unterdrückte gerade noch einen Schrei und zog sich ein Stückchen weiter zurück. Aber inzwischen hatte das eingeschlagene Fenster etwas bewirkt, das sie kaum zu hoffen gewagt hatte: Eine Frau mit einer Kerze tauchte auf, die sich laut schreiend und schimpfend in die Straße hinausbeugte. Bald öffneten sich auch andere Fenster, Nachbarn stimmten in das Gezeter ein, und als man Gunelde auf dem Dach entdeckte, brach ein Tumult aus. Gleich darauf war die nächtliche Gasse voll Neugieriger, die Fackeln trugen, und aus allen Fenstern hingen die Gaffer. Ein paar kräftige Burschen mußten zupacken, um Gunelde vom Dach in eine Luke zu ziehen, so schreckensstarr und erschöpft war sie.

Die meisten Leute dachten, sie hätte einfach vor Angst den Verstand verloren. Nur wenige glaubten ihr, was sie eisern behauptete: daß dort im bläulichweißen Licht des Madamals ein geschwänztes Wesen gestanden habe, schwarz und glatt, mit gelenkigen langen Fangarmen und einem unnatürlich langen Schädel, in dem weiße Fangzähne blitzten …

Kurz darauf versammelte sich spätabends in dem Weinhändlerhaus in Hohenufern eine heimliche Schar. Einer nach dem anderen huschte tiefvermummt die Straße entlang und betrat das Haus durch eine Nebentüre im Hof. Drinnen angelangt, begrüßten sie Knorrhold, der bereits in seinen Zeremoniengewändern auf sie wartete. Er trug einen purpurnen, mit unbekannten Sternbildern und monströsen Wesen bestickten Kaftan und eine schwarze Haube, deren Zipfel bis weit über die Ohren herabhingen.

»Den Namenlosen zum Gruß«, empfing er sie. »Seid ihr auch unbeobachtet gekommen?«

Die Ankömmlinge nickten, dann ließen sie sich auf den vielen Stühlen nieder, die im Raum bereitstanden. In der Stube brannten nur zwei Kerzen, so daß die schweren Möbel wie Grabmäler um die Besucher herum aufragten. Die Eule, deren Flügel im Kerzenschein schimmerten, betrachtete sie aus gespenstischen runden Augen. Der Dreifuß und das Lesepult, die sonst in dem schwarzen Kämmerchen aufbewahrt wurden, standen mitten im Raum. Das Buch der dreizehn Lobgesänge lag wartend auf dem Pult. Daneben lag ein seltsames Gebilde – eine Art Seestern aus einem speckigen dunkelgrünen Stein. Ober- und Unterseite waren mit unleserlichen, krakeligen Zeichen beschnitzt.

Die Leute, die hier auf den Beginn der Versammlung warteten, waren tagsüber biedere Tralloper Bürger. Manche standen im Ruf, ein wenig seltsam zu sein, aber von niemandem war bekannt, welch schreckliches Doppelleben er oder sie führte. Tags gingen sie ihren Geschäften nach und kümmerten sich wie alle anderen um ihre Angelegenheiten, aber nachts, wenn sie beteten, wandten sie ihre Gedanken dem See zu und richteten ihre Gebete an das Geschöpf des Namenlosen, das in seiner finsteren Tiefe verborgen lag. Sie dienten ihm in aller Heimlichkeit, denn im Kaiserreich waren alle finsteren Kulte verboten, und dieser Kult war so abseitig, daß nur wenige ihm anhingen. So waren es auch kaum dreißig, die hier beisammensaßen, aber auf jedem Gesicht lag grimmige Entschlossenheit, und aller Augen glühten in demselben schwefligen Feuer.

Knorrhold hatte den letzten Besucher begrüßt und trat nun nach vorn an das Lesepult. Sein schiefer Mund zuckte, als er die Versammelten ansprach. »Brüder und Schwestern vom Kreise, ihr alle habt gehört, was geschehen ist. Die Tiefe regt sich. Noch sind es nur die Vorboten, die aus den unterirdischen Hallen auftauchen, aber bald wird Er selbst es sein, der Große Alte, der vor unser aller Augen sichtbar aufsteigt. Bringt dem Namenlosen unseren Dank dar!«

Die Versammelten brachen in ein gemeinschaftliches, meckerndes »Ny-ää!« aus. Der schwarze Hahn, den einer mitgebracht hatte, antwortete mit einem heiseren Krähen.

»Bald«, so fuhr Knorrhold voll Eifer fort, »wird jeder

Tag einer der Namenlosen Tage sein – jeder Tag wird unter dem Sternbild des Herrn der Finsternis stehen! Darum flehen wir, dafür bringen wir unsere Opfer dar. Jahrhundertelang haben wir im verborgenen gedient und geopfert, aber jetzt bricht die Zeit an, da alle sich unserer Macht beugen müssen. Wir werden die Tempel der Zwölfgötter in Trallop zerstören, und anstelle ihrer bunten Tempelhäuser werden wir schwarze Gedenkstätten aufrichten, dem Großen Alten und dem Namenlosen zur Ehre!«

Händeklatschen erscholl, da und dort sprang einer auf. Die Gesichter schimmerten wächsern im schwachen Licht der Kerzen.

Knorrhold hob den grünen Seestern hoch. »Unter dem Siegel des Großen Alten«, intonierte er, »laßt uns die Feier zu seinen Ehren beginnen …«

Etwa zehn Tage später preschte eine Reiterin auf schaumbedecktem Pferd in die Gasse der Flußschiffer und zügelte das Tier vor der Metzgerei *Zur Lammkeule* so scharf, daß es hinten einbrach. Frau Birsel eilte ans Fenster, als sie den Lärm der Hufschläge und das protestierende Wiehern des Fuchses hörte, und gleich darauf beugte sie sich weit hinaus und streckte die Hände vor. »Fräulein Alwen! Wartet, ich komme augenblicklich hinunter!«

Sie polterte, so rasch ihre kurzen Beine sie trugen, die Treppe hinunter und stürzte hinaus, um vor der jungen Frau einen tiefen Knicks zu machen. »Daß Ihr wieder da seid, Fräulein! Das wird Euren Herrn Bruder aber freuen! Ich hoffe doch, Ihr bleibt diesmal länger. Es ist ja schrecklich, was geschehen ist, wir alle sind noch ganz durcheinander, aber steigt doch erst einmal ab …«

Während sie so dahinschnatterte, betrachtete sie die junge Frau eindringlich. Frau Birsel war überzeugt, daß das Soldatenleben zwar ruhmreich, aber wenig nahrhaft war, und sooft Alwen nach Hause zurückkehrte, forschte die Wirtschafterin nach Anzeichen drohenden Hungertodes. Sie mußte aber – wenn auch widerwillig – zugeben, daß Alwen recht gut aussah. Ihr hellblondes Haar glänzte seidig im Sonnenlicht; ihre Augen blickten lebhaft und aufmerksam. Allerdings schien sie erschüttert über den Tod ihres Vaters zu sein, und man sah ihr den langen anstrengenden Ritt von der Sichelwacht nach Trallop an.

Sie schwang sich anmutig aus dem Sattel und klopfte dem immer noch unruhigen Fuchs auf den Hals. »Ich bleibe diesmal ein wenig länger, Frau Birsel. Wollt Ihr meinen Bruder benachrichtigen?«

Aber dem hatten seine Knechte bereits brühwarm erzählt, wer da angekommen war, und er eilte, so rasch er konnte, vors Haus. Ohne sich um seine blutige Schlächterschürze zu kümmern, fiel Alwen ihm um den Hals. Sie umarmten sich leidenschaftlich, dann hielt er sie auf Armeslänge ab und sagte betroffen: »Du mußt sehr hart geritten sein … du siehst erschöpft aus. Komm, geh nach oben. Ich komme sofort nach, ich muß nur noch den Knechten meine Anweisungen geben.«

Die beiden Frauen stiegen die Treppe hinauf. Während Frau Birsel in die Küche eilte, um einen kühlen Trunk und einen kleinen Imbiß zu bereiten, trat Alwen nachdenklich in die Wohnstube. Der vertraute Raum wirkte seltsam düster auf sie, als hätte das Unheil darin seine Spuren hinterlassen. Sie zündete rasch zwei große Kerzen an, dann setzte sie sich an den Tisch aus Walnußholz und versuchte, den Raum wieder so zu sehen, wie sie ihn in Erinnerung hatte. Hier hatte sie als kleines Mädchen mit einem Steckenpferd und einem Holzschwert Kavallerie gespielt, hier hatte ihr Vater ihr mitgeteilt, daß er bereit sei, ihr die Kriegerakademie zu bezahlen, wenn dem Jungen dafür das Haupterbe, die Metzgerei, bleibe. Hier hatte sie sich verabschiedet, als sie auf die Akademie gezogen war … ein einziges Bündel Stolz und Aufregung.

Und jetzt saß sie da und dachte daran, was es mit dem Tod ihres Vaters auf sich hatte. Der Bote hatte nur mitgeteilt, er sei von einem wilden Tier angefallen und getötet worden, aber das klang seltsam ... Welches wilde Tier sollte einen Mann schon mitten in der Stadt überfallen?

Sie blickte auf, als ihr Bruder eintrat. Hinter ihm drängte Frau Birsel geschäftig mit den Erfrischungen herein. Die Geschwister setzten sich an den Tisch, und sobald die Haushälterin verschwunden war, fragte Alwen eindringlich: »Was ist geschehen? Ich bin aus deiner Botschaft nicht klug geworden.«

»Ich werde selbst nicht klug aus der ganzen Geschichte«, gestand Gille ein. »Ich habe dir ausrichten lassen, was die Medici sagten, aber ich verstehe es selbst nicht ganz. Ich habe nie von einem Tier gehört, das über die Stadtmauer springt und Menschen angreift.«

»Ich werde mir die Sache anschauen«, antwortete sie, »wenn es da unten wirklich ein Tier gibt, wird es lernen, was ein Schwert ist.«

»Du willst doch nicht etwa dort unten herumstreifen? Und nachts auch noch?«

Sie blickte ihn kühl an. »Natürlich werde ich das tun. Ich habe mir sogar Urlaub genommen, um Vaters Tod aufzuklären und einen Schuldigen, wenn es ihn gibt, seiner Strafe zuzuführen. Was sollte ich sonst tun? Jammern und klagen?«

Gille seufzte leise, als er seine Schwester betrachtete. Er verstand das alles nicht – diesen unbändigen Mut, diese Furchtlosigkeit, mit der sie die Gefahr herausforderte. Er hatte es nie verstanden. Schon als kleiner Junge hatte er sich geweigert, mit ihr Soldat zu spielen, und hatte lieber dem Vater am Wurstkessel zugesehen. Später, während Alwen an der Akademie war, lernte er Pasteten backen und Würste stopfen, und seither galt sein ganzes Trachten der Herausforderung, eine unübertreffliche Kalbsleberpastete herzustellen.

Er sagte leise und demütig: »Du hast sicher recht. Aber achte auf dich.«

»Ich bin keine Närrin.« Dann schien es ihr leid zu tun, daß sie ihn so grob angefahren hatte, und sie setzte versöhnlich hinzu: »Ich werde mich aber heute nacht von dem langen Ritt ausruhen … Morgen sehe ich dann weiter. Erst will ich den Tempel der Rondra aufsuchen, um meine Danksagung darzubringen – wir hatten ein paar Zusammenstöße mit Goblins, und ich verdanke es der Göttin, daß ich sicher zu dir nach Hause zurückkehren konnte. Dann mache ich mich an meine Aufgabe.«

Sie aßen gemeinsam, und während Alwen stumm ihre Suppe in sich hineinlöffelte, erzählte Gille ihr von allen Ereignissen, die die Stadt inzwischen beschäftigt hatten. Die Witwe Brock schloß den dritten Traviabund – man denke nur, bei ihren Jahren! Aber vielleicht machte ein prallgefüllter Säckel wett, was ihr an Jugend fehlte. In der Taverne *Schwarzer Stier* wäre um ein Haar ein Brand ausgebrochen, als ein ungeschickter Stallbursche eine Fackel ins Stroh fallen ließ, aber alles war noch einmal gutgegangen. Im Haus des jungen Tiro Kolenbrander war ein Dutzend Elfen abgestiegen, die aus Donnerbach kamen und Geschäfte in der Stadt abwickelten.

»Und da war noch etwas«, sagte er schließlich. »Manche Leute behaupten zwar, das Mädchen sei närrisch, aber ich bin mir da nicht so sicher.« Er erzählte, was der Magd Gunelde in der Wassergasse zugestoßen war, als sie spätnachts Medizin holte.

Alwen beugte sich vor. »Und sie hat das Tier klar und deutlich beschrieben? Sie hat es genau gesehen?«

»Nun, so genau auch wieder nicht, denn die Straßen waren dunkel, und der Mond guckte nur hin und wieder durch die Wolken. Deshalb wollen ihr auch viele Leute nicht glauben; sie denken, das furchtsame Ding sei einfach verrückt geworden vor Angst. Was meinst du?«

»Ich weiß es nicht«, sagte Alwen. »Aber ich werde mich mit diesem Mädchen unterhalten. Und nun komm … willst du so gut sein und mir die Füße massieren?«

Gille zog ihr bereitwillig die Reitstiefel aus, dann nahm er ihre nackten Füße auf den Schoß und begann sie sanft zu kneten, während Alwen wie verzückt mit geschlossenen Augen in ihrem Sessel lehnte. »Es tut gut, zu Hause zu sein«, bemerkte sie schließlich. »Es wäre schrecklich, wenn in Trallop auch Angst und Schrecken herrschten wie draußen in der Wildnis.«

Gille nickte stumme Zustimmung.

Zwei Tage später verließ Alwen bei einbrechender Nacht auf ihrem Fuchs das Haus *Zur Lammkeule*. Sie trug Schwert, Helm und Küraß. Das Madamal leuchtete klar und voll am sternbestreuten Himmel und erhellte die Gassen der bereits halb schlafenden Stadt mit seinem kalten bläulichen Licht. Nur wenige Menschen waren noch auf den Straßen zu sehen. Die guten Bürger schliefen bereits, und die weniger guten saßen um diese Stunde in den Tavernen und gossen sich Balihoer Bärentod in die Kehle.

Langsam ritt Alwen die steile Gasse der Flußschiffer zum Hafen hinunter. Die Hufe des Pferdes trafen mit leisem *Klopp-klopp* auf das Katzenkopfpflaster. Sie ritt durch die kurze Krebsengasse, dann durch die Gasse der Flußhändler und hielt schließlich am Stadttor an. Es stand noch offen, also ritt sie auf den Hafenvorplatz hinaus. Unter ihr lag der Flußhafen mit seinen bunten Booten, die den Pandlaril hinauf und hinab fuhren. Jetzt waren alle fest vertäut, alle Segel gerefft.

Die Flußmündung und dahinter der See, über den ihr Blick schweifte, lagen vollkommen ruhig da. Kein Wellchen kräuselte die glänzende Oberfläche. Ein unschuldiger stiller See in einer Sommernacht … Der warme Wind strich sanft darüber hin, ohne den blanken Spiegel der Oberfläche zu zerstören. Kein Laut drang vom Hafen herauf, kein Fisch sprang, keine Welle klatschte an die steinernen Uferbefestigungen.

Die Torwächter riefen ihr zu, daß das Tor geschlossen werde, also kehrte sie zurück und bezog unmittelbar hinter dem Tor Posten – an der Stelle, wo man ihren Vater tot aufgefunden hatte. Sie sprang ab, band ihren Fuchs an einen Pfosten und stieg auf den verfallenen Wehrgang hinauf, um Wache zu halten. Das Schwert auf den Knien, saß sie da und beobachtete unverwandt die stille Fläche des Wassers.

Sie wußte, daß diese trügerische glatte Fläche nur ein Dach war, ein Dach über einer abgründigen Höhle, in der Tod und Verderben hausten. Schon als Kind hatte man ihr von der sagenhaften Stadt im Neunaugensee erzählt, in der Kraken und Molche wohnten, aber ihr nüchterner, vernünftiger Sinn gab nichts auf solche Geschichten, die ihr doch gar zu märchenhaft erschienen. Sie hatte jedoch mit der Magd Gunelde gesprochen und war überzeugt, daß das Mädchen die Wahrheit gesagt hatte. Aber wer hatte jemals von einem solchen Wesen, halb Spinne, halb Echse gehört? So lange stand Trallop nun schon am Ufer des Sees, und doch waren solche Wesen nicht einmal in den Sagen und Geistergeschichten genannt worden. Oder doch? Hatte sie nicht einmal eine Geschichte gehört, in der ein ›schwarzer Mann aus dem See, mit langen Armen und Zähnen wie ein Rechen‹ erwähnt wurde? Ja, irgendwann hatte sie etwas dergleichen gehört. Sie mußte Gille fragen, der merkte sich solche Dinge besser als sie.

Sie lächelte schwach. Guter Gille! Wie er sie gedrängt hatte, seine Begleitung anzunehmen! Mit dem langen scharfen Schlachtermesser wollte er sich bewaffnen, um ihr beispringen zu können, falls sie in Gefahr geriet! Tatsächlich waren die einzigen Wesen, denen Gille Staffauer wirklich gefährlich wurde, Kälber und Schafe ... Dennoch, es war lieb von ihm, ihr seine Hilfe anzubieten. Er war ein so fürsorglicher Bruder. Sie wußte, daß er es tatsächlich fertiggebracht hätte, sie zu begleiten, obwohl ihm gewiß schon bei dem Gedanken an den nächtlichen See ein eisiger Schauder den Rücken entlanglief.

Eisiger Schauder … es war auch wirklich sehr kühl hier am See, obwohl die Rahjanacht warm war. Ohne den Mantel hätte sie gefröstelt. Vielleicht lag es an dem zarten Dunst, der jetzt von der Wasserfläche aufstieg … ein Hauch nur, aber genug, um ihr einen Schauder über den Rücken zu jagen. Es war, als hauche der See einen eisigen Atem aus. Und der Dunst wurde dichter; weiter draußen war er schon ein richtiger Nebel, der über der Wasseroberfläche schwebte …

Der Fuchs wieherte plötzlich und stieg unruhig von einem Fuß auf den anderen, während er den Kopf hin und her warf. Sie eilte hin, um ihn zu beruhigen, hatte aber nur wenig Erfolg. Die Augen des Tieres rollten nervös, als es zum See hinabblickte. Einen Augenblick lang legte es Alwen, als sie es liebkoste, das Maul auf die Schulter, schreckte aber sofort wieder hoch und zerrte aufgeregt an der Leine, mit der es festgebunden war.

»Ruhig, mein Alter, ganz ruhig«, flüsterte Alwen. Sie überlegte, ob es besser sei, die Leine zu lösen. Falls irgend etwas aus dem See auftauchte und sie überfiel, sollte das Pferd wenigstens die Möglichkeit haben, das Heil in der Flucht zu suchen. Sie löste den Knoten und nahm den Fuchs fest am Zügel. »Da ist nichts«, murmelte sie beruhigend.

Aber sie war längst nicht mehr überzeugt, daß da nichts war. Im Schutz der grauen Nebeldecke mochte bereits alles mögliche aufgetaucht sein, das sie nicht erkennen konnte, wenn es nur leise genug war. Der Nebel umhüllte den See wie graue Bauschfloken, in denen sich das Licht des Madamals fing und versickerte.

Langsam wurde ihr bewußt, daß der Nebel einen üblen Geruch ausströmte … dünn und beißend zuerst, dann immer stärker; ein Geruch, der sie an verdorrte Tierkadaver erinnerte. Bald war der Gestank so heftig, daß sie die Zähne zusammenpressen mußte, um ein Würgen zurückzudrängen. Aber noch immer war nichts zu sehen.

Alwen zog sich wiederum auf den Wehrgang zurück und beobachtete den See. Gab es da eine Bewegung im Nebel? Sie war sich nicht sicher. Auf jeden Fall warf sie den Mantel ab, zog das Schwert und beugte sich kampfbereit vor. Da! Jetzt war sie überzeugt, daß sie etwas gesehen hatte, aber es war nur ein Huschen, das über die nebelverhangene Oberfläche glitt. War ein Fisch gesprungen? Oder hatte etwas seinen langen, dürren schwarzen Arm aus den Fluten gereckt?

Die Bewegung wiederholte sich. Jetzt erkannte sie es deutlicher. Es war keine einzelne, sondern eine vielfältige Bewegung, als wimmle etwas Dunkles lautlos unter der Nebeldecke. Dann tauchte plötzlich auf dem weißen Uferstein der glatte schwarze Leib einer Wasserschlange auf.

Alwen trat einen Schritt zurück. »Rondra steh mir bei!« flüsterte sie. Sie spürte augenblicklich, daß dieses Tier nichts mit den harmlosen Wasserschlangen zu tun hatte, die man gelegentlich auf dem See schwimmen sah. Erstens war es viel größer, lang wie ein Männerarm und fast ebenso dick, und die starren Augen glühten in einem tödlichen Glanz. Im nächsten Augenblick war auch schon eine weitere Schlange aufgetaucht, und dann schwamm es heran, ein verschlungener Teppich dunkler Leiber, die sich nur widerwillig voneinander lösten und zischend die Stufen hinaufglitten.

Der Fuchs stieß einen grellen Angstlaut aus und stieg. Sie hatte Mühe, wenigstens seine Beine wieder auf die Erde zu bringen. Er zerrte mit wild rollenden Augen an den Zügeln, und sie wußte, daß sie ihn nicht lange würde halten können. Armer Fuchs – so standhaft im Felde, aber das hier war etwas anderes; diesem Gezücht der Niederhöllen hielt kein Pferd stand. Alwen ließ die Zügel los, und der Fuchs wirbelte herum und floh mit klappernden Hufen in Richtung Stall.

Alwen packte ihr Schwert fester, als sie die brüchige Treppe hinabeilte. Die Ungeheuer hatten inzwischen den ganzen Vorplatz des Fischereihafens bedeckt, und sie mußte an die Lücken und Breschen in der verfallenen Mauer denken. Tatsächlich – da schob sich bereits ein dunkler Leib aus einem Loch. Ein weiterer folgte. Schon wimmelten die Schlangen in die Gasse herein, eine nicht enden wollende Flut glitschiger schwarzer Leiber.

Alwen schauderte, aber sie war fest entschlossen, dem Ungeziefer standzuhalten. Sie schlug zu, und einer der dunklen Leiber schnellte hoch und fiel dann in einem langen Bogen in sich zusammen. Ein zweiter – ein dritter. Aber bald mußte Alwen erkennen, daß sie dieser Menge nicht gewachsen war. Immer neue Schlangen schienen durch das Loch in der Mauer zu quellen, bis der Boden um sie herum von einer wogenden, schnellenden, zischelnden Schicht Schlangenleiber bedeckt war.

Und mehr noch – sie versuchten jetzt an Alwen hinaufzuklettern, schlichen sich von hinten an, wichen geschickt den Schwerthieben aus, und während eine zuckend zu Tode kam, wickelte sich schon eine andere an Alwens Stiefel herauf. Sie stolperte mehrmals, und schließlich begriff sie, daß sie nicht standhalten konnte – eine der Schlangen hatte sich bereits um ihre Mitte gewickelt, eine andere wand sich den Stiefelschaft hoch.

Plötzlich schrie Alwen auf: Die Schlange, die am höchsten gelangt war, schnellte mit einem Ruck noch höher, erreichte das Armloch der Rüstung und schlüpfte hinein. Alwen spürte einen scharfen Stich unter der

Achsel, und augenblicklich wurde ihr schwarz vor Augen. Kraftlos ließ sie das Schwert sinken, die Knie zitterten ihr, und einen Lidschlag später wäre sie inmitten der Schlangen zusammengesunken, als sie wie aus weiter Ferne Stimmen hörte.

Tatsächlich waren die Stimmen ganz nahe. Sie gehörten einer Gruppe von Elfen, die singend von einem Ausflug in die Stadt heimkehrten. Alwen hörte ihre erstaunten Ausrufe, dann Schreie, und sie sah gerade noch, während ihr die Lider bleiern zufielen, wie sie auf die Stadtmauer zugerannt kamen. Das Schlangenheer wich augenblicklich zurück und suchte sein Heil in den Fluten, wobei die Kreaturen ihre toten Gefährten mitnahmen – vielleicht hatte einer der Elfen ihm einen Zauberspruch entgegengeschleudert.

Alwen hatte das Gefühl, als sollte sie im nächsten Augenblick in einen Abgrund stürzen. Ihre Glieder waren wie gelähmt, würgende Übelkeit umkrampfte ihren Magen, ihr Mund war ausgedörrt. Da beugten sich plötzlich zwei der Elfen über sie, und gemeinsam halfen sie ihr mit geschickten Fingern aus dem Küraß. Der größere der beiden beugte sich vor und zog ihr Hemd hoch. Seine Finger glitten kühl und seltsam heilend über die Stelle, wo die Wasserschlange sie gebissen hatte.

Alwen zwang sich gewaltsam, die Augen einen Spaltbreit zu öffnen, obwohl die Lähmung sich immer deutlicher spürbar machte. Sie sah den Sternenhimmel über sich und das spitzohrige, blasse Gesicht eines jungen Elfen, der sie ernst anblickte. Seine großen Augen glichen den Katzenaugen, die in der Nacht leuchten. Sie hörte ihn flüstern: »Keine Angst … es wird gut.« Dann legte er die Hand auf die Wunde und sprach einen Zauberspruch darüber.

Alwen konnte es kaum glauben, aber der Bann der Betäubung brach augenblicklich. Sie konnte die Augen öffnen und zu den Elfen aufblicken, die in einem Halbkreis um sie herumstanden. Die Klammer um ihr Herz löste sich, sie atmete wieder frei und tief.

»Bleib noch ein wenig liegen«, mahnte der Elf, der sie geheilt hatte. »Es waren schlimme Zähne, die dich gebissen haben.«

Alwen gehorchte und blieb liegen, bis ihre Lebenskraft völlig wiederhergestellt war. Sie betrachtete nachdenklich den Elfen. Er sah aus wie alle Elfen – angenehm und zugleich geheimnisvoll. Er hatte das Äußere eines flachsblonden jungen Mannes von etwa fünfundzwanzig Götterläufen, aber sie wußte, daß er genausogut hundert oder fünfhundert Jahre alt sein konnte. Die Pupillen seiner schrägen smaragdgrünen Augen schienen sich nach Katzenart zu verschmälern und zu öffnen, während er sie anblickte. Zusammen mit dem hohen Wangenknochen ergab das den Eindruck, in ein Raubtiergesicht zu blicken, aber seine Berührung war sanft und seine Stimme leise.

Er war prächtig gekleidet – sein Hemd, das bis zum Schenkel reichte, war über und über bestickt, so daß das Auge kaum den Bildern folgen konnte. An seinen Ohren hingen bunte Entenfedern. Über der Schulter trug er eine Rohrflöte.

Sie setzte sich auf, strich das schweißdurchfeuchtete Haar aus dem Gesicht und sagte: »Ihr habt mich durch Zauber geheilt.«

»Nichts anderes als Zauber hätte dich noch heilen können«, erwiderte er ernst. »Das Gift drang rasch zu deinem Herzen vor.«

»Habt Ihr die Ungeheuer gesehen?«

»Ja, aber die Kleinen Vergessenen flohen, als wir sie mit unserer Seelenkraft bannten.«

»Kennt Ihr denn diese Tiere?« fragte Alwen überrascht.

Er nickte. »Ja. Man sieht sie nur sehr selten, denn für gewöhnlich leben sie in der Tiefe, aber wir kennen sie. Wir nennen sie die ›Kleinen Vergessenen‹. Sie sind giftig und gefährlich, aber sie weichen Zauber und Schwert.«

»Dann gibt es also auch ›Große Vergessene‹?« forschte sie neugierig.

Sein schmales Gesicht verschloß sich. »Ja«, sagte er knapp. »Aber wir reden nicht über sie. Kannst du aufstehen?«

Alwen fühlte sich jetzt wieder völlig bei Kräften, und sie stand auf und dankte dem Elfen. »Kommt doch morgen in unser Haus, wenn Eure Geschäfte es zulassen«, schlug sie vor. »Mein Bruder wird Euch persönlich danken wollen.« Sie selbst empfand zwar einen leisen Groll, daß sie auf die Hilfe eines anderen angewiesen gewesen war, aber sie wußte, Gille würde ihrem Retter unbedingt danken wollen. Und bevor er einen Boten in Tiro Kolenbranders Haus schickte, war es doch besser, sie lud den Elf selbst ein. »Sanyasala, feyiama!« sagte sie. »Taladha Alwen!« Nachdem sie ihn so – wenn auch mit rauhem Akzent – nach Elfenart begrüßt und sich vorgestellt hatte, fragte sie: »Wie heißt Ihr?«

»Fingal Abendsang«, erwiderte er. »Soll ich dich heimbegleiten, oder …«

Alwen wehrte stolz ab. »Ich danke Euch, aber ich bin schon wieder recht gut zu Fuß. Ihr braucht Euch keine Sorgen mehr zu machen.«

»Dann geh heim«, mahnte er, »und schlaf, bis du morgen von selbst aufwachst, denn das Gift hat dich geschwächt, auch wenn du es nicht merken willst.«

Alwen nickte flüchtig und verabschiedete sich von den Elfen, dann machte sie sich auf den Weg in die Gasse der Flußschiffer.

Wie Fingal ihr geraten hatte, ging sie rasch zu Bett, aber dann konnte sie nicht einschlafen. Immer wieder schob sich das Gesicht des Elfen in ihre Träume. Wie wunderbar er ausgesehen hatte – wie groß und schlank, und die schmalen Hüften! Sie sah in Gedanken das lange flachsblonde Haar über die Schultern fallen, sah den smaragdgrünen Blick der großen Augen. Und wie faszinierend hatte seine Stimme geklungen, als er ihr auf Isdira Antwort gegeben hatte! Sie ertappte sich bei der Vorstellung, wie es sein mochte, dieses Gesicht zu küssen. Dann schreckte sie vor ihren eigenen Gedanken zurück.

Nein, nie hätte sie es gewagt, einen Elfen zu küssen, und sei er auch noch so schön! Elfen waren *anders,* waren *fremd.* Und wenn sie diese Fremdheit zu fühlen bekommen hätte? Wenn seine Haut kalt war wie die eines Vampirs oder sein Blick ihr die Seele raubte?

Es dauerte lange, bis sie einschlief, und schließlich träumte sie, daß Fingal sie in einer finsteren Stadt über ein riesiges Feld zischender Wasserschlangen hinwegtrug.

Am nächsten Tag kam Fingal Abendsang tatsächlich zu Gast. Er hatte sich in seine Festtagskleidung gehüllt – zwei knappe Röcke, die einander wie Blütenblätter überlappten. Der Oberrock war aufs prächtigste bestickt, so daß keine Nagelbreite Raum ungeschmückt blieb. Um die Mitte trug er einen Gürtel, an dem putzig anzusehender Tand hing: Spiegelchen, Tiegelchen und Fläschchen mit bunten Tinkturen, aufgefädelte Silbertaler, Messerchen und ein Fuchsschwanz. Wieder trug er die zierliche langstielige Rohrflöte über der Schulter.

Gille tat sein Bestes, den Elf wie einen Ehrengast zu empfangen. Als guter Geschäftsmann wußte er mit allem möglichen Volk umzugehen, mit den Zwergen, die Dörrschinken und Dauerwurst für ihre Reisen bei ihm kauften, ebenso wie mit diesem Elf.

»Sanyasala, feyiama! Taladha Gille!« sagte er stokkend. Die fremdartigen Silben kamen ihm unbeholfen über die Lippen.

»Sanya bja, talar!« erwiderte der Elf befangen.

»Feydha Fingal!« Sein schwingende Stimme klang lieblich durch den Raum, wie die Stimmen eines Kindes und eines Mannes zugleich.

Frau Birsel mußte etwas Besonderes auf den Tisch bringen, und sie ließ sich nicht lumpen: Sie servierte eine leichte Kräutersuppe, Regenbogenforellen mit Wildsalat und einen Nußkuchen. Gille, Alwen und auch Fingal taten dem Essen alle Ehre an.

Es war ein fröhliches Mahl im sanften Licht der untergehenden Sonne. Draußen war es kühler geworden, die Tageshitze wich vor einer leichten Brise aus den Gäßchen, und eine rosenfarbene Dämmerung breitete sich über die Stadt. Ein Madasänger trillerte mit lieblichem Klang in der alten Erle im Hof. Man speiste bei offenen Fenstern, durch die das Getümmel auf den Gassen wie eine ferne Begleitmusik hereindrang. Hin und wieder brachte ein Windhauch die beiden Kerzenflammen zum Erbeben, die in gußeisernen Leuchtern auf dem Tisch brannten.

Alwen warf dem schönen Fremden immer wieder Seitenblicke zu. Er benahm sich ganz wie ein Mensch, und es war ihm anzumerken, daß er sich ein wenig schüchtern und befangen fühlte. Er hielt den Blick meist auf seine Forellen gerichtet, die er mit großer Sorgfalt entgrätete, und überließ Gille die Konversation. Sein Haar, das eine Handbreit über die Schulter hinabhing, funkelte im Kerzenlicht; ein warmer weicher Schimmer schien davon auszuströmen, der Fingals Gesicht wie eine dämmrige Aura umgab. Alwen sah, daß die Pupillen seiner Augen sich öffneten und wieder zusammenzogen, je nachdem, ob er gerade ins Licht oder ins Dunkel blickte.

Einmal, als er nach dem Fischmesser griff, berührten sich ihre Hände zufällig über dem Beistellteller. Alwen fühlte, wie ein Schauder sie durchrann. Seine Haut war tatsächlich kühl, und sie schien von einem unsichtbaren Feld umgeben zu sein, in dem es so knisterte und prickelte, daß sich die Härchen auf ihrem Arm aufstellten. Rasch zog sie die Hand zurück und rückte unauffällig ein Stückchen ab.

Nach dem Essen holte Gille die Amphore mit dem Bjaldorner Waldschrat hervor, die er für besondere Gelegenheiten im Schrank stehen hatte, und schenkte Alwen ein. Die Amphore in der Hand, zögerte er – nur wenige Elfen sprachen geistigen Getränken zu. »Darf ich Euch einschenken?«

Fingal nickte. Offenbar gehörte er zu den zivilisierten – oder vermenschlichten – Elfen, die sich ganz gern einen Schluck gönnten.

»Auf Euer Wohl, Herr Fingal. Ihr habt mir das Liebste im Leben gerettet.«

Der Elf neigte leise lächelnd den Kopf. »Dank deinen Göttern.«

Das hatte Gille bereits getan. In aller Frühe hatte er schon ein Opfer im Rondra-Tempel gebracht, denn nach längerem Überlegen war er zu dem Schluß gekommen, daß der glückliche Ausgang des bösen Abenteuers doch Rondra zuzuschreiben war. Er hatte sich ein wenig merkwürdig gefühlt inmitten all der Krieger, die dort beteten und opferten, denn für gewöhnlich betrat er nur den Tempel des Phex, wo er seine Standesgenossen antraf.

Jetzt nickte er dem Elf freundlich zu. »Zu Eurem Wohle. Wollen wir hoffen, daß sich etwas so Schreckliches nicht wiederholt.«

»Ich fürchte, da hoffen wir zuviel«, entgegnete Fingal ernst. »Meine Leute sind bekümmert seit gestern nacht. Auch unser Volk wohnt an diesem See, und wer weiß, wann dort die ersten Schrecken aus der Tiefe auftauchen? Und was hat sie überhaupt heraufbeschworen?«

Die Geschwister blickten ihn ratlos an. »Ja, was?«

»Ich fürchte«, fuhr Fingal fort, »diese Sache hat mit *taubra* zu tun ... natürlich könnte es auch eine unglückliche Sternenkonstellation sein, schließlich stehen die Namenlosen Tage kurz bevor. Aber ich denke, es ist *taubra.*«

»Ihr denkt, Magie hat meinen Vater getötet?« fragte Alwen stirnrunzelnd.

»In gewisser Weise schon, denn die Kleinen Vergessenen wären nie aus ihrer dunklen Tiefe aufgetaucht, wenn nicht etwas sie heraufbeschworen hätte. Etwas hat sie gereizt und angriffslustig gemacht, so daß sie Jagd auf Menschen machen.«

Gille leckte bedächtig seinen Likörbecher aus Zwergensilber aus. Schließlich sagte er: »Dann sollten wir uns an einen Magier wenden. In Donnerbach gibt es doch jede Menge davon. Was meinst du, Schwester?«

Alwen zögerte. Es widerstrebte ihr, die Hilfe eines Zauberers in Anspruch zu nehmen; die Leute waren ihr nicht geheuer, aber sie mußte Gille recht geben. Wenn Zauberei im Spiel war, dann konnte nur ein Magier die Sache in die Hand nehmen. »Ja, das ist auch meine Meinung«, sagte sie etwas steif.

Fingal nickte zustimmend. »Meine Leute und ich haben jedenfalls vor, mit den Magiern zu sprechen. Wenn nun ein Schwarzmagier hinter alledem steckt ...«

Gille schüttelte entschieden den Kopf. »Glaubt Ihr, daß Ihr einen Schwarzmagier in Donnerbach findet? Seit ich mich erinnern kann, höre ich, die Mitglieder der Akademie dort seien so ehrbar, daß es schon langweilig ist. Man hätte einen solchen Burschen doch längst entlarvt und gefaßt.«

»Nun, vielleicht trägt doch eine unglückliche Sternkonstellation an allem Schuld«, gab Fingal nach. »Dennoch sollten wir mit den Magiern sprechen.«

»Ich lasse morgen anschirren und fahre nach Donnerbach«, schlug Gille vor. »Es wäre mir lieb, Herr Elf, wenn Ihr mich begleiten wolltet.«

Alwen sah ihn erstaunt an. »Du willst fahren? Es ist doch einfacher, ich reite hin.«

Gilles Stimme klang ungewöhnlich fest und bestimmt. »Jarl Staffauer war auch mein Vater, liebe Schwester. Wenn ich etwas dazu beitragen kann, seinen Tod aufzuklären oder gar zu rächen, dann will ich es nicht ungetan lassen.«

Fingal unterstützte seinen Vorschlag. Er sagte: »Meine Gefährten haben noch das eine oder andere hier in der Stadt zu erledigen, auf das sie ungern verzichten wollen; sie wären sicher erfreut, wenn ich mit dir voranritte, Gille. Und du kommst doch gewiß auch mit, Reiterin Alwen?« wandte er sich an die junge Frau. Er hatte das gereizte Zucken in ihren Mundwinkeln bemerkt, als Gille allein auf die Reise gehen wollte, und bemühte sich, einen Streit zu vermeiden.

»Natürlich komme ich mit«, schnappte sie. »Meint Ihr, daß ich nicht genauso wissen will, was dieses Unheil verursacht hat? Außerdem kenne ich die Straße nach Donnerbach gut.«

»Ich war auch schon zweimal dort«, meldete sich Gille ein wenig herausfordernd zu Wort.

Alwen rümpfte kurz die Nase; dann beschloß sie, gute Miene zum unwillkommenen Spiel zu machen. »In Ordnung. Wann wollen wir reisen?«

»Je früher, desto besser«, sagte Fingal.

»Morgen, würde ich sagen«, antwortete auch Gille. »Die Knechte sollen heute noch alles einpacken, was wir für die Reise brauchen, und Frau Birsel soll uns ein paar kräftige Roggenbrote zurechtmachen ... dann können wir morgen frühzeitig aufbrechen.«

Der Elf war einverstanden, und so blieb nichts mehr zu tun, als den Entschluß mit einer weiteren Runde Bjaldorner Waldschrat zu begießen.

Während im Haus *Zur Lammkeule* die Becher klangen, saßen Naul und sein Großvater Rodunk in ihrer Kate am Rand des Nebelmoors beisammen und zogen an ihren Pfeifen, wobei sie den aufgehenden Mond betrachteten. Der Alte schwieg, und Naul schwieg ebenfalls, obwohl ihm einiges im Kopf herumging.

Am Nachmittag war er heimlich im Versunkenen Dorf gewesen – auf der großen Sumpfwiese, wo einst das Dorf gestanden habe. Halb und halb hatte er gedacht, die Bewohner des Dorfes seien der Phantasie des alten Mannes entsprungen, aber zu seiner Überraschung hatte er tatsächlich Überreste gefunden – verkohlte Scheite eines Feuers sowie zahlreiche Vogelknochen und schwarze Federn, als hätten die Unsichtbaren ein Gelage gefeiert ... oder ein Opfer dargebracht. Und noch etwas hatte er gefunden: eine glänzende Münze, wie die fremden Männer sie an den Kleidern getragen hatten.

Er überlegte, ob er mit dem Großvater darüber sprechen sollte. Bislang hatte er immer alles mit ihm geteilt – schließlich gab es in der Einöde auch niemand anderen, mit dem er sprechen konnte –, aber jetzt hatte er Angst, der Alte würde zornig werden, wenn er ihm eingestand, daß er den verfluchten Platz aufgesucht hatte. Und Naul mußte ihm zugestehen, daß er recht gehabt hatte: Es war tatsächlich ein beklemmender Ort. Er hatte nichts gesehen oder gehört, aber die Luft schien dort schwerer und stickiger als anderswo zu sein, die Stille tiefer, und ein unbehaglich lauerndes Gefühl lag über der Sumpfwiese, als beobachtete ihn jemand. Mehr als einmal hatte er sich umgedreht und nach allen Seiten umgegesehen, aber niemand hatte sich blicken lassen. Zuletzt hatte ihn aber so das Grausen überkommen, daß er die Münze eingesteckt hatte und davongerannt war.

Ich werde es ihm doch lieber nicht erzählen, dachte Naul. Oder jedenfalls nicht jetzt. Vielleicht später, bei einer besseren Gelegenheit.

3. Kapitel

Am nächsten Tag stand tatsächlich schon in aller Morgenfrühe ein zweisitziges Wägelchen vor dem Haus *Zur Lammkeule.* Gezogen wurde es von einem der munteren blondbraunen Pferdchen, die man Nordmähnen nennt; es stampfte erwartungsvoll mit den Hufen und schnaubte.

Alwen – die immer noch ein wenig übelgelaunt war – musterte das Gefährt. »Du denkst doch nicht, daß ich auf diesem albernen Karren fahre? Ich reite meinen Fuchs, wie immer.«

»Das weiß ich«, gab Gille gleichmütig zurück. »Aber ich fahre damit, und wenn wir in Donnerbach sind, wird der Herr Adeptus uns wohl nicht zu Fuß nachlaufen wollen, oder? Der Sitz hier« – er klopfte kräftig auf das feste Ledergeflecht – »dient seiner Bequemlichkeit.«

»Du meinst, du willst ihn mitbringen?« fragte Alwen erstaunt. Sie hatte gedacht, sie würden einfach um eine Audienz in der Magierakademie ansuchen und sich beraten lassen.

»Natürlich will ich ihn mitbringen«, sagte Gille. »Er soll sich die Sache hier an Ort und Stelle ansehen, und dann soll er sein Urteil abgeben.«

»Meinst du, er wird mitkommen?« fragte Alwen mit gerunzelten Brauen. Sie war überzeugt, daß Magier schrullige und undurchsichtige Gesellen waren, die zwar sehr geheimnisvoll taten, aber nicht unbedingt hilfreich waren – meistens schadeten sie mehr, als sie nutzten!

»Gewiß wird er mitkommen.« Gille lächelte breit. »Erstens ist es ja seine Aufgabe, sich um solche Dinge zu kümmern, und wenn er etwas dafür verlangt... nun, Phex sei Dank, wir sind keine armen Leute. Wo bleibt übrigens Herr Fingal?«

Aber da ritt der Elf auch schon auf seinem weißen Pferd in die Gasse ein. Hinten auf den Sattel hatte er seine bescheidene Reiseausrüstung geschnallt, auf der Schulter trug er den langen Bogen. Sein flachsblondes Haar wehte im Wind. »Preist die Schönheit der Welt!« rief er den beiden fröhlich zu. »Welch herrlicher Morgen, um auf Reisen zu gehen!«

Die Geschwister mußten ihm recht geben. Der Morgen war strahlend schön. Noch hing eine erfrischende Kühle in der Luft, und die Bäume raschelten in einer sanften Brise. Nur über dem See hatten sich schwere purpurviolette Wolken zusammengezogen, und einzelne Blitze zuckten heraus.

Alwen warf einen Blick auf ihren Bruder, der sich bewaffnet hatte – er trug einen Eichenknüttel an einer Schlaufe, und in seinem Gürtel steckte in einer Lederscheide das große Schlachtermesser mit der rasiermesserscharfen Klinge. »Hast du Angst, daß Kühe oder Schafe uns angreifen?« bemerkte sie hochmütig.

Gille nahm ihren Spott gelassen hin. »Dieses Messer, liebe Schwester, kann mehr, als nur Schafe schlachten«, sagte er. »Und es liegt mir nun einmal besser in der Hand als ein großes Schwert, wie du eines umgeschnallt trägst.«

Alwen trug tatsächlich Helm und Küraß sowie ein kurzes Schwert an der Seite – eine weitaus rondragefälligere Aufmachung, als es der sichere Weg nach Donnerbach erforderlich machte, aber sie zeigte sich nun einmal gern in voller Montur.

Frau Birsel kam mit einem gewaltigen Proviantkorb herbei, den Gille zufrieden überprüfte und dann hinten auf dem Wägelchen verstaute. Dann wurden Abschiedsworte getauscht, und schneller, als sie gedacht hatten, näherten die drei sich der Straße nach Donnerbach.

Zwischen Trallop und Baliho verlief bereits eine gut ausgebaute Reichsstraße, die erst kürzlich verlängerte R2 von Gareth über Wehrheim nach Trallop. In Richtung Donnerbach jedoch mußten Händler und andere Reisende mit der alten Handelsstraße vorliebnehmen, die kaum besser als ein gut ausgefahrener Karrenweg war. Gelb und sandig erstreckte sich das Band der Straße durch die Weiden, auf denen vor allem Bornländer Bunte grasten – ein genügsames Milchvieh, das selbst in dieser rauhen Landschaft noch genügend Futter fand. Endlose Reihen von Boronsweiden wuchsen am Ufer des Sees und senkten ihre geschmeidigen langen Ruten Sumus entgegen. Sie sahen hübsch aus mit ihren spitzen grünen Blättern, aber man sagte ihnen nach, daß sie den Standort wechselten, wenn man gerade nicht hinsah, ja daß sie ihre Wurzeln aus dem Boden zogen und den Wanderer verfolgten. Gille war froh, daß es hellichter Tag war und die unheimlichen Bäume stehenbleiben mußten, wo sie standen.

Sie zogen über die große Brücke über den schmäleren Arm des Pandlaril, fuhren dann durch das Tralloper Moor, vorbei an der kümmerlichen Ansiedlung Torfweiler, und schließlich lag allein das gelbe Band der Straße vor ihnen.

Alwen warf hin und wieder dem See einen Blick zu, während sie neben dem Wagen ihres Bruders einherritt. Sie war froh, daß der breite Gürtel aus Boronsweiden und Schilf immer weiter hinter ihnen zurückblieb. Hin und wieder flog ein Schwan oder ein Reiher auf, Libellen flitzten durchs Rohr. Im Augenblick bot der See keineswegs einen ungewöhnlichen Anblick, wenn man von dem schweren Gewitter absah, das sich auf seiner Weite draußen entlud. Die Bauern behaupteten, diese Gewitter würden von Jahr zu Jahr stärker. Alwen wußte nicht, ob sie recht hatten. Sie war selten zu Hause und kümmerte sich nicht weiter um den See, als daß sie ihm mit Vorsicht begegnete.

Die Straße schlängelte sich in Bogen; erst berührte sie beinahe den Schilfgürtel des Sees, dann aber bog sie nach Nordosten ab und wand sich durch Wäldchen und Hügel in Richtung der Grenzstation Rathila.

Alwen wandte ihre Aufmerksamkeit wieder Fingal zu. Er ritt auf der anderen Seite des Wagens einher und unterhielt sich mit Gille über dieselben Dinge, über die sie gestern beim Abendessen gesprochen hatten. »Ich kenne die Magier in Donnerbach nicht, ich hatte nie etwas mit ihnen zu tun«, hörte Alwen ihn sagen. »Aber es sind graue Magier, die ihre Kraft nur zum Guten einsetzen; sie werden uns helfen.«

Sie betrachtete ihn, ohne weiter auf seine Worte zu hören. Er saß gelassen und sicher auf seinem weißen Pferd, obwohl es eine unruhige Stute war, die er ritt. Alwen erinnerte sich an die seltsame Geschichte, die man von den Elfenrossen erzählte: daß es den Elfen möglich sei, milchweiße Stuten aus der Nebelwelt herbeizurufen. War es ein solches Zauberroß, das ihn trug? Oder doch nur ein gut gelungenes Exemplar aus einem nordischen Gestüt?

Der erste Tag der Reise verlief ereignislos, und pünktlich zum Abendessen erreichten sie eine kleine, aber sauber gehaltene Herberge mit dem hübschen Namen *Zum Schwan und Reiher*. Gille sprang erleichtert vom Wagen – das lange Sitzen und die Hitze waren ihn doch sauer angekommen – und rief laut: »Heda, Wirtshaus!«

Sofort erschien eine fröhliche kleine Wirtin auf der Schwelle und rief ihm zu: »Holla! Was schreit Ihr so? Seid Ihr ein Oger, der seinen Hunger nicht bezähmen kann?« Dann merkte sie, daß Gille ein gutaussehender Mann war, und sie lächelte ihn an und sagte: »Nein, Ihr seid kein Oger, das sehe ich jetzt. Ihr seid ein hübscher und gewiß auch netter Mann, und wenn Ihr in die Wirtsstube kommen wollt, werde ich gleich zusehen, was ich für Euren Hunger tun kann.«

Gille errötete, wie er es immer tat, wenn eine Frau ihm Nettigkeiten sagte. Er murmelte etwas Unverständliches und machte sich am Wagen zu schaffen. Der Elf, der keinen Gefallen an überfüllten Wirtsstuben und dumpfen Schlafkammern fand, entschuldigte sich: Er wollte die Nacht im lichten Wald verbringen, um seine Seelenkraft aufzufrischen. Mit einem Winken verabschiedete er sich und ritt davon. Gille wartete, bis Alwen die Wirtsstube betreten hatte. Erst dann folgte er ihr.

Das Haus war klein und schon am frühen Abend gedrängt voll mit Gästen – Händlern, Boten und auch einer Handvoll Bauern aus dem umliegenden Weideland. Gille und Alwen hatten Glück, daß sie noch einen Tisch für zwei bekamen. Die Wirtin brachte ihnen Bier und dann einen kräftigen Eintopf mit Schwarzbrot. Alwen beobachtete belustigt, wie die Frau sich um Gille bemühte; sie klopfte und streichelte ihn und schwenkte ihm den runden Busen unter der Nase herum.

Alwen lachte. »Sie hat dir soeben die Nachspeise angeboten«, sagte sie.

»Welche Nachspeise?« fragte Gille begriffsstutzig. Er wollte nichts anderes, als ruhig sitzen und sich mit dem Essen beschäftigen.

»Nun, ihre dicken weißen Krapfen. Würden dir die nicht schmecken?«

Gille lief rot an. »Du weißt, ich mag es nicht, wenn du so redest«, protestierte er. »Laß mich in Frieden mit den Weibern!«

»Aber sie lassen dich nicht in Frieden, und sie haben recht damit. Ach, Gille! Da siehst du so lecker aus wie ein frischer Apfel und läßt doch keine hineinbeißen. Warum machst du dem munteren Weiblein da nicht die

Freude? Sie hat einen harten Tag hinter sich und sich etwas Gutes verdient.«

»Ich wünschte, sie ließe mich in Ruhe«, murmelte Gille. »Ich weiß nie, was ich tun soll, wenn sie so vor mir herumtanzen.«

»Du brauchst gar nichts tun. Du nimmst einfach ihre Hand und fragst, ob sie dich in ihre Kammer läßt, und dann gehst du hinein. Den Rest wird schon sie übernehmen.«

Gille schüttelte stur den Kopf und beschäftigte sich weiter mit seinem Eintopf.

Als die Wirtin mit zwei frischen Krügen Bier zu ihrem Tisch kam, fragte Alwen: »Wo ist denn der Herr Wirt?«

»Ach«, sagte die Frau, »der ist schon seit Jahren tot. Vom Dach gefallen, als er Schindeln legte, und das war's. Jetzt muß ich ganz allein mit allem fertigwerden. Bei Rahja, es ist schon ein hartes und einsames Leben.« Damit warf sie Gille einen so sehnsuchtsvollen Blick zu, daß er nicht anders konnte als zu begreifen.

Kaum war die Frau verschwunden, griff Alwen nach dem Arm ihres Bruders und drückte ihn fest. »Was sage ich dir? Sie ist traurig und einsam. Und du bist hartherzig wie ein Ork, weil du kein Verständnis dafür hast. Du könntest ihr so leicht wenigstens eine Nacht versüßen.«

Gille seufzte. »Meinst du wirklich, daß sie traurig und einsam ist?«

»Aber gewiß doch.«

Er überlegte eine Weile, dann sagte er: »Frag du sie.«

»Was soll ich fragen?«

»Ob sie mich wirklich in ihrer Kammer haben will.«

Alwen schüttelte lachend den Kopf. »Den Mut mußt du schon selbst aufbringen. Aber ich wette, sie läßt dich gar nicht zu Ende kommen; sie wird ja schreien, sobald du nur den Mund öffnest.«

Von da an fühlte Gille sich in der Klemme zwischen

zwei Frauen – Alwen, die ihn herausfordernd betrachtete, und der Wirtin, die ihn kaum weniger herausfordernd ansah. Sie kam zum Tisch, streichelte ihm das Haar und rieb ihm den Rücken. »Ach, das Leben ist grausam zu einer Witwe«, sagte sie.

Gille fragte mit gepreßter Stimme: »Seid Ihr wirklich traurig und einsam bei Nacht?«

»O ja, gewiß, und wie!« bestätigte die Wirtin. »Ach, wenn Ihr mir Gesellschaft leisten wolltet! Aber Ihr seid bestimmt ein sehr hoher, stolzer Herr, der verächtlich auf eine arme Witfrau hinabsieht ...«

Gille lief rot an. »Das tue ich gewiß nicht«, sagte er erschrocken. »Und ... wenn Ihr wollt ... ich will euch gern Gesellschaft leisten.«

»O ja? Das wollt Ihr?« rief die Frau entzückt. Sie streichelte ihm die Wange, dann sagte sie: »Ihr müßt nur warten, bis der ganze Trubel hier vorbei ist, dann werde ich mich um Euch kümmern ... und wie! Aber inzwischen bringe ich Euch noch etwas zu trinken.« Sie kam mit einer Amphore Meskinnes an und stellte sie auf den Tisch. »Bedient Euch. Aber seid vorsichtig«, setzte sie schelmisch hinzu, »und haltet Maß, sonst fällt Eure Fahne auf halbmast.«

Gille sah ihr nach, als sie geschäftig davonlief. »Nun«, sagte er langsam, während er sich den ersten Becher Meskinnes einschenkte, »sie ist tatsächlich eine appetitliche Frau.«

Das war sie auch – eine kleine Rotblonde mit einem Gesicht voll lustiger Sommersprossen. Sie war ein wenig füllig um die Hüften, aber dafür hatte sie einen prächtigen Busen; klein, aber fest wie zwei Äpfelchen, die aus dem groben Kleid hervorlugten.

Als die Wirtsstube sich allmählich leerte, verabschiedete sich auch Alwen und stieg die steile Treppe zu ihrer Schlafkammer hinauf. Gille blieb allein zurück. Er starrte nachdenklich in den Becher Meskinnes und wünschte plötzlich, er hätte die ganze Sache nicht angefangen. Er war ein kräftiger und gesunder Mann und hatte, was es brauchte, da machte er sich keine Sorgen, aber er wurde immer so wirr im Kopf, wenn eine Frau etwas von ihm wollte. Dann stand er da wie ein Tölpel und wußte nicht, was er anfangen sollte. Er schenkte sich rasch einen weiteren Becher ein, als die Wirtin ihm quer durch die halbleere Wirtsstube neckisch zuzwinkerte. Warum hatte er Alwen bloß nachgegeben? Jetzt saß er wieder in der Falle. Zurückziehen konnte er nicht mehr. Und er sollte besser auch nicht soviel Meskinnes trinken, sonst würde er betrunken werden und gar nichts zustande bringen.

Aufseufzend schob er den Becher weg. Alwen hatte leicht reden – die Frau würde alles erledigen. Wenn das wahr wäre! Er träumte von einer Frau, die ihm genau sagte, was er zu tun hatte. Sie sollte ihn ruhig ganz in Besitz nehmen, dann mußte er sich wenigstens nicht den Kopf zerbrechen, was hier und da angebracht wäre. Vielleicht war die Wirtin eine solche Frau. Wenn sie aber keine solche Frau war? Wenn sie wartete, daß er etwas tat, und verdrossen wurde, weil ihm nichts Gescheites einfiel?

So grübelte er düster vor sich hin, ohne zu merken, wie die Wirtsstube immer leerer wurde und die Wirtin zuletzt hinter dem letzten Gast die Tür versperrte. Erst als sie sich an ihn schmiegte, schreckte er auf.

»Nun, mein Schöner, haben wir Zeit füreinander«, flüsterte sie. Sie beugte sich vor und kniff ihn wohlgefällig in die kräftigen Oberarme. »Ach, welche Kraft du hast! Und gewiß hast du auch anderswo viel Kraft, nicht wahr? So ein schöner großer Mann wie du!«

Gille überlegte, was er darauf sagen sollte. Sollte er prahlen, wie andere Männer es taten, oder lieber bescheiden abwarten? Er hatte ein bißchen zuviel vom Honigbranntwein getrunken und fühlte sich beschwipst. Nicht gerade betrunken, aber beschwipst.

Über seinem Grübeln merkte er erst gar nicht, daß die Frau energisch an ihm zog. »Nun, komm mit, ich habe die Wirtsstube satt«, sagte sie. Sie zog ihn aus seinem Winkel und geleitete ihn zu einer Tür hinter dem Tresen. Dahinter lag ihre Schlafkammer, ein kleiner Raum mit einem rosenübersponnenen Fensterchen. Die laue Nachtluft erfüllte den Raum mit einem Duft nach Wasser und Wald.

Gille sah die Spiegelungen der Blitze, die weit draußen über dem See tobten. Er strich sich langsam mit fünf Fingern das reiche dunkelblonde Haar zurück. Die Kleider klebten ihm am Körper, und er bekam kaum noch Luft. Was sollte er bloß sagen? ›Hübsch hast du es hier?‹ Oder war das zu albern?

Die Frau trat an ihn heran und streichelte ihn voll Vorfreude. »Wie schön du bist!« sagte sie ein ums andere Mal. »Sag, was ist dein Handwerk? Schneider bist du gewiß keiner.«

Gille lächelte geschmeichelt. »Nein. Ein Metzger.«

»Daher hast du soviel Kraft …« Sie begann wohlgefällig an ihm herumzutasten, strich ihm über die molligen Hüften, kniff ihn in die Schenkel und wagte sich bald weiter vor. Er schluckte und schreckte ein wenig zusammen, als sie ihm die Hand zwischen die Beine schob. »Soviel!« staunte sie. »Ich kann es nicht mehr erwarten … komm schon. Zieh dich aus.«

Gille fühlte sich ein wenig sicherer. Wenigstens sagte sie klipp und klar, was sie wollte. Sie zündete eine Kerze an, während er aus den Kleidern schlüpfte. Die Frau stieß einen kleinen entzückten Schrei aus. Sie warf ihr Kleid ab und sprang nackt aufs Bett. »Komm schon!« rief sie ihm fröhlich zu. »Wenn du schon soviel hast, laß mich etwas davon abhaben!«

Das war ebenfalls deutlich. Gille spürte, wie seine Angst nachließ. Er schob sich ins Bett und streichelte die Wirtin mit kräftigen Händen. Ihr Haar funkelte wie Bernstein im Kerzenschein, ihre braunen Augen sprühten Funken der Lust. »Komm zu mir«, flüsterte sie, schob ihn zurecht und half ihm mit der Hand, den Eingang zu finden.

Gille fühlte die Angst von neuem aufsteigen. Zwar hatte der Meskinnes ihn nicht kraftlos gemacht, aber viel hatte er nicht zu bieten. Er flüsterte der Frau ins Ohr: »Schlag mich auf den Hintern ... wie ein Pferdchen, das nicht laufen will.«

Sie lachte verdutzt und versetzte ihm dann einen erstaunlich festen, klatschenden Schlag auf das weiße Hinterteil. Gille reagierte wie ein Pferdchen – er legte sich ins Zeug. Die Frau begriff zwar nicht ganz, was das Wunder bewirkt hatte, aber sie fuhr fort, ihn kräftig und rhythmisch mit der flachen Hand auf den Hintern zu schlagen, und erlebte, wie er sein Bestes gab.

Gille wußte selbst nicht, warum es ihn so in Stimmung brachte, wenn eine Frau ihn aufs Gesäß schlug. Vielleicht hing es damit zusammen, daß Alwen ihn als kleinen Jungen so oft verhauen hatte. Es war eine angenehme Erinnerung, bei der es ihm heiß ins Herz und ins Gehänge fuhr. Es dauerte nicht lange, da quiekte die Wirtin vor Entzücken. Sie umklammerte ihn mit den Beinen und ließ ihn erst los, als er selbst zur Ruhe gekommen war.

»Ach, du warst wundervoll«, murmelte sie. »Soviel Kraft ...« Sie streichelte mit einer groben kleinen Hand seinen brennenden Hintern und blies wie ein Kind darauf. »Mein Pferdchen! Wie schnell du gelaufen bist!«

Gille streckte sich aus. Warme Erschöpfung durchrieselte ihn. Wie hart ihn das ledige Leben ankam, merkte er immer erst, wenn er einmal an eine Frau kam. Er griff nach ihren runden Brüsten und liebkoste sie. »Du bist eine liebe Frau«, murmelte er schwerfällig. »Ich wollte, ich hätte immer so eine wie dich.«

Er wollte schon einschlafen, als der Meskinnes sich wieder bemerkbar machte. Er wußte, er konnte auf keinen Fall schlafen, ehe er sich nicht erleichtert hatte.

»Kannst du mich noch einmal hinauslassen?« flüsterte er.

Die Frau stand auf und ging ihm voraus, einen kurzen Flur entlang bis zur Hintertür. Dort schloß sie auf und lehnte sich abwartend an die Wand.

»Willst du mir zuschauen?« fragte Gille verlegen.

Sie lachte hinter der hohlen Hand. »Ich will noch einmal einen Blick auf dein schönstes Stück werfen.«

»Im Augenblick ist nicht viel zu sehen.« Es war ihm doch peinlich, daß sie so dastand, und er entfernte sich ein paar Schritte. Die Rahjanacht drang auf ihn ein, während er splitternackt auf der nächtlichen Wiese hinter dem Haus stand. Es war sehr warm, und die Sterne glitzerten von Norden bis Süden über das ganze Himmelsfeld. Kleine weiße Blumen leuchteten auf der dunklen Wiese, als wären Sterne vom Himmel gefallen. Ein Hauch von Wind wehte und trug den Geruch von Wasser mit sich.

Gille streckte sich und atmete tief durch. Jetzt war er doch froh, daß er es gewagt hatte.

Er wollte eben umkehren, als er etwas entdeckte. Ein Stück entfernt huschte etwas über den Weidezaun, der die Kühe von der Straße fernhielt – eine weiße Gestalt, die zwar durchaus menschenähnlich wirkte, aber gleichzeitig verschroben und verzerrt. Er wußte nicht recht, was daran nicht stimmte, aber das Ding ähnelte mehr einem Kobold als einem Menschen.

»Holla!« rief er, ohne sich zu besinnen. »Wer da?« Dann fiel ihm ein, daß er splitternackt und barfuß in der Wiese stand, und er wich erschrocken zurück. Das Wesen gab nichts auf seinen Zuruf, sondern sprang über die Bohlen des Zauns und verschwand im Wald. Ob es ein Goblin gewesen war? Aber nein, so nahe an Trallop wagte sich gewiß kein Goblin heran … und außerdem hatte dieses Ding eine weiße Haut oder ein weißes Fell gehabt, während die Goblins rotpelzig waren.

Die Wirtin trat hastig auf ihn zu. »Was ist los? Warum hast du gerufen?«

»Da war etwas.« Er wußte nicht genau, wie er es in Worte fassen sollte. »Ein krummes Ding, das über den Zaun sprang ... es sah beinahe wie ein Goblin aus, aber es war weiß wie Bleicherwäsche.«

Die Frau umklammerte seinen Arm. »Laß uns hineingehen«, drängte sie. In aller Eile schob sie ihn den Flur entlang und zurück in die Schlafkammer. »Schlaf und denk nicht mehr daran«, sagte sie.

Aber Gille war der Schlaf vergangen. »Weißt du, was es war?«

Sie hob hilflos die Schultern. »Nicht genau ... Es heißt, sie wohnen im Nebelmoor. Aber manchmal kommen sie bis hierher.«

»Was suchen sie hier?«

Die Frau drängte sich schaudernd an ihn. »Kinder und junge Leute, heißt es. Sie kommen sie holen und verschleppen sie ins Moor ... und niemand weiß, was aus ihnen wird. Aber hier finden sie keine Beute; die Bauern sind gewitzt und gehen früh zu Bett, und ihre Häuser tragen die Zeichen der Zwölfgötter. Meines auch«, fügte sie hinzu. »Ich habe es von einem Schnitzmeister machen lassen, der auf der Durchreise vorbeikam.«

Gille legte den Arm um sie. Es fühlte sich gut an, wie ihr Kopf an seiner Schulter lehnte. »Welches Götterzeichen hast du anbringen lassen?«

Sie lächelte verschämt. »Rahja.«

»Das ist gut«, flüsterte er und küßte ihre Stirn. »Komm, wir wollen Rahja noch ein Opfer darbringen ...«

4. Kapitel

Gille gähnte und murmelte, als die Wirtin ihn bei Tagesanbruch weckte und aus dem Bett schob. Während er benommen in seine Kleider schlüpfte, dachte er, daß er besser gründlich geschlafen hätte, statt die halbe Nacht hindurch Rahja Opfer zu bringen … Jetzt würde er wohl den ganzen Tag wie über den Schädel geschlagen auf seinem Karren sitzen, und Alwen würde ihn necken.

Die Wirtin küßte ihn zärtlich zum Abschied und drängte ihn dann in die Wirtsstube. Bald würden die ersten Gäste aufbrechen, der Tag begann.

Der erste, der an die Tür klopfte, war Fingal Abendsang. Er mußte eine herrliche Nacht in den lichten Wäldern verbracht haben, denn seine grünen Augen glitzerten wie Tau auf dem Gras, und er war in bester Stimmung. »Auf, Meister Gille!« rief er. »Ich weiß nicht, was du in der Nacht getrieben hast, du siehst ein wenig unausgeschlafen aus, aber was es auch war – wir müssen aufbrechen. Es wird ein herrlicher Tag, aber der Mittag wird heiß werden.«

Bald darauf kam auch Alwen, und alle drei verabschiedeten sich von der Herberge. Als der Wagen die sandige Straße entlangrollte, beugte Alwen sich von ihrem Fuchs herüber und flüsterte Gille zu: »Nun hast du ihr doch etwas Gutes getan, nicht wahr? Ihre Augen glänzten wie Sterne.«

Er wollte nicht darüber reden, also sagte er: »Ich sah etwas Seltsames in der Nacht. Ein Ding, das über den Zaun sprang. Die Wirtin sagte mir, es sei eins von den

Wesen aus dem Moor, die hierherkommen, um Kinder und junge Leute zu stehlen. Aber sie finden hier nichts, die Bauern sind wachsam und lassen ihre Kinder bei Nacht nicht auf die Straße.«

»Daran tun sie wohl«, mischte sich Fingal ein, »denn die Unglücklichen, die von diesen Wesen gefangen werden, erwartet ein schreckliches Schicksal. Die Moorkreaturen holen sie, um sie bei ihren finsteren Festen dem Namenlosen zu opfern.«

»So wißt Ihr über diese Geschöpfe Bescheid?« fragte Gille.

Fingal nickte. »Unsere Späher und Kundschafter dringen zuweilen bis ins Nebelmoor vor, und von ihnen haben wir Kunde erhalten. Es ist Menschenvolk, das dort haust, aber sie sind so verderbt, daß ihre eigenen Artgenossen sie nicht mehr aufnehmen würden. Es heißt, sie feiern bei jedem Neumond gräßliche Feste in ihren Heimstätten im tiefen Moor. Dann sieht man auch Feuer auf den Hügelkämmen brennen.«

Gille schüttelte sich. »Dann tut es mir leid, daß ich keine Gelegenheit hatte, dem Unhold meinen Knüttel über den Schädel zu hauen«, sagte er. »Aber er verschwand wie ein Irrlicht, und ich … nun, ich konnte ihm nicht gut nachlaufen.«

Zu ihrer Erleichterung war die Straße leidlich gut in Schuß gehalten, und alle zwanzig Meilen wartete eine Herberge auf den müden Reisenden. Sie waren meistens sehr einfach, aber das Stroh in den Betten war frisch, das Essen schmackhaft, und die Decken waren sauber. Zwei Tage nachdem sie im *Schwan und Reiher* übernachtet hatten, verbrachten sie die Nacht in der Herberge *Zur Grenzwacht.* Das einzeln stehende Gehöft beherbergte die Zollstation, eine Schmiede und eine Schenke. Da sie das Mittelreich verlassen wollten, öffnete ihnen der Kommandant – ein alter Veteran – am nächsten Morgen ohne viel Fragen den Grenzbalken.

Als sie sich von den Wirtsleuten verabschiedeten, gab ihnen der Wirt den Rat mit auf den Weg. »Seht zu, daß Ihr rechtzeitig unter ein Dach kommt ... Zwanzig Meilen von hier liegt die nächste Ortschaft, Hardorp, dort gibt es eine gute Herberge, *Zum Roten Dach* geheißen. Beeilt Euch, sie zu erreichen, und fahrt keineswegs bis in die Nacht hinein.«

»Warum?« fragte Gille. »Welche Gefahren erwarten uns?«

Aber der Wirt wollte keine rechte Antwort geben, er sagte nur: »Außerhalb der Grenzen ist es nicht sicher.« Dann wandte er sich zurück ins Haus.

Gille schüttelte den Kopf, aber da sie ohnehin vorhatten, in der nächsten Herberge Rast zu machen, dachte er bald nicht weiter an die Warnung.

Den ganzen Tag lang trabte das braunblonde Pferdchen über die staubige Straße.

Ein paar Stunden lang zogen sie dahin, ohne daß ihnen etwas Besonderes begegnete. Dann stießen sie plötzlich auf eine Gruppe von Bauern, die einen Leiterwagen umringten. Auf dem Karren lag eine tote Kuh – aber keiner der drei hatte je zuvor eine solche Kuh gesehen. Der Kadaver war vollkommen ausgetrocknet, als wäre das Tier in der heißen Sonne mumifiziert. Das wenige noch verbliebene Fleisch spannte sich dürr und straff über die Knochen.

»Was ist geschehen?« fragte Gille die Bauern. »Was kann dieser Kuh widerfahren sein?«

»Die Egel aus dem See haben sie erwischt«, gab ein Bauer Antwort. »Sie schwammen den Rathil herauf, und dann kamen sie auf die Weide und saugten ihr das Blut aus ... meiner schönsten Milchkuh! Es waren riesige rötliche Egel, die in der Abenddämmerung kamen. Ich sah einen auf dem Weg und erschlug ihn mit meinem Knüttel, aber die anderen waren schon auf der Weide und überfielen die arme Bess. Wir können nichts mehr tun als den Kadaver verbrennen.«

Alwen starrte nachdenklich die tote Kuh an. Sie war über und über mit kleinen Bissen übersät – Bissen von einem runden Maul mit vielen Zähnen. Sie schauderte vor Widerwillen. Die Egel mußten das Tier bis auf den letzten Tropfen Blut ausgesaugt haben.

Sie ritten weiter, und es dauerte eine Weile, bis das unbehagliche Gefühl sie wieder verließ.

Sie fuhren gemütlich dahin, um das Pferd nicht zu erschöpfen, und als sie kaum zwanzig Meilen zurückgelegt hatten, senkte Praios' Scheibe sich bereits merklich zum westlichen Horizont. Noch stachen lange Sonnenlanzen durch das Laubwerk der Weiden, aber in den Ecken und Winkeln nisteten bereits die Schatten. Gille fühlte sich müde nach dem langen heißen Tag, und er schreckte auf, als ein kleiner Bauernjunge ihn vom Straßenrand her anrief.

»Die Herberge *Zum Roten Dach* ist nur noch eine halbe Meile entfernt, gnädiger Herr!«

Gille lächelte. »Danke, aber warum stehst du hier und trompetest das aus? Wir hätten es auch so gemerkt.«

Der Junge kam an den Wagen heran. »Habt Ihr denn keine Angst?« fragte er erstaunt. »Die meisten Leute, die hier vorbeikommen, sind froh und dankbar, wenn ich ihnen verkünde, daß sie die Herberge noch rechtzeitig erreichen werden, und sie geben mir gern ein paar Kreuzer dafür.« Er streckte Gille die schmutzige Hand entgegen.

Gille zog die Augenbrauen hoch. »Ach, darauf läuft es also hinaus. Nun, meinetwegen.« Er steckte dem Jungen einen Heller zu, dann sagte er: »Nun gib mir auch Auskunft. Warum haben die Leute Angst, daß sie nicht rechtzeitig ankommen?«

Der Junge sah ihn verdutzt an. »Nun, weil die Nacht kommt«, erwiderte er. »Niemand will die Nacht im Freien verbringen.«

»Warum? Es ist warm ...«

»In der Nacht ist es hier nicht sicher«, sagte der Junge, dann rannte er davon, um einem vorbeijagenden Reiter dasselbe Sprüchlein zuzurufen. Der Reiter zügelte sein Pferd scharf und rief: »Bist du gewiß? Ich hatte schon Angst, in die Schatten zu kommen. Das ist eine gute Nachricht, die du mir bringst. Hab Dank dafür.« Zum Erstaunen der kleinen Reisegesellschaft warf er dem Jungen einen Silbertaler zu, ehe er seinem Pferd die Sporen gab und mit verdoppelter Geschwindigkeit davonpreschte.

»Irgend etwas geht hier um«, bemerkte Alwen, als sie weiterzogen. »Aber ich glaube, die Leute wollen nicht darüber sprechen. Erinnert ihr euch an den Wirt, der uns heute morgen dasselbe sagte?«

»Dann sind es weder Räuber noch Goblins«, fiel der Elf ein, »denn über die hätten sie geredet. Vielleicht sind die Toten unruhig, oder ein Gespenst ist unterwegs.«

Er sagte das so beiläufig, daß Gille erstaunt fragte: »Würde es Euch denn nichts ausmachen, einem Wiedergänger oder einem Gespenst zu begegnen?«

»Nein«, erwiderte der Elf gelassen. »Sie sind nur Schatten und unbelebte Erde.«

»Nun, mir würde es etwas ausmachen«, sagte Gille entschieden. »Ich bin dafür, daß wir uns ebenfalls beeilen, das *Rote Dach* zu erreichen.«

Tatsächlich tauchte nach einer halben Meile eine Herberge am Straßenrand auf, deren Dach leuchtendrot in den Strahlen der sinkenden Sonne glänzte. Der Wirt stand vor der Tür des heimelig wirkenden Hauses und rief den dreien zu: »Willkommen! Ihr habt Glück, wir haben noch etwas Platz frei. Kommt herein und macht es Euch bequem!«

Der Elf verabschiedete sich wie üblich, obwohl Alwen ihn betroffen fragte: »Wie könnt Ihr in den Wald schlafen gehen? Warum bleibt Ihr nicht bei uns, wo Ihr sicher seid?«

»Wo sollte ich mich denn sicher fühlen, wenn nicht im Wald?« erwiderte der Elf lachend. »Nein, sucht Ihr Zuflucht hinter Mauern, wie es Menschenart ist, und laßt mich unter lichten Zweigen und frischem Laub Zuflucht suchen.«

Damit wandte er sich ab und ritt davon.

Die Geschwister stellten fest, daß die Herberge schon gedrängt voll war, obwohl draußen noch die Sonne schien. Reiter und Boten, Händler und Bauern drängten sich an den langen Tischen aus weißem Weidenholz und riefen nach Bier und Abendessen. Der Wirt und sein Schankbursche hatten alle Hände voll zu tun.

»Es ist noch zu früh für das Abendessen«, bemerkte Gille, »aber man scheint hier auch früh Schluß zu machen. Laß uns essen, Alwen, solange wir etwas bekommen.«

Es gab ein großes Stück Rindfleisch, mit Kartoffeln und Gemüse garniert und mit reichlich frischen Gartenkräutern bestreut. Die beiden ließen es sich herzhaft schmecken, aber während sie aßen, zerbrachen sie sich den Kopf darüber, was hier geschehen sein mochte. Ihr Staunen wurde noch größer, als der Wirt pünktlich mit Sonnenuntergang die Tür für die Nacht versperrte und Späterkommende abwies. Er hätte allerdings auch kaum noch Platz gehabt – inzwischen war die Gaststube bis zum letzten Hocker vollbesetzt.

Gille und Alwen beschlossen, die Gelegenheit zu nutzen und früher als sonst schlafen zu gehen. Der Wirt führte sie in eine schöne Doppelkammer im Dachgeschoß. »Eine gute Nacht wünsche ich«, sagte er freundlich. »Schlaft gut und … Ja, denkt daran, die Fenster nicht zu öffnen. Es ist hier nicht sicher in der Nacht.«

Schon wieder! dachte Gille. Dann sagte er: »Wir wollten sie nur ein wenig öffnen, um zu lüften.«

»Nein, das ist jetzt nicht mehr möglich«, antwortete der Wirt entschieden. »Die Sonne ist untergegangen, und es ist nicht mehr sicher, obwohl es noch hell ist. Ihr tätet gut daran, Euch ins Bett zu legen und bis Sonnenaufgang zu schlafen. Dann werde ich Euch ein schönes Frühstück bereiten ...«

»Ja, aber was haben wir nun eigentlich zu befürchten?« drängte Alwen.

»In der Nacht geht allerlei um, das nicht sein sollte«, sagte der Wirt, dann wünschte er eine gute Nacht und ging.

»Nun, er versteht es jedenfalls, einen neugierig zu machen«, bemerkte Alwen schnippisch. »Ich hätte gute Lust, justament eines dieser Fenster zu öffnen.«

»Tu das nicht«, warnte Gille. »Bei all seiner Geheimnistuerei – der Mann sprach, als hätte er einen guten Grund, uns zu warnen. Laß uns seinen Rat beherzigen und zu Bett gehen.«

Alwen war nicht ganz zufrieden damit, aber schließlich gab sie nach und kroch unter die leichte Decke der Lagerstatt. Sie blies die Kerze aus. Das letzte Abendlicht schimmerte matt durch die Butzenscheiben.

Aus der Dunkelheit fragte Gille: »Alwen?«

»Ja?«

»Du bist doch nicht etwa verliebt in unseren Elfen?«

Alwen war froh, daß es stockfinster war, so konnte Gille nicht sehen, wie ihre Wangen brannten. Sie schluckte heftig und erwiderte mit möglichst unbeteiligter Stimme: »Papperlapapp. Wie kommt du darauf?«

»Nun«, fuhr Gille fort, ohne sich einschüchtern zu lassen, »ich sehe doch, wie du ihn anschaust. Du siehst ihn genauso an, wie die Wirtin im *Schwan und Reiher* mich angesehen hat – als wäre er ein Krapfen, von dem du abbeißen willst. Er ist sehr schön, nicht wahr?«

»Ich finde, er sieht aus wie alle Elfen«, murmelte Alwen.

»Das meine ich ja. Alle Elfen sind wunderschön. Würdest du ihn küssen, wenn er's dir erlaubte?«

Alwen schlug mit der Hand auf die Bettdecke. »Was schwatzt du da zusammen? Und was kümmert mich dieser Elf? Ich meine, ich finde es sehr edel von ihm, daß er uns begleitet, aber ansonsten ... Ach was, hör auf zu reden und schlaf ein.«

Gille aber ließ sich von seinem Thema nicht abbringen. »Man sagt«, fuhr er mit gedämpfter Stimme fort, »ihre Männlichkeit ist schneeweiß und eiskalt.«

»Unsinn.«

»Ich meine, das solltest du vorher wissen, bevor du ihn weiter so anguckst.«

Alwen setzte sich mit einem Ruck auf. »Du bist eifersüchtig!« rief sie. »Eifersüchtig, du alter Bär! Deshalb redest du soviel Unsinn zusammen!« Sie tastete mit ausgestreckter Hand in der Finsternis herum, bis sie eine seiner Haarlocken zu fassen bekam. »Ich werde dir die Haare ausreißen, wenn du weiter so redest.«

Gille lachte, ergriff sie im Dunkeln und stemmte sie mit beiden Armen in die Höhe. »Nun los, reiß schon!« Dann ließ er sie langsam sinken, bis ihr Gesicht fast das seine berührte, und schloß sie in die Arme. »Du hast recht. Ich bin eifersüchtig«, sagte er leise. »Ich möchte dich niemals verlieren, weder an einen Elfen noch an einen Menschen.«

Alwen machte sich aus seiner Umklammerung los und rollte auf ihre Seite des Bettes zurück, hielt seine Rechte aber mit ausgestrecktem Arm fest. »Zerbrich dir nicht den Kopf über Dinge, die vielleicht niemals geschehen. Und jetzt schlaf.«

»Schläfst du an meinem Rücken?«

Alwen lächelte. Schon als kleiner Junge hatte er darauf bestanden, daß sie sich beim Schlafen an seinen Rücken kuschelte. Sie schmiegte sich eng an ihn, strich sein langes Haar glatt und gab ihm einen Kuß auf den Nacken, bevor sie einschlief.

Die Betten im *Roten Dach* waren so gut, daß die beiden tatsächlich bis nach Sonnenaufgang schliefen. Immer noch ein wenig benommen von dem langen Schlaf, kleideten sie sich an, wuschen sich flüchtig am Hofbrunnen und setzten sich dann an einen der langen Tische, an dem schon viele auf ihr Frühstück aus Brot und Bier warteten. Mitten auf dem Tisch stand eine mächtige dampfende Schüssel Hafergrütze, in die von allen Seiten die Löffel hineingesteckt wurden.

Satt und erfrischt holten sie ihre Pferde und den Wagen aus dem Stall. Fingal Abendsang wartete bereits im Hof auf sie. Er schien tatsächlich gut geschlafen zu haben – soweit man bei Elfen von schlafen sprechen kann –, denn er wirkte frisch wie der junge Morgen, und sein Pferd tänzelte auf der Stelle.

Die ersten Tagesstunden waren bemerkenswert heiß, und in der Mitte des Vormittags überraschte sie ein kurzes Gewitter. Es regnete so heftig, daß sich der Elf in seinen Bauschmantel und die beiden Menschen in ihre Mäntel aus Tralloper Wachstuch hüllten, aber nach kurzer Zeit war es wieder vorbei, und ein Regenbogen stand über dem Land. Der Himmel war teils noch schwarz von Regenwolken, teils golden von den neu hervorbrechenden Sonnenstrahlen.

Der Rest der neuntägigen Reise, die nun westwärts führte, verlief ruhig, und schließlich langten sie in Donnerbach an, wo der Elf ihnen die Herberge *Zur Schönen Au* empfahl, ein gediegenes Haus, in dem viele Elfen abstiegen. Sobald sie sich gewaschen, frische Kleider angelegt und sich zu einem Trunk in der Gaststätte unten getroffen hatten, sagte Alwen zu ihrem Bruder: »Da wir schon da sind und der Tag noch ein paar helle Stunden hat, möchte ich dir etwas zeigen … den Tempel der Rondra. So etwas hast du noch nie gesehen.«

Gille zögerte. »Ich bin kein Rondra-Anhänger. Ich opfere dem Phex.«

»Trotzdem solltest du dir den Tempel ansehen. Es kommen auch Leute dorthin, die Rondra nicht dienen, einfach um die Wunder des Tempels hinter dem Wasserfall zu bestaunen. Du erinnerst dich doch, daß ich vor Jahren eine Pilgerfahrt hierher gemacht habe. Nie habe ich den Anblick vergessen, der sich mir bot. Du solltest es nicht versäumen.«

Der Elf fiel ein: »Sie hat recht, Meister Gille. Auch ich habe diesen Tempel schon gesehen und glaube doch nicht an die Götter. Es war überwältigend. Geht nur mit ihr und seht es Euch selbst an.«

Gille gab dem Drängen nach. Sobald sie ausgetrunken hatten, verabschiedete sich der Elf, der bei seinen Verwandten vorsprechen wollte, und die Geschwister machten sich auf den Weg zum Rondra-Tempel. Bald mußten sie sich durch die Menge drängen. Donnerbach war eine ungemein lebendige Stadt, überall wimmelte es von Menschen und Elfen in blitzender Bronze und buntem Wildleder, und die Kleider waren mit edlen Pelzen verbrämt. Vor allem die Elfen waren prächtig geschmückt. Um die spitzen Ohren hatten sie Bändchen geschlungen, an denen Schmuckstücke aus dem durchsichtig-blauen Opalit der Salamandersteine und Gold aus Oblomon und Kvill hingen, dazu edles Glas aus Kuslik, glitzernder Tand aus Quarz und Kiesel und bunte Vogelfedern. Gille staunte. In Trallop war ein Elf immer noch ein Kuriosum, obwohl hin und wieder einzelne und ganze Gruppen des Schönen Volkes in der Stadt auftauchten, um Geschäfte zu machen. Hier wimmelte es von ihnen. Gille hatte nie so viele Elfen so vertraut mit den Menschen umgehen gesehen.

»Hörst du den Wasserfall?« fragte Alwen. »Man nennt ihn den König der Wasserfälle, weil er sechzig Schritt in die Tiefe stürzt.«

Gille nickte. Er hörte von fernher das Brausen des großen Falls, das sogar die geschäftigen Stimmen der Menschen und Elfen übertönte. Er wußte, wie sehr die Rondragläubigen den geheimen Tempel dahinter schätzten. In ihren finstersten Zeiten, im Jahre 650 v. H., als im ganzen Reich die Scheiterhaufen brannten und kein Rondra-Gläubiger mehr vor der Wut des Kaiserhauses sicher war, hatte Heleon, einer der Überlebenden des Erntefest-Massakers, eine Vision gehabt, die ihn zum Donnerbach führte. Dort entdeckten er und seine Getreuen hinter dem Wasserfall in den Stein gehauene Kavernen. Niemand erfuhr je, wer sie ursprünglich geschaffen hatte. In diesen Kavernen richtete Heleon den Tempel der Rondra ein, der seither als einer der gewaltigsten im ganzen Reich galt.

Gille sog tief die Luft ein. Er hatte Donnerbach bei seinen beiden kurzen Handelsreisen schätzen gelernt. Die schweigenden Elfenwälder, die grünen Bergkuppen der Salamandersteine, der dunkle Neunaugensee verliehen dem Ort etwas Altertümliches und Wildromantisches. Man spürte die Nähe der Wildnis: Die Luft war klar und roch nach Gras und Laub.

Dann standen sie vor dem Wasserfall. Die schneeweißen Fluten donnerten so laut, das kein Wort mehr zu verstehen war. Die Straße vor dem Fall war gedrängt voll. Am Straßenrand standen die Tischchen der Amulett- und Devotionalienkrämer, die spannenlange Statuetten der Rondra, winzige Rüstungen und Schwerter verkauften, dazwischen die Andenkenhändler, die geschnitzte Wurzeln, Fläschchen mit Wasser aus dem Neunaugensee und Holzscheiben mit der eingebrannten Inschrift ›Gruß aus Donnerbach‹ feilhielten. Rund um die Händler schoben und stießen sich die Bettler, die auf die Mildtätigkeit der Pilger hofften. Vor allem viele Veteranen aus den Orkkriegen waren da, die ihre zerhauenen Arme und Beine zur Schau stellten und die Krieger um ein Almosen anflehten. Dann gab es noch Krankenträger, die Invalide und Alte über das gefährliche Felssims zum Tempel trugen, und jede Menge Händler, die für das leibliche Wohl der Pilgerschaft sorgten. Auf großen Blechen boten sie Bierküchlein und heiße Fladen an und dazu Näpfe mit Aufstrichen und Konfitüren, um die Fladen zu füllen.

Scharen von Pilgern drängten sich, von den Rondra-Priestern geleitet, an der Einstiegsstelle zum Felssims – denn kein anderer als dieser gefährliche Weg führte zum Tempel. Gille schluckte ein wenig, als er an die Reihe kam. Das Felssims war schmal, und bei dem Blick in die Tiefe, in die die fallenden Wasser hinabrauschten, verschwamm ihm der Anblick vor Augen. Er preßte den Rücken an die Felswand und schob sich vorsichtig weiter, Schritt für Schritt. Die Knie zitterten ihm. Mit ohrenbetäubendem Lärm stürzte das Wasser neben ihm herab, als wolle es ihn mit sich in die Schlucht reißen.

Endlich hatte er den Eingang des Tempels erreicht. Ein Rondra-Priester reichte ihm die Hand und zog ihn hinter den Vorhang fallenden Wassers. Gille atmete auf. Er wartete, bis Alwen nachkam – die den Weg viel leichter bewältigt hatte als er –, und wandte sich dann mit ihr dem Inneren der Kavernen zu.

Seine Augen wurden groß. Auf den ersten Blick verschwamm alles zu einem unbestimmten Gefunkel. Uhdenberger Bronze, Bornländischer Bernstein und Gold vom Oblomon blendeten ihn. Erst als seine Augen sich an das Halbdunkel in der kerzenerhellten Höhle gewöhnt hatten, unterschied er Einzelheiten. Er befand sich in einem Labyrinth kunstvoll bearbeiteter Grotten, die miteinander in Verbindung standen. Alle waren bis auf den letzten Fußbreit mit Statuen, Rüstungen, Waffen, Gemälden und anderen rondrianischen Kostbarkeiten geschmückt. Gille kannte die Statuen nicht, aber Alwen erklärte ihm, daß sie Rondra und eine Anzahl Krieger und Heilige darstellten – Kor und Famerlor, Heleon und den Heiligen Leomar, dessen Gebeine durch eine Offenbarung der Göttin entdeckt worden waren.

Die Grotten waren alle gedrängt voll mit Menschen. In Scharen kamen sie herein, besichtigten die Gewölbe, brachten Opfergaben dar, ließen sich von den Priestern, die überall herumsaßen und -standen, das Orakel stellen oder verweilten in stillem Gebet vor der Göttin und den rondrianischen Heiligen.

Bald fühlte Gille sich wie betäubt, als Alwen ihn durch die beklemmende Menschenmenge von Grotte zu Grotte zog. Überall funkelte unvorstellbare Pracht. Ungezählte Schätze hatten die Gläubigen und Geweihten der Rondra gesammelt, um sie hier ihrer Göttin zu Ehren darzubringen. Als Alwen schließlich zum Gebet niederkniete, schlenderte er eine Weile allein herum und versuchte, das oder jenes Einzelstück in Erinnerung zu behalten – umsonst. Plötzlich wünschte er sich hinaus aus dieser düster funkelnden goldenen Pracht, hinaus in die freie Luft.

Er war erleichtert, als Alwen sich endlich losriß und mit ihm zusammen auf den Rückweg machte. Noch einmal mußte er das Felssims bewältigen, dann stand er aufatmend am Straßenrand.

»Nun, was sagst du?« fragte Alwen atemlos. »Das ist schon etwas anderes als unser Tempel in Trallop, der nicht anders aussieht als jedes gemeine Bürgerhaus.«

Gille nickte. »Ich bin überwältigt«, sagte er. Aber insgeheim dachte er, daß er sich daheim im Tempel des Phex wohler fühlte, wo es so gemütlich zuging, als wären die Gläubigen alle alte Freunde. Dennoch tat er sein Bestes, den Tempel zu loben, sah er doch, wie begeistert, ja geradezu verzückt Alwen war. Sie schwärmte noch während des ganzen Heimwegs davon.

Mittlerweile wurde es langsam Abend. In der Herberge trafen sie Fingal wieder, der es sich in der Gaststube bequem gemacht hatte, und da sie ebenfalls Hunger bekommen hatten, setzten sie sich zu ihm.

5. Kapitel

Am frühen Vormittag des nächsten Tages verließen sie die Herberge und machten sich auf den Weg zum Seminar für Elfische Verständigung.

Vom Rondratempel abgesehen bot die Stadt keinen besonders aufregenden Anblick. Ein knappes Hundert Häuser aus Tannenholz und Bruchstein lag großzügig am Seeufer verteilt, überragt von Donnerhall, der Residenz der Fürst-Erzgeweihten, mit seinem hölzernen Säulenportal. Etwas abseits der Stadt lagen in einem Ulmenhain einige einfache Holzhäuser. Die drei hielten geradewegs darauf zu.

Am Tor gab es einiges Hin und Her, als man ihnen bedeutete, daß Audienzen oft Wochen im voraus angemeldet werden mußten, aber schließlich gelang es ihnen nach hartnäckigem Zureden, sich den Eingang zu erzwingen. Ein Diener führte sie über lange Holztreppen hinauf ins Empfangszimmer.

Das Arbeitszimmer des Vorstehers der Akademie war aufs vornehmste ausgestattet. Der helle hohe Raum mit den Butzenglasfenstern war bis zur halben Höhe mit glänzendem schwarzen Holz getäfelt. Darüber hingen dicht an dicht Ölgemälde, die besonders verdiente Abgänger der Akademie darstellten. Ein kunstvoll und phantastisch beschnitzter großer Schreibtisch stand schräg im Raum. Auf einigen Truhen an der Wand war Zaubergerät ausgestellt: Mörser aus blitzendem Messing, Retorten aus dem kostbaren Glas, Waagen für kleine Gewichte und anderes Zubehör der Alchimieküche.

Dort trat ihnen der Vorsteher der Akademie entgegen, ein Mann namens Jesco von Koorbruch – ein schmalschultriger Mensch mit einem mageren blonden Ziegenbart, dessen kühler, strenger Blick Alwen einschüchterte. Sie merkte, daß es auch ihrem Bruder nicht anders erging. Dennoch begrüßten sie ihn mit aller Höflichkeit, und er bot ihnen einen Sitzplatz auf einem dreisitzigen Diwan an. Gille, der mit einem einzigen Sitzplatz nicht ganz auskam, rückte unbehaglich hin und her, bis er endlich Platz für sein feistes Hinterteil geschaffen hatte, dann lehnte er sich zurück und blickte den Zauberer aufmerksam an. Er dachte: Der Mann sieht aus, als sei er in seinen Mantel noch nicht ganz hineingewachsen! Denn obwohl Jesco von Koorbruch einen pelzverbrämten und kostbar bestickten schweren Amtsmantel trug, hing ihm das prachtvolle Kleidungsstück etwas schief auf den mageren Schultern; ja, es sah aus, als könnte er jeden Augenblick unter der Last seiner Insignien zusammenbrechen.

»Nun, was führt Euch her?« fragte der Akademieleiter. »Man sagte mir, etwas Eiliges und Wichtiges.«

Alwen ergriff das Wort. »Die Stadt Trallop ist in Gefahr, Euer Spektabilität«, begann sie. Dann erzählte sie ihm vom Tod ihres Vaters, von dem Ungeheuer, das die Magd erschreckt hatte, von der ausgebluteten Kuh des Bauern und von ihrer eigenen Begegnung mit den Schlangen. Sie schloß mit den Worten: »Wir sind ratlos, was wir gegen dieses Unheil unternehmen sollen, und bitten Euch um Hilfe, herauszufinden, was die Ursache sein möge.«

»Ursache, hm …« Der Magier betrachtete nachdenklich seine wie Elfenbein langen polierten Fingernägel. »Zweifellos eine ungünstige Sternkonstellation … wie Ihr wohl wißt, kommen demnächst die fünf Namenlosen Tage über Dere. Da entstehen immer gewisse Phenomena. Sie werden auch wieder vergehen, sobald Praios, der Herr des Gesetzes, wieder den Himmel beherrscht.«

»Aber …« Alwen zögerte. Sie fand, daß der Magier sich keine rechte Mühe gab, und ärgerte sich darüber. »Diese Phänomene sind gefährlich, Euer Spektabilität. Mein Bruder und ich haben den Tod unseres Vaters zu rächen, und anderen mag es bald ebenso ergehen. Wir müssen etwas unternehmen.«

Der Mann richtete seine hellen Augen geradewegs auf sie. »Was wollt Ihr unternehmen, Kriegerin? Der Himmel ist nicht in unserer Gewalt. Wenn der Zwölfkreis uns Unheil sendet, so können wir es nur hinnehmen und die Götter bitten, es abzuwenden. Habt Ihr schon Opfer gebracht?«

Alwen bekannte etwas betroffen, daß sie das nicht getan hatten. Sie waren in Gedanken ganz dabei gewesen, einen Magier zu finden, dem sie sich anvertrauen konnten.

»Nun, wenn Ihr nicht opfert, was erwartet Ihr dann von den Göttern?« fragte der Akademieleiter. »Vielleicht wird in ganz Trallop zu wenig geopfert, und die Götter haben deshalb erlaubt, daß solche Ungeheuer auftreten. Ich kann Euch nicht helfen. Geht heim, betet und opfert und wartet, bis die Namenlosen Tage vorbei sind. Dann wird Praios Euch wieder gnädig sein.«

Jetzt versuchte es Gille. »Wir erbitten Eure wertvolle Hilfe selbstverständlich nicht umsonst«, mischte er sich ein. »Ich bin ein angesehener Mann in Trallop, die feinsten Häuser kaufen bei mir Fleisch … Also sagt, was es kostet, wenn einer Eurer Magier uns begleitet und sich die Sache an Ort und Stelle ansieht.«

Der Akademieleiter zögerte.

Gille fuhr schmeichelnd fort: »Ich bin gewiß, niemand könnte Euch nachsagen, daß Ihr Fremde, die um Hilfe bitten, von Eurer Tür weist. Wer sonst als ein Magier sollte uns helfen? Es findet sich doch bestimmt jemand in Eurer Akademie, der den Weg auf sich nimmt.«

Jesco schien immer noch unschlüssig, aber dann gab

er sich einen Ruck. »Ich habe Euch gesagt, was ich zu sagen habe«, bemerkte er beleidigt. »Aber wenn Ihr darauf besteht ... ich glaube, ich habe jemanden für Euch. Einen unserer Absolventen, der darauf brennt, sich die ersten Sporen in der Magie zu verdienen, wenn man so sagen kann.«

Er klingelte mit einem Glöckchen nach dem Diener, und als der Mann eintrat, trug er ihm auf: »Hol den Adeptus Perdan.«

Die drei Reisenden warteten angespannt. Alwen knuffte ihren Bruder voll Anerkennung dafür, wie er den widerwilligen Magier fügsam gemacht hatte.

Kurz darauf trat der Adeptus Perdan ein. Die drei Reisenden sahen einen hochgewachsenen jungen Mann von etwa dreißig Götterläufen vor sich, der sein langes dunkelblondes Haar im Nacken zusammengebunden trug. Sein Gesicht erinnerte ein wenig an einen Vogel, die großen blaugrauen Augen waren weit aufgerissen, als sei er immer in heftiger Aufregung. Er trug das einfache Gewand eines Magus und einen elegant bestickten Mantel, sein langer Zauberstab war aus glänzendem schwarzen Holz. Das merkwürdigste an ihm war jedoch, daß er einen Raben bei sich hatte – einen quicklebendigen großen Raben.

Es schien sich um ein recht verwöhntes Haustier zu handeln, denn seine Augen waren blank, und seine Federn waren so blitzsauber geputzt, daß sie in blauen, grünen und schwarzen Farbtönen funkelten. Er grub seine Füße in ein Lederpölsterchen, das auf der Schulter des Mantels aufgenäht war – sonst hätten seine starken Krallen wohl auf Dauer dem Adeptus die Schulter zerfleischt.

»Der Adeptus Perdan von Uhdenberg«, stellte der Akademieleiter vor. »Er wird sich um Eure Belange kümmern. Besprecht alles weitere mit ihm. Ich darf mich jetzt entschuldigen.«

Der junge Adeptus stand etwas ratlos da und sah

seinen Raben an. Und dann erschrak Alwen heftig, denn das Tier sagte mit einer heiser krächzenden, aber unverkennbar menschlichen Stimme: »Mattes weiß nicht … weiß nicht … mußt fragen.«

Das wollte der junge Magier auch prompt tun, aber Gille verstand sich besser darauf, wie man Geschäfte einfädelt. »Wir können alles weitere doch beim Mittagessen besprechen, Herr Adeptus«, schlug er freundlich vor. Er streckte dem Magier die Hand hin, obwohl ihm anzusehen war, daß ihm der sprechende Rabe ein wenig angst machte. »Vielleicht könnt Ihr uns ein gut geführtes Haus empfehlen.«

Der Adeptus, der noch immer verblüfft war, murmelte eine unverständliche Antwort. Der Elf griff rasch ein. »Ich schlage vor, wir gehen in den Gasthof *Zum Wasserfall*. Es gibt dort Stockente mit Nüssen und wohl noch andere Leckerbissen.«

Zu viert machten sie sich auf den Weg in den Gasthof, und dort sorgte Gille dafür, daß erst einmal gut gegessen und kräftig Wein getrunken wurde, ehe er aufs Geschäftliche zu sprechen kam. Sie nahmen an einem der besten Tische Platz, und Gille achtete darauf, daß es dem Magier an nichts fehlte. Er bestellte sogar ein Schüsselchen rohes Fleisch für den Raben, der seinen heiseren Dank krächzte (und die Serviermagd damit aufs heftigste erschreckte).

Erst als sie beim Nachtisch angelangt waren – der aus köstlichen Obsttörtchen mit frischen Beeren bestand – und schließlich mit einem Becher Meskinnes die üppige Mahlzeit beschlossen, sprach er nach und nach über die unheimlichen Erscheinungen, die Trallop plagten.

Der Adeptus war während der Mahlzeit merklich aufgetaut und stellte aufmerksam weitere Fragen. Alwen betrachtete ihn neugierig. Zwar trug der Mann den blauen Stern in die Handfläche tätowiert, der ihn als ausgelernten Magier auswies, aber er schien ihr doch sehr weltfremd – von Kopf bis Fuß ein stiller Gelehrter, der von der Welt so gut wie keine Ahnung hat. Dennoch, er stellte kluge Fragen. Sein Rabe kletterte inzwischen auf den hölzernen Lehnen der Stühle herum und besah sich die Fremden.

Alwen zog die Schultern hoch – sie hatte ein wenig Angst, der Vogel könne ihr bei seinem Erkundungsgang auf die Schultern oder gar auf den Kopf steigen – und bemerkte: »Euer Akademieleiter war nicht sehr hilfreich.«

Perdan verzog den Mund. »Ja, das glaube ich gern. Von Koorbruch ist streng zwölfgöttergläubig und vertritt den Standpunkt, daß die meisten Krankheiten und Katastrophen die Strafe für ein sündhaftes Leben sind. Er ist ein hervorragender Heiler und Forscher, aber bisweilen kann er gnadenlos sein. Da mag es wohl den Anschein haben, daß es ihn, Ihr verzeiht schon, nicht soviel« – er schnippte mit Daumen und Zeigefinger – »kümmert, ob ihr Sorgen wegen dieser Geschöpfe der Niederhöllen habt oder nicht.«

Dann fragte er wieder nach den Vorkommnissen, bis er über alle Einzelheiten Bescheid wußte. Schließlich sagte er: »In Donnerbach ist noch nichts dergleichen geschehen, aber wenn der See unruhig ist, wird das Unheil wohl auch bald zu uns kommen … Wir müssen uns beeilen. Aber ich schlage vor, daß wir zuerst noch einen Besuch machen.«

»Einen Besuch? Bei wem?«

»Bei meinem alten Magister Radumar. Mir gehen da ein paar Gedanken durch den Kopf, die ich mit ihm besprechen wollte. Ich glaube, er kann uns weiterhelfen.«

Wenig später standen sie vor einem hübschen, grün und weiß angestrichenen Haus, das hinter einem mächtigen Schmiedezaun im besten Wohnviertel der Stadt Donnerbach lag. Gille war eben abgestiegen, und die anderen näherten sich dem Gitter, als aus dem gepflegten Garten hinter dem Parkzaun ein Wesen herangeschossen kam, das ihnen allen den Atem verschlug. Es sprang am Gitter hoch wie ein aufgeregter Hofhund und bellte heiser, und es sah auch ein wenig wie ein Hund aus – der Kopf und die aufgeregt wedelnde Rute waren jedenfalls die eines nivesischen Wolfshundes. Die Hände waren die eines Menschen, feingebildete kleine Hände. Die Füße waren graublau behaarte grobe Tatzen, die sich beim Sprung tief in den Boden gruben. Alles dazwischen war halb Wolfshund, halb ein menschenähnliches Wesen. Fast sein ganzer Körper war mit einem weißgrauen Pelz behaart, der am Hals einen mächtigen Kragen bildete. Insgesamt war es etwa so groß wie ein Hund, und es hatte die leuchtendhellen Augen eines nivesischen Wolfshundes, aber es sprang auf zwei Beinen hinter dem Gitter auf und nieder. Und die Stimme, die es hören ließ, klang beinahe menschlich, nur höher und schriller.

»Fremde am Tor!« schrie es gellend. »Alarm! Alarm! Da sind Fremde am Tor! Gefahr! Dieses Haus ist bewacht! Glaubt nicht, daß Ihr Euch einfach anschleichen könnt, ich habe Augen im Kopf! Ihr kommt nicht ungesehen hier herein! Alarm!«

Gille war vom Gitter zurückgewichen, als das seltsame Geschöpf zwischen den Stäben herauskläffte, aber Perdan lachte nur. »Habt keine Angst, der ist harmlos. Hol deinen Herrn, Wurrnulf!« rief er dem Wesen zu, das prompt zum Haus hin eilte, dann wieder abrupt stehenblieb, die Wartenden mit einem Schwall von Gekläff überschüttete und endlich doch im Haus verschwand.

Wenig später tauchte es wieder auf – diesmal an der Seite eines weißhaarigen Herrn, der einen langen dunkelblauen Hauskaftan trug und sich auf einen Stock mit einer Elfenbeinkrücke stützte. Als er die Besucher sah, kam er eilig zum Gartentor. Das Wesen folgte ihm, wobei es wie toll um ihn herumsprang.

»Still, Wurrnulf!« mahnte er. Dann wandte er sich

den Besuchern zu. »Mein lieber Perdan! Aber Ihr habt Freunde mitgebracht, sehe ich … Wartet, ich lasse Euch ein.« Er sperrte mit einem komplizierten großen Schlüssel das Gartentor auf und öffnete es, wobei er mit einem Bein das kleine Ungeheuer zurückdrängte, das unbedingt auf die Straße herauswollte. Schließlich gelang es ihm, das Tor wieder hinter den Gästen zu schließen. Er schüttelte einem nach dem anderen die Hand. »Willkommen … was führt Euch her? Kommt, wir wollen ins Haus gehen. Dort könnt Ihr mir erzählen, was Euch zu mir führt.«

»Aber Ihr bleibt nicht unbewacht!« knurrte Wurrnulf. »Glaubt nicht, daß Ihr Euch Freiheiten herausnehmen könnt! Eine falsche Bewegung, und Ihr habt meine Zähne im Bein!«

Wenig später saßen sie in einem gemütlichen Studierzimmer, hielten jeder einen Becher Wein in der Hand und betrachteten Wurrnulf, der sich zu Füßen seines Herrn eingerollt hatte und mit der Schnauze auf seinen Schuhen lag. »Mein kleiner Liebling«, stellte ihn der alte Herr vor. »Ich bin ja nun ganz allein und brauche auf niemand Rücksicht zu nehmen, da habe ich mir den Wunsch erfüllt … Ich habe mich immer schon viel mit Biestingern beschäftigt, und einen lebend um mich zu haben, war immer mein Traum. Sie sind kluge Kerlchen, wenn auch bisweilen ein wenig unberechenbar.«

Er hätte sich sofort in seinem Lieblingsgebiet verloren, hätte Perdan ihn nicht darauf aufmerksam gemacht, daß die beiden Tralloper und der Elf mit einem wichtigen und dringlichen Anliegen gekommen waren. Sofort entschuldigte er sich und beugte sich vor, die Hände auf die Elfenbeinkrücke gestützt. »Was kann ich für Euch tun?«

Alwen erzählte die Geschichte von neuem von vorn bis hinten und schloß mit den Worten: »Der Adeptus Perdan empfahl uns, Euch zu konsultieren … wir dachten an Magie und daß ein Magier uns gewiß weiterhelfen könnte.«

»Hmmm ... Magie?« Der Alte schüttelte den Kopf. »Welche Magie sollte das sein?«

»Wir dachten, vielleicht hätte irgendein Schwarzmagier ...« Alwen ließ den Satz mutlos verebben. Offenbar hielt der Alte nicht viel von dieser Theorie, denn er rieb sich das Kinn und wiegte den Kopf hin und her.

Schließlich sagte er: »Ihr wollt doch hoffentlich nicht andeuten, daß sich auf der ehrenwerten Akademie zu Donnerbach ein Schwarzkünstler aufhält. Ich bitte Euch, das ist absurd! Die Brüder dort sind einer wie der andere zuverlässige und ehrbare Leute ... Was meinst du, Perdan? Magie?«

Der junge Mann fühlte sich offenbar etwas eingeschüchtert in Gegenwart seines ehemaligen Magisters, obwohl der Alte ihm ausgesprochen wohlgesonnen zu sein schien. Er schluckte, ehe er sagte: »Mir ist der Gedanke auch schon gekommen. Es scheint mir, daß nicht der Sternenlauf, sondern ein gezielter Wille hinter diesen Erscheinungen steckt.«

»Aber von einem Schwarzmagier hätten wir gewißlich gehört«, protestierte Radumar.

»Nicht, wenn er sich absichtlich verborgen hielte.«

Der alte Herr überlegte eine Weile. Wurrnulf war aufgewacht und machte die Runde bei den Besuchern, wobei er ihre Stiefel mit seinen kleinen Händen befingerte und mißtrauisch an den Mantelsäumen roch. Schließlich entfernte er sich und legte sich auf ein dickes rotsamtenes Kissen im Winkel, das offenbar ihm allein gehörte – es war nämlich voll Haare.

Radumar blickte auf und blinzelte dem jungen Magier zu. »Du denkst an jemand Bestimmten, nicht wahr? Heraus damit! Obwohl ich mir nicht vorstellen kann, wen du mir da herbeizaubern willst.«

Perdan rieb sich die Hände, daß die Fingerknöchel

knackten, dann antwortete er: »Ich dachte an Barstopal.«

Sofort verschloß sich das Gesicht des Alten. Er murmelte langsam: »Ein übler Geselle ...«

Perdan wandte sich an die Besucher. »Dieser Barstopal war mein Kommilitone in den ersten Studienjahren, aber später verließ er die Akademie und ging auf die Schwarze Schule in Lowangen ... ein schwerer Schlag für uns alle. Zum letzten Mal hörte man von ihm, als er nach Selem ging ...«

»Und in Selem ist er auch geblieben, davon bin ich überzeugt«, fiel der alte Herr heftig ein. »Diese Stadt des Wahnsinns läßt keinen wieder los. Er ist dort in den Sümpfen verkommen, dessen bin ich mir sicher.«

»Das wissen wir nicht mit Sicherheit«, wandte Perdan vorsichtig ein. »Und Ihr erinnert Euch doch, Barstopal war derjenige, der immer nach den Uralten Wesen forschte ... Ihr wart deswegen sehr zornig auf ihn, aber er ließ sich nicht abschrecken. Und nun sagte uns der Meister Elf hier, daß die Plagegeister aus dem See zu den ›Kleinen Vergessenen‹ zählen.«

In den Augen des Magisters blitzte es auf. »Die Kleinen Vergessenen, soso.« Er sah den Elf an, aber der gab keine Antwort. Sein schmales Gesicht war verschlossen, die Lippen hatte er so fest zusammengepreßt, als fürchte er, daß ihm ein Wort entschlüpfen könne.

Schließlich sagte Radumar: »Du meinst also, daß er etwas im See aufzustören versucht?«

Perdan antwortete bescheiden: »Wir alle haben doch die alten Geschichten gehört, im See befinde sich eine Stadt voll Ungeheuer ... und *noch etwas*. Ein Wesen, das noch nie jemand gesehen hat. Wenn es nun eines von den Uralten Wesen ist?«

Radumar warf die Hände hoch. »Wenn! Wenn es ein Uraltes Wesen ist ... wenn Barstopal aus Selem heimgekehrt ist ... wenn er sich hier aufhält, obwohl niemand von ihm gehört hat ... alles wenn, wenn, wenn, mein lieber Perdan! Du konstruierst dir da eine ganze Geschichte zusammen …«

»Ich erinnere mich nur daran, was Barstopal sagte. Unter uns Studiosi war er offener als den Lehrern gegenüber.«

Alwen mischte sich ein wenig gereizt ein. »Möchtet Ihr uns nicht mitteilen, worum es sich bei diesen Uralten Wesen handelt? Ich habe nie eines gesehen und nie von einem gehört. Du etwa, Gille?«

Ihr Bruder krauste die Stirn. »Ich weiß nicht … ich glaube, ich habe hin und wieder einmal eine Geschichte gehört … erinnerst du dich nicht, wie Frau Birsel uns als Kinder warnte, am Hafen zu spielen? Sie sagte, im See seien die Neunaugen, aber es sei noch mehr darin, und wenn wir dem See nahe kämen, würde es herauslangen und uns fassen.« Er nickte ernst und bedächtig. »Sie sprach nicht von den Fischen. Sie sprach von etwas, das *herauskommen* könnte.«

Alwen winkte verdrossen ab. »Ammenmärchen! Sagt mir geradeheraus, Herr Magister, glaubt Ihr an solche Wesen?« Sie setzte sich steif auf und starrte den alten Mann so herausfordernd an, daß Wurrnulf auf seinem Kissen erwachte und einmal drohend kläffte. Offenkundig sah er seinen Herrn in Gefahr.

Radumar zuckte die Achseln. »Es gibt viele dunkle und verborgene Dinge auf Dere, und wer weiß schon alles? Ich habe einmal ein Buch gelesen …«

»Ein Buch?« drängte Alwen, als er schwieg.

»Ja.« Er stand auf und begab sich zu einem der Regale, die mit zahlreichen Folianten und losen Blätterbündeln bedeckt waren. Nachdem er eine Weile herumgesucht hatte, zog er ein kleines Buch hervor, knapp einhundertsechzig Seiten stark, das mit einem Schloß gesichert war. Radumar las den Titel vor: »Eyn warnend Commentarius zu jenem unheyligen Werck, benannt ›Die dreyzehn Lobpreysungen des Namenlosen‹, von Melahath Lassan, Geweyther der Herrin Hesinde.«

Alwen wich zurück, und Gille hielt die Hand vor die Augen. Der Elf wandte das Gesicht ab und schlug die gefalteten Hände davor.

»Werft keinen Blick hinein«, sagte der alte Herr streng, »aber dies ist das Buch, aus dem ich meine Kenntnis von den Uralten Wesen schöpfe. Sie sind eng mit dem Namenlosen verbunden, seine Diener und Gefährten, gleichermaßen Dämonen wie auch körperliche Wesen, wenn auch von unfaßbarem Aussehen. Manche Goblins verehren sie, und gewisse verkommene Kulte unter den Menschen beten sie ebenfalls an. Hier heißt es, daß sie von jenseits der Sterne kamen, als Aventurien noch kaum geboren war, und sich den Zwölfgöttern widersetzten. Daraufhin verbannten die Götter diese Kreaturen in die Tiefe. Sie hatten Schwingen, mit denen sie im leeren All fliegen konnten, und Kiemen, um unter Wasser zu leben. Ihr Aussehen ist so unheimlich und widerwärtig, daß Menschen, die sie erblicken, in Ohnmacht sinken; zudem sind sie raubgierig und den Menschen feind, deren Leib und Blut sie verschlingen.«

Er trug das Buch weg und verbarg es wieder in dem Regal, als könne er es nicht ertragen, es länger in Händen zu halten. Er trat an ein kleines Wasserbecken heran und wusch sich die Hände, dann, nachdem er sie an einem weißen Linnentuch abgetrocknet hatte, wandte er sich wieder den Gästen zu. »Dieses Buch behauptet auch, es gebe Sprüche, um sie aufzustören, und Sprüche, die den Bann der Götter wieder auf sie legen, aber beide sind verschollen. Nur noch die finstersten der Schwarzmagier und die edelsten der Weißen Schulen wissen vielleicht noch den einen oder anderen Spruch.«

»Dann müssen wir so rasch wie möglich herausfinden, ob Barstopal wirklich am Werk ist, und ihm in den Arm fallen, bevor er Unheil anrichten kann«, rief Perdan eifrig aus. Seine Augen blitzten, und der Rabe, der auf seine Schulter zurückgekehrt war, schlug aufgeregt mit den Flügeln.

»Nun, es ist deine Theorie«, sagte Radumar langsam. »Wenn du meinst, daß es sich so verhält ... Ich bin auf jeden Fall zu gebrechlich, um Euch zu begleiten, aber ich werde mir die Sache durch den Kopf gehen lassen, und ich werde den See unter Beobachtung halten. Vielleicht kann ich die Brüder dazu bewegen, der Sache mehr ernste Aufmerksamkeit zu schenken. Es wird aber nicht leicht sein; sie hören mehr auf Jesco von Koorbruch als auf mich.«

Die vier dankten ihm, und bald darauf – nachdem sie ihren Wein ausgetrunken hatten – standen sie auf und verabschiedeten sich. Der alte Herr begleitete sie bis zum Gartentor, während Wurrnulf dahin und dorthin rannte und sich am Gitter hochstreckte, um das Pferd zu sehen. Perdan kraulte ihn zum Abschied zwischen den haarigen Ohren, aber die anderen ließen es bei einem Nicken bewenden.

»Ich bin froh, daß wir draußen sind«, sagte der Elf, sobald sie der hübschen Residenz den Rücken gekehrt hatten. »Mir wurde ganz übel von diesem Buch. Wie kann man auch nur einen Kommentar zu einem so schrecklichen Werk besitzen? Es heißt, jede Seele, die darin liest, verfällt der Gewalt der Dämonen.«

»Nicht jede«, erwiderte Perdan ein wenig hochmütig. »Ein Magier von Radumars Rang kann sich an vieles heranwagen, vor dem ein einfacher Menschen zurückweicht. Radumar versteht es, sich durch Konzentration und innere Reinigung vor den Fallen des Namenlosen zu schützen. Aber Ihr habt recht, das Buch ist ein Höllenwerk. Selbst manchem Magier hat das bloße Lesen darin den Verstand verdüstert, auch wenn er nur ein paar Seiten las – oder seine Seele wurde von schwerer Melancholie verdunkelt. In der Akademie wird es im tiefsten Keller verborgen gehalten, und selbst der Kommentar von Lassan wird nur an ausgewählte Gelehrte ausgegeben.«

»Laßt uns über etwas Vernünftiges reden«, schlug Alwen vor. »Das vertreibt uns am raschesten die finsteren Nebel aus dem Kopf. Was meinst du, Gille, könntest du heute noch aufbrechen? Und Ihr, Herr Adeptus, könnt Ihr rasch für die Reise packen? Es ist kaum die dritte Nachmittagsstunde, und wir könnten es noch bis zur ersten Herberge schaffen. Ich möchte so rasch wie möglich nach Trallop zurück.«

»Ich auch«, stimmte Gille zu. Dann wandte er sich an den Elfen. »Wie steht es mit Euch, Fingal? Wir bedauern es, uns von Euch verabschieden zu müssen, aber Ihr seid ja nun wieder in Eurem Heimatort ...«

»Dennoch werde ich Euch weiterhin folgen«, fiel Fingal ein. »Was wir gehört haben, bedeutet eine Bedrohung auch für mein Volk, und ich will mein Bestes tun, die Gefahr abzuwenden. Wenn Ihr erlaubt, werde ich mit Euch zurück nach Trallop reiten.«

»Gewiß erlauben wir das!« rief Gille erfreut, und die anderen stimmten mit ein. Mattes schrie: »Schöner Elf! Schöner Elf!« Bis der Adeptus ihm bedeutete, den Schnabel zu halten.

Zwei Stunden später trafen sie sich reisefertig vor der Herberge. Der Adeptus Perdan hatte ein dickes Bündel mitgebracht, das hinten auf dem Wagen verstaut wurde.

Während sie in der warmen Sonne des Rahjamonats dahinzogen, fragte Gille plötzlich: »Erzählt mir mehr über diesen Barstopal, Herr Adeptus. Wenn er es war, der dieses Unheil bewirkt hat, will ich über ihn Bescheid wissen.«

Der Magier zuckte die Achseln. Sein Rabe flatterte kurz auf und ließ sich dann wieder nieder. »Ich kann es natürlich nicht mit Sicherheit sagen, aber irgendwie paßt alles zusammen ... Nun, Barstopal wurde zur selben Zeit in der Akademie aufgenommen wie ich. Er stammte aus reichem Hause, sah recht gut aus und hatte gefällige Manieren, aber ein seltsames, düsteres Wesen, das die anderen von ihm fernhielt. Von Anfang an zogen ihn abseitige Forschungen an, und bald begann er nach den Uralten Wesen zu fragen. Die Magister wiesen ihn zurecht, er hörte auf, sie zu fragen, aber im Kreis der Studiosi sprach er offen darüber, daß es auf Dere noch tiefe Geheimnisse zu entdecken gebe.«

»Was meint Ihr«, mischte sich Alwen ein, »ruht in diesem See wirklich eines von diesen phantastischen uralten Wesen? Ich bin am See aufgewachsen und habe immer nur von den Neunaugen gehört.«

»Nein, das habt Ihr gewiß nicht«, widersprach Perdan. »Jedermann weiß, daß der See noch andere böse Geheimnisse birgt als die Todesfische, und es gibt genug Geschichten darüber, daß sich im See eine Stadt und darin *irgend etwas* befindet, *das eines Tages herauskommen könnte.* Nur ist die Kunde von den Uralten Wesen selbst unter den Weisen so lange verlorengegangen, daß nur in verrufenen alten Büchern wie dem von Radumar gezeigten, von ihnen die Rede ist. Ich wüßte auch nichts von ihnen, hätte Barstopal uns damals nicht mit seinem Gerede neugierig gemacht. Aber wir hielten das Ganze für eine Schrulle, mit der er sich wichtig machen wollte; ernst nahm es keiner von uns.«

»Und nun hat Barstopal doch Ernst gemacht«, fiel Gille ein.

»Ja. Ich fürchte, sein Aufenthalt in Selem war nicht umsonst; in dieser götterlosen Stadt ist es gut möglich, daß er verschollene Zaubersprüche ausgegraben hat.«

»Und Ihr meint wirklich, er will dieses Wesen aufstören?«

»Ich fürchte, er ist bereits am Werk«, sagte Perdan. »Der Angriff auf Euren Vater, die Schlangen, die Eure Schwester bedrohten, und alles andere sind Zeichen dafür. Aber bislang hat sein Zauber nur bewirken können, daß die Kleinen Vergessenen aus dem See steigen.«

»Wann wird er das Große erwecken?« fragte Gille.

»Ich nehme an, sobald die Namenlosen Tage angebrochen sind. Dann ist die Macht des Namenlosen groß, und alle seine Werke gelingen.«

»Aber bis dahin sind es nur mehr dreizehn Tage!« rief Gille. »Wie sollen wir ihn so schnell finden und ihm das Handwerk legen? Das ist unmöglich!«

»Nichts ist unmöglich, wenn das Wohlgefallen der Götter darauf ruht«, erwiderte Perdan. »Ich bin überzeugt, daß Hesinde und die anderen uns beistehen werden, wenn wir uns mutig daranmachen, dieses Übel von Dere zu entfernen.«

Alwen ritt schweigend neben dem Wagen her. Sie hatte mit Erstaunen festgestellt, daß ihr Bruder offenbar entschlossen war, den Kampf aufzunehmen. War er von Sinnen? Das war keine Aufgabe für einen friedfertigen Metzger. Sie selbst, ja, sie würde in den Kampf ziehen, obwohl sie wenig Hoffnung hatte, einen Sieg über einen Schwarzmagier zu erringen – vermutlich stand ein ehrenvoller Tod am Ausgang des Ereignisses. Auf den Magier Perdan gab sie nicht viel. Er schien zwar ein recht heller Kopf zu sein, aber ob er im Kampf seinen Mann stand, daran hatte sie ihre Zweifel. Er sah sosehr nach Stubenhocker aus – und dieses lächerliche Federvieh, das er ständig mit sich herumtrug!

Bei diesem Gedanken merkte sie plötzlich, daß Mattes sie von seinem hohen Sitz herunter zornig anfunkelte, und er krächzte: »Gib acht! Gib acht!«

Alwen war betroffen, ja geradezu erschrocken. Konnte dieses merkwürdige Tier etwa Gedanken lesen? Oder hatte es nur den mürrischen Blick bemerkt, den sie ihm zuwarf? Sie wandte rasch den Kopf ab und bemühte sich, dem Raben nicht mehr in die Augen zu schauen, während sie weiterhin ihren Gedanken nachhing.

Sie mußte Gille diesen Gedanken ausreden. Er durfte nicht mitkommen. Er – durfte nicht sterben. Sie wünschte sich, daß er als angesehener Metzgermeister alt wurde, irgendwann eine Frau fand, die ihm gefiel, und Kinder und Enkelkinder hatte. Er war trotz seines blutigen Handwerks kein Kämpfer. Und was wollte er überhaupt ausrichten im Kampf gegen Schwarze Magie?

Nun, was wollte sie selbst ausrichten? Ein Schwert war keine Waffe gegen einen Zauberstab. Barstopal oder wie dieser üble Geselle hieß, verfügte bestimmt über ein halbes Dutzend Zaubersprüche, die sie auf der Stelle zerschmettern oder in Stein verwandeln würden. Sie würde wahrscheinlich gerade so weit kommen, daß sie ihm von Angesicht zu Angesicht gegenüber stünde, und dann vernichtet werden. Aber sie war nun einmal eine Kriegerin, ihr Beruf war der Kampf, ob er Sieg oder Tod bedeutete … während Gille ein geruhsamer und friedfertiger Bürger war.

6. Kapitel

Die Praiosscheibe wandte sich bereits nach Westen, als sie sich auf ihren langen Heimweg machten. An einer Stelle, wo die Straße nahe an den See heranführte und der Schilfgürtel fast verschwunden war, bat Perdan anzuhalten und sprang vom Wagen. Er trat dicht ans Wasser heran und betrachtete es mit eindringlichen Blicken.

»Was wollt Ihr tun?« rief ihm Alwen zu.

»Ich möchte sehen, ob Magie in diesem Wasser am Werk ist«, erwiderte Perdan.

»Wie wollt Ihr das erkennen?« fragte Alwen verdutzt, aber der Magier winkte ab. Er starrte das Wasser an und murmelte einen Spruch – aber da geschah etwas anderes: Plötzlich schnellte aus dem Wasser ein riesiges, gut vier Spannen langes Tier hervor, das einem Aal ähnelte, aber gelbrot gefleckt war. Zischend verbiß es sich in der Hand des Magiers. Perdan schrie auf und wankte, um ein Haar wäre er ins Wasser gefallen. Im letzten Augenblick sprang er zurück. Immer noch schreiend vor Schmerz, schüttelte er die Hand, aber das unheimliche Tier hatte sich mit seinen tödlichen Zähnen so fest darin verbissen, daß er es nicht loswurde.

Der Rabe stieß einen krächzenden Schrei aus, der wie »Wehe – wehe!« klang, und versuchte sich auf den Aal zu stürzen, aber mit kräftigen Schwanzschlägen hielt ihn das Tier fern. Bei jeder seiner heftigen Bewegungen gruben sich die fürchterlichen Zähne tiefer in Perdans Fleisch.

Mit einem Ruck sprang Gille vom Wagen, zog sein langes Schlachtermesser aus der Scheide, packte den Aal am Schwanz und trennte ihm den Kopf ab. Der Kopf verbiß sich noch ein paar Lidschläge länger in der verwundeten Hand, aber dann löste ihm der Tod die Kiefer, und er fiel zu Boden.

Perdan stand entgeistert da und starrte seine Hand an, in der eine große blutige Wunde klaffte. Die Abdrücke der Zähne des Monsters waren noch deutlich zu sehen.

»Laß mich helfen.« Der Elf war von seinem Pferd geglitten. Er trat an Perdan heran, ergriff die Hand und legte die Finger darauf. Alwen sah, wie sich seine Lippen bewegten – zweifellos sprach er einen Zauberspruch. Und augenblicklich stillte der Spruch die Blutung, die Wundränder schlossen sich langsam wieder. Während Perdan immer noch nach Atem rang, wuchsen die Wundränder zusammen, und glatte Haut bildete sich.

Gille bot ihm die Hand und half ihm auf den Wagen.

»Ich danke Euch«, flüsterte der Zauberer, wobei er erst Gille, dann den Elf anblickte. »Ich hätte mich zwar gewiß auch selbst heilen können, aber Eure Hilfe war mir sehr willkommen.« Er atmete tief durch. »Das war ein schlimmes Erlebnis … aber ich weiß nun mit Gewißheit, daß in diesem See Magie am Werk ist. Und«, setzte er grimmig hinzu, »wir wissen auch, welche Art Magie es ist, denn kein weißer oder grauer Magier würde diesen unheimlichen See beunruhigen.«

Im Verlauf der weiteren Reise erwies sich Perdan als unterhaltsamer Gefährte. Er verkürzte ihnen die Zeit mit allerlei Geschichten, Schnurren und Späßen, so daß ihnen oft vor Lachen die Tränen in die Augen stiegen. Dazwischen wurde er wieder ernst und erzählte viel Wissenswertes; so sprach er von den geheimnisvollen Blumen, die am Neunaugensee wuchsen, von der wundersamen Pandlarilie, dem zaubermächtigen Cairan-Rohr und der Elfenblume.

»Aber hütet Euch, sie pflücken zu wollen, selbst wenn Ihr durch Zufall eine findet«, setzte er augenzwinkernd hinzu, »denn am Ufer leben die Klammermolochen mit dem grünen Haar, die euch schneller als gedacht ins Wasser ziehen.«

Alwen schüttelte den Kopf. »Man erzählt gar zu viele Geschichten von diesem See; ich glaube nicht, daß auch nur die Hälfte davon wahr ist.«

»Aber diese Hälfte mag immer noch genug sein«, erwiderte der Magier ernst. »Ich jedenfalls bin überzeugt, daß eines der Alten Wesen in seinen Fluten schläft. Barstopal war kein Narr, er war ein fähiger Zauberer … schade, daß er sich dem Bösen zugewandt hat. Er hätte Großes vollbringen können. So opfert er sein Leben diesem götterlosen Kult.« Er zögerte, dann setzte er hinzu: »Ich fürchte, er ist nicht der einzige. Habt Ihr gehört, was Radumar sagte: daß es auch unter den Menschen gewisse verderbte Kulte gebe, die das Unwesen anbeten? Ich hoffe, sie sind inzwischen ausgestorben, aber ich fürchte, sie treiben immer noch ihr Unwesen.«

»Kein Mensch könnte dieses Ding anbeten!« rief Gille entrüstet aus.

»Sind es nicht auch Menschen«, wandte der Zauberer ein, »die den Namenlosen anbeten? Warum soll es nicht auch welche geben, die diesem alten und abwegigen Kult anhängen?« Dann wechselte er das Thema. Er wandte sich an Fingal: »Sagt, Meister Elf, gibt es nicht auch unter den Elfen Geschichten über den Neunaugensee? Ich habe einmal gehört, es gäbe eine ganze Ballade darüber.«

»Das ist recht, ja«, antwortete der Elf. »Unsere Ahnen haben ein Lied geschrieben über den See, über die Stadt Mandalya und über Brianissim und Tibanna, denen das Feuer zum Verhängnis wurde …« Sein Blick wurde nachdenklich, und seine Stimme ging in einen leisen Singsang über. »Als die Alten noch Gebäude und Kunstwerke errichteten, hatten sie auch das herrliche Mandalya erbaut. Im See, der ohne Grund ist, hatten sie die Schwimmende Insel gefunden und darauf den Berg, aus dem flüssiges Feuer quillt. Auf Pferdegreifen ritten die Alten über den Berg, mit Zauberschiffen glitten die Alten über den See. Paläste bauten die Alten aus Obsidian und Diamant, die erkaltete Feuergebeine sind. Schätze schufen die Alten aus sprühendem Kupfer, das erkaltetes Feuerblut ist. Gärten erblühten den Alten auf der Asche, die erkalteter Feueratem ist.

Mandalya zu schützen, erbauten die Alten eine Mauer aus den Feuern des Vulkans. Denn so wie die Alten Eis und Stein und Erz formen konnten, so konnten sie auch dem Feuer eine beständige Form geben, denn der Feuerberg spendete täglich neues Feuer.

Mandalya war Schönheit, doch die Schönheit war Mühe, und die Mühe war Unfrieden.

So ging die Sonne auf über Mandalya, und die Elfen von Mandalya sprachen:

›Lerne das Leben vom Traum zu trennen. Wirklicher ist das Leben, aber wahrer der Traum. Da dieses Leben macht, daß wir keine Elfen mehr sind, wollen wir träumen, daß wir wahre Elfen sind. Eorla!‹

So kehrten die Elfen zurück in die Traumwelt, um ihr wahres Wesen zu erneuern, und lagen, von Feuern umgürtet, in ewigem Schlaf.

Aber eine der Alten wollte wachen, wollte Fürstin heißen. Sie herrschte inmitten von Feuer, aber die Zeit wurde ihr lang, und ihre Stimme wurde ihr laut.

Da kam Brianissim gesegelt. Seine Worte waren das Leben der Vorfahren, seine Lieder brachten Wissen, seine Scherze machten lachen.

Die Fürstin sprach *bian bha la da'in*, und Brianissim mußte bleiben.

Da kam Tibanna gesegelt, Brianissim zu befreien. Die

Fürstin sprach *taubra,* und ein Elf aus Feuer wuchs aus dem Vulkan. Tibanna brannte, Tibanna floh.

Wieder kam Tibanna gesegelt, Brianissim zu befreien. Die Fürstin sprach *taubra,* und Tibanna war gefangen im Labyrinth. Brianissim aber war frei, und er verließ das Feuerelfenreich, Tibanna zu suchen.

Bis heute wartete Tibanna, bis heute sucht Brianissim.«

Der Sänger brach mit einem leisen Klagelaut ab. Eine Weile zogen sie alle schweigend und mit gesenktem Kopf weiter, so tief hatte das elfische Lied sie berührt. Nur langsam fingen sie wieder an, miteinander zu plaudern. Alwen blickte nachdenklich über den See hinaus. Dort draußen lag die mythische Insel, auf der Tibanna gefangensaß. Waren es ihre traurigen Lieder, die im Schilf am Seerand wisperten? War es ihr Zorn, der die Blitze am Himmel erweckte?

»Bei Phex«, sagte Gille, »ich wollte, ich könnte so singen wie Ihr, Freund Elf.«

»Wovon willst du denn singen?« fragte Alwen schnippisch. »Von deinen Kalbsleberpasteten?« An Perdan gewandt, fügte sie hinzu: »Mein Bruder träumt von einem großen Werk – er will eine Kalbsleberpastete bereiten, wie es noch keine gibt, und sie dem Herzog zum Geschenk machen. Sollten wir nicht eine Ballade darüber schreiben?«

Gille ärgerte sich. Die Wangen rot vor Zorn, fuhr er auf: »Und wenn schon! Du erfreust den Herzog mit Paraden und Exerzieren, ich erfreue ihn mit einer Pastete. Und wenn du meinst, daß es leicht ist, eine wirklich unübertreffliche Pastete zu backen, dann hast du noch keine gemacht.« Er sah Perdan an und erklärte: »Der Herzog ist ein Mann, der gerne und gut ißt… er braucht wohl auch viel, um seinen Riesenkörper bei Kräften zu halten. Ich freue mich immer, wenn ich ihm etwas Gutes liefern darf, und wähle mit Bedacht die besten Stücke aus. Ich gebe auch gerne ein kleines Geschenk dazu – einen Napf bester Sülze, eine Pastete oder eine Stange edler Wurst.«

»Laß dich nicht ärgern, Meister Gille«, fiel der Elf lächelnd ein. »Deine Schwester versteht deine Kunst nicht, so wenig du es verstehst, die Parade zu reiten. Laß es gut sein. Es gibt sicher genug Menschen, die deine Zubereitungen zu schätzen wissen.«

»Das will ich meinen!« Gille warf sich stolz in die Brust. »Und gib es nur zu, Alwen, dir schmecken meine Fleischspeisen auch besser als der Schlangenfraß, den du beim Militär bekommst.«

»Zugegeben«, lachte Alwen. »Und da wir schon soviel vom Essen reden – ich sehe dort in der Ferne eine Herberge. Der Tag neigt sich langsam; sollen wir dort übernachten?«

Allmählich erreichten sie auf der Rückreise auch jenes Gasthaus *Zum Roten Dach* wieder, in dem man sie auf der Hinreise so früh ins Bett geschickt hatte. Alwen erzählte Perdan die Geschichte, während sie im Schein der sinkenden Sonne auf die Herberge zuritten. »Aber niemand hat uns erzählt, was dort los ist«, schloß sie. »Alle taten furchtbar geheimnisvoll, und niemand machte das Maul auf.«

»Die Leute wagen es nicht«, sagte Perdan. »Die Bauern und Dorfleute leben in großer Angst vor den Vampiren, die sich in der Umgebung herumtreiben sollen. Der Wirt hatte recht, euch zur Vorsicht zu mahnen. Hütet euch, die Geschöpfe der Nacht sind schlimme Feinde.«

Alwen sagte nichts darauf, aber insgeheim überkam sie die Neugier.

Sie erreichten noch bei Sonnenschein die Herberge, wo sie aßen und tranken und sich bei sinkender Sonne in ihr Dreierzimmer zurückzogen. Das war ein hübscher kleiner Raum, mit einem Strohlager für drei und einem weißen Butzenfenster in der hellgetünchten, mit

Praiosblumen bemalten Wand. Alwen öffnete trotz der Proteste der beiden Männer einen Fensterflügel. »Seid nicht feige!« rief sie übermütig. »Es dämmert noch kaum, der Himmel ist hell, und auf der Straße ziehen Leute vorüber. Ich denke nicht dran, hier drinnen zu ersticken, nur weil der Wirt Angst vor Vampiren hat.«

Gille schwieg. Er schämte sich ein bißchen, ein Hasenfuß zu sein – es war tatsächlich noch hell, die ersten Sterne glitzerten klein und fern in der immer noch saphirenen Himmelskuppel; die Luft, die zum Fenster hereinstrich, war köstlich frisch und rein. Perdan sagte ebenfalls nichts, aber wohl deshalb, weil er Reiterin Alwen inzwischen gut genug kannte, um zu wissen, daß sie keine Widerrede duldete. Er hatte seinen Stab neben sich gelegt und beobachtete aufmerksam die Frau am Fenster.

Eine Zwickdommel sang ihr letztes Lied für diesen Tag in den Pflaumenbäumen, die hier die Straße säumten. Irgendwo in einem nahen Tümpel übte ein Frosch für seine Abendmusik. Alwen atmete tief durch. Wie schön der Abend war!

Dann jedoch fiel ihr etwas Merkwürdiges auf. Ihr gegenüber am Straßenrand stand ein knorriger alter Pflaumenbaum, auf dessen unterstem Ast eine falbe Katze saß. Das wäre nicht weiter ungewöhnlich gewesen, aber einen Ast höher saß eine schwarze Krähe, und über ihr vier kleine Vögel, die wie Herzogensittiche aussahen, aber ein schwarzes Gefieder hatten.

Sieh an, welch seltsame Eintracht, dachte Alwen. Sie wollte die beiden Männer darauf aufmerksam machen, fand aber, daß sie den Kopf von der seltsamen Tierversammlung nicht abwenden konnte. Die vier Vögel starrten sie aus Augen an, die im Glanz der sinkenden Sonne wie winzige Rubine glänzten, und auch die Katze beobachtete sie unverwandt. Rotes Feuer glomm in ihren weit aufgerissenen großen Augen. Rote Augen hatte auch die Krähe, die auf ihrem Ast hin und her trippelte und immer wieder den Kopf neigte, als wollte sie Alwen von der Seite betrachten.

Alwen erwiderte den Blick der Tiere und spürte, wie eine seltsame Unbeweglichkeit sie überkam. Ihre Beine waren wie verwurzelt in den blanken Dielen des Bodens, ihre Arme und Hände waren schwer; sie fühlte, daß sie ihre Haltung nicht mehr verändern konnte. Wie ein Bann drang es aus den rotfunkelnden Augen der Tiere herüber.

Da schreckte sie plötzlich die Stimme ihres Bruders auf. Er war hinter sie getreten und klopfte ihr auf die Schulter. »He, Alwen, schläfst du im Stehen ein? Eine halbe Stunde lang stehst du jetzt da und starrst zum Fenster hinaus ...« Er zog sie liebevoll an sich und drehte sich mit ihr vom Fenster weg.

Alwen atmete tief und keuchend durch. Sie spürte, wie das Leben wieder in ihre Arme und Beine floß. »Ich danke dir«, keuchte sie, »ich war wie ... wie ...« Dann aber schämte sie sich und sprach nicht weiter. Hastig, ohne noch einen Blick hinauszuwerfen, stieß sie das Fenster zu und verriegelte es. Das Herz klopfte ihr bei dem Gedanken, daß sie beinahe dem Bann der Vampire verfallen wäre – denn die sonderbaren Tiere, davon war sie jetzt überzeugt, waren Vampire gewesen.

»Laßt uns zu Bett gehen«, sagte sie barsch. »Wir haben noch einen weiten Weg vor uns.«

Die beiden Männer schliefen bald wie die Steine, aber Alwen hörte die halbe Nacht lang, wie die Katze und die Vögel auf dem Dach und dem Fenstersims herumstreiften und darauf lauerten, daß sie noch einmal das Fenster öffnete.

Bald darauf erreichten sie nach einer ruhigen Fahrt die Grenzstation. Schon von weitem sahen sie die beiden Grenzfestungen auf ihren Hügeln liegen, und als es Mittag wurde, erreichten sie die Schenke und das Zollhaus. Diesmal allerdings sprangen die Soldaten heraus, und der Kommandant nahm sie so streng in Augenschein, als erwarte er, in ihrem Wagen eine Kompanie Borbaradianer versteckt zu finden.

Man winkte ihnen, abzusteigen, und gehorsam traten sie an die rot-gold-blaue Schranke heran und suchten um einen Paß an. Ein Soldat führte sie in die Zollstation, ein hölzernes Gebäude mit einer vom Alter geschwärzten Balkendecke und zwei langen Schreibtischen darin, an denen die Dokumente ausgestellt wurden. Vorab wurde kassiert: 1 Silbertaler je Person, 2 Taler für jedes Reit- und Zugtier und 3 Taler für das Fahrzeug. Dann mußten sie einer nach dem anderen an den Schreibtisch herantreten, und der Kommandant führte mit quälend-gewohnheitsmäßiger Langsamkeit die Zollformalitäten durch, die zwei Militärschreiber im Paß und einem Register eintrugen.

»Wie heißen wir denn?« Dabei blitzte er sie aus den hellen Augen an, und sein Schnurrbart schien noch borstiger zu werden. Offenbar erschien es ihm verdächtig, daß die beiden mit einem Elfen und einem Magier einreisen wollten. Während die Schreiber die Namen notierten, blätterte er feierlich sechs Dutzend alte bis uralte Steckbriefe durch – für jede Person einzeln, als ob er sie nicht schon lange auswendig könnte!

»Und was wollen wir im schönsten Land Deres?«

»Wir wohnen in Weiden, in Trallop«, erklärte Gille. »Der Herr Adeptus hier ist unser Gast, und Herr Fingal ist unterwegs, um seine Gefährten zu treffen, die in Trallop Besorgungen machen.«

»Hm.« Der Kommandant fuhr sich über das kurzgeschorene weiße Haar und beäugte ihn mißtrauisch. »Kennen wir die Herren gut?«

»Ja«, sagte Gille.

Wieder traf ihn ein scharfer Blick. »Haben wir oder hatten wir jemals eine der folgenden Krankheiten: Schlafkrankheit, Sumpffieber, Zorgan-Pocken, Lykanthropie, Vampirismus, Besessenheit?«

Nachdem alle verneint hatten, fragte er: »Tun wir uns mit einem der folgenden Dinge beschäftigen: gewerbsmäßigem Totschlag, Unzucht, Anbetung des Namenlosen, Schwarzer Magie, Demokratie?«

»Nein«, antwortete Gille betroffen. Er empfand es als Beleidigung, daß man ihm solche Abscheulichkeiten auch nur theoretisch zutraute.

Der Kommandant sah den Zauberer an und fragte mit unheilschwangerer Betonung: »Der Herr da?«

»Nichts dergleichen«, erwiderte Perdan entschlossen.

Der Kommandant ließ es dabei bewenden, obwohl er nach wie vor Zweifel an Perdan und Fingal zu haben schien. Er erhob sich etwas schwerfällig, schritt hinaus und umkreiste draußen mit feierlicher Aufmerksamkeit dreimal die Pferde. Er klopfte ihnen auf die Flanken und befand schließlich: »Sind gesund.« Dann umwanderte er auf dieselbe Weise das Fahrzeug, versetzte ihm prüfende Tritte gegen Räder und Deichsel und kam ebenfalls zu dem Schluß: »Is unbedenklich.«

Zuletzt mußten sie alle – außer Fingal – im Chor die Absichtserklärung nachsprechen: »Wir schwören bei unserer höchsten Gottheit, daß wir die Gesetze des Neuen Reiches befolgen werden, unseren geliebten Kaiser, Seine Allergöttlichste Magnifizenz, in Ehren halten und nichts tun werden, was dem Reich Schaden zufügt.« Der Elf legte ein einfaches Versprechen ab, daß er nichts Böses im Schilde führe.

Endlich war der gestrenge Grenzer zufriedengestellt. Die Pässe wurden vom Schreiber mit Sand getrocknet, vom Offizier mit Wachs gesiegelt und mit den Worten überreicht: »Tragt dieses Dokument stets bei euch, gebt es niemals an Fremde weiter und reicht es bei Aufforderung den Streitkräften des Reiches vor. Willkommen im Mittelreich!«

7. Kapitel

Je näher sie Trallop kamen, desto öfter begegneten ihnen Reiter und Fahrzeuge, alle in großer Eile. Zehn Meilen vor der Stadt war die Straße verstopft, so daß der Verkehr in die Gegenrichtung überhaupt nicht mehr weiterkam. Gille erkannte die offene Kutsche eines Händlers und rief dem Mann zu: »Was ist los, Ulfert? Warum herrscht hier ein solches Gedränge?«

»In der Stadt sind die Niederhöllen los!« schrie Ulfert zurück, während sein Kutscher erneut auf die Pferde einhieb. »Kehrt um, wenn Ihr vernünftig seid!«

Dann war die Kutsche auch schon außer Hörweite.

Die vier sahen einander betroffen an. »Das sind böse Nachrichten«, sagte der Elf. »Was mag geschehen sein? Sind neue Plagegeister aus dem See gestiegen?«

»Ich fürchte, etwas dergleichen wird es sein«, stimmte Gille zu. Sein mädchenhaft rosiges Gesicht war blaß geworden. »Aber wir werden es früh genug erfahren.«

Schließlich war die Straße so überfüllt, daß sie nebenher durch die Weidewiesen reiten mußten, um überhaupt noch vorwärtszukommen. Händler und Gäste drängten zu Dutzenden aus der plötzlich so ungastlich gewordenen Stadt. Am schlimmsten war es auf der Brücke, die hinter Torfersweiler in die Stadt führte. Dort waren Soldaten am Werk, um die Flut von Wagen und Reitern einigermaßen in Fluß zu halten und zu vermeiden, daß irgend jemand zu Tode gedrückt wurde. Die Herzoglich Weidensche Reiterei und die

Kaiserlichen Hellebardiere waren Seite an Seite im Einsatz, und auch die Ritter des Donnerordens hatten alle Hände voll zu tun, um die in Panik geratenen Flüchtlinge vor Schaden zu bewahren.

Erst nach langem Gedränge gelang es den vieren, in die Altstadt vorzudringen. Auch in Altentrallop selbst herrschte ein aufgeregtes Hin und Her, überall standen die Bürger in Gruppen beisammen. Jeder von ihnen trug irgendeine Waffe, sei es einen Eichenknüttel oder ein Messer. Auch in der Stadt waren Soldaten zu sehen, zu Pferd und zu Fuß. Die meisten standen unten beim Hafen, wo Arbeiter damit beschäftigt waren, eine Mauer hochzuziehen.

Gille preßte die Lippen zusammen. »Laßt uns so schnell wie möglich ins Haus zurückkehren«, sagte er. »Frau Birsel wird sicher in allen Einzelheiten Bescheid wissen.« (Das stimmte auch, war die Haushälterin doch eines der eifrigsten Klatschmäuler der Stadt.)

Die alte Frau wäre beinahe die Treppe hinuntergefallen, so hastig rannte sie auf die Gasse, als sie die kleine Truppe kommen sah. »Phex sei Dank, daß Ihr wieder gesund und wohlbehalten hier seid, gnädiger Herr!« rief sie. »Und Ihr, Fräulein Alwen! Hier sind schreckliche Dinge geschehen, so schrecklich, daß man kaum noch wagt, abends ins Bett zu gehen, um nicht von dem Gelichter überfallen zu werden ...«

»Schon gut«, unterbrach Gille ihren Redestrom. »Bringt einen kühlen Trunk und einen Imbiß auf den Tisch, und sobald wir uns erfrischt haben, könnt Ihr reden, soviel Euer Herz begehrt.«

»Redet zuviel!« schrie der Rabe. »Redet zuviel!«

Frau Birsel warf ihm einen entsetzten Blick zu und sprang zwei Schritte zurück. »War das ...«, stammelte sie, »... war das eben dieses Tier?«

»Gewiß«, erwiderte Gille, »und es hat Euch noch mehr zu sagen, wenn Ihr Euch nicht beeilt. Kommt, Freunde, laßt uns in die Stube hinaufgehen.«

Bald darauf saßen sie um den großen schwarzen Tisch beisammen und lauschten Frau Birsel, die ihnen einen Bericht von dem schrecklichen Ereignis gab. »Hunderte waren es, Hunderttausende«, begann sie, »und sie kamen am hellen Mittag, nicht in dunkler Nacht! Vor zwei Tagen war es, da drang vom See plötzlich ein fürchterlicher Gestank herüber, als wäre irgendwo ein totes Tier verfault, und dann tauchten die Schlangen auf ... riesige fette Schlangen, die alles stachen, was sie zu fassen bekamen ... und nicht nur Schlangen, sondern auch Egel, armlange rötliche Egel, die sich an den Menschen festbissen und ihnen das Blut aussaugten ... Sie drangen über den Flußhafen in die Stadt ein. Mehr als zwanzig Männer und Frauen starben, die anderen Opfer mußte man ein ums andere Mal zur Ader lassen, um ihnen das verseuchte Blut abzuzapfen. Die Doctores Emmerer, Stürzl und Fierfeiner haben alle Hände voll zu tun, um mit der Schar der Kranken fertigzuwerden. Dann waren noch andere Wesen da, solche, wie die verrückte Magd sie zu sehen behauptet hat – lange dürre Kreaturen mit Echsenschwänzen und Köpfen wie eine Wespe ... aber Phex sei Dank, sie wurden von den Soldaten erschlagen, die sofort alarmiert wurden. Heute nachmittag könnt Ihr gehen und zusehen, wie die Überreste auf dem Großen Markt verbrannt werden. Ach, wer weiß, was noch alles über uns kommen wird, wenn erst die Namenlosen Tage anbrechen!«

Gille vermied es, ihr eine Antwort auf diese Frage zu geben, und auch die anderen schwiegen. Er schauderte bei dem Gedanken an den tückischen Überfall – aber er war ein Tralloper, und das bedeutete eine etwas andere Einstellung zu Katastrophen als in anderen Städten.

Trallop hatte – obwohl es eine saubere und recht gesittete Stadt war – immer noch etwas von einem Vorposten, und für die Bewohner war es nicht halb so ungewohnt wie für andere, mitten in der Nacht einen

Alarmruf zu hören. Sie hatten die Orks zurückgeschlagen, sie hatten sich gegen Oger und Goblins, gegen Räuberbanden und zwielichtiges wanderndes Volk gewehrt. So hatten sie sich auch als erstes bewaffnet und den Kampf aufgenommen. Soldaten und Bürger hatten Seite an Seite gekämpft, um das unheimliche Gelichter zu töten oder in den See zurückzutreiben. Die Elfen aus Donnerbach hatten ihr Bestes getan, mit ihren Zaubersprüchen mitzuhelfen, aber die Schlangen hatten sich rasch in der Altstadt verteilt, und fünfzehn Bürger und Bürgerinnen sowie fünf Soldaten erlagen dem tödlichen Gift, ehe ein Heilkundiger ihnen zu Hilfe eilen konnte.

»Die Toten wurden in aller Eile auf der Boronsweide begraben«, fuhr Frau Birsel fort, »denn sie waren alle aufgebläht und schwarz wie Stiefelschmiere, als das Gift wirkte ... jetzt wird eine Mauer am Hafen gebaut, damit das Ungeziefer nicht mehr so ungehindert in die Stadt kann.«

»Das ist eine gute Idee«, sagte Gille, aber insgeheim war er überzeugt, daß die Mauer nicht das geringste bewirken würde, wenn sich erst einmal das Große Vergessene aus den Fluten erhob.

Am Nachmittag fanden sie sich – und mit ihnen fast die ganze Stadt – auf dem Großen Markt ein, um zuzusehen, wie die Überreste der Ungeheuer verbrannt wurden. Sogar Herzog Waldemar war anwesend, höchstpersönlich stand er mit seiner Gattin Yolina inmitten seiner Leibgarde und wartete darauf, daß das Spektakel begann.

Es gelang den vieren, sich einen Platz in den ersten Reihen zu erkämpfen. So konnten sie deutlich die schaurigen Kadaver sehen, die der Henker rings um einen großen Holzstoß auf dem Boden ausgelegt hatte. Manche waren zerschnitten von Schwerthieben, und ihre Arme, Beine oder Köpfe lagen ein Stück neben ihnen. Selbst so steif und starr, wie sie da lagen, boten diese Überreste noch einen grausigen Anblick. Auch große Eimer voll zerhauener Schlangen und Würmer wartete darauf, dem Feuer übergeben zu werden.

Schließlich ergriff der Henker mit langen Zangen die dürren Schreckgespenster und stapelte sie auf dem Holzstoß, dann schüttete er die Schlangenkadaver dazu. Gleich darauf loderte das Feuer im dürren Reisig auf. Schwarzer Rauch stieg auf, als die fetten Leiber der Schlangen zu brennen begannen. Die Tralloper stießen laute Schreie aus und fuchtelten mit ihren Waffen, dann nahmen sie sich plötzlich an den Händen und tanzten in aller Fröhlichkeit um das Feuer. Die Namen der zwanzig Toten wurden beschwörend ausgerufen, während die Bürger im Kreis sprangen und Flüche gegen die Monstrositäten im See ausstießen. Alles in allem war ganz Trallop in kriegerischer Stimmung, und es wäre ein schlechter Zeitpunkt für Ungeheuer gewesen, aus dem schützenden See aufzutauchen.

Als das Feuer niederbrannte, legte sich die Aufregung allmählich; die Leute hörten zu tanzen auf und standen nur noch stumm und müßig da, während die letzten rotglühenden Stücke in sich zusammenfielen. Am See wurde eine Nachtwache aus Herzoglichen und Kaiserlichen Soldaten aufgestellt. Türen und Fenster wurden in dieser Nacht sorgsamer verschlossen als üblich, und es war ungewohnt still in der Stadt: Man merkte das plötzliche Fehlen der Gäste von auswärts, die sonst die Tavernen bevölkerten. Nur die Elfen waren noch da, die anderen waren bis zum letzten Mann geflohen.

Fingal war fortgegangen, um mit seinen Gefährten zu sprechen; die drei anderen saßen in der Wohnstube des Hauses *Zur Lammkeule* beisammen und besprachen ihr weiteres Vorgehen. Ohne daß ein großer Beschluß gefaßt worden wäre, waren sie alle bereit, das Abenteuer gegen den Schwarzmagier zu wagen.

Gille ergriff das Wort. »Aber wo sollen wir ihn finden?« fragte er und wies auf die große Karte der Umgebung, die ausgebreitet vor ihm lag. »Er könnte überall hinter jedem Stein sitzen.«

»Überall nicht«, erwiderte Perdan. »Ihr vergeßt, daß Zauber meist keine große Reichweite haben. Wenn er einen Zauber über den See aussprechen will, muß er sich nahe am Rand des Wassers befinden. Und damit fällt diese Seite hier« – er fuhr mit den Fingern über die Ostseite des Sees – »von vornherein aus. Schließlich kann er nicht gut in einer Herberge absteigen und vor aller Augen am Straßenrand Beschwörungen aussprechen. Nein, ich denke, er hält sich hier auf.« Er wies auf das Nebelmoor.

»Da hat er Mut«, murmelte Gille. »Das Nebelmoor ist ein kaum weniger schlimmer Ort als der See. Nur ein einziger Pfad führt hindurch; wer den nicht findet, versinkt heillos in den tiefen Moorlöchern.«

»Wißt Ihr, ob es Gebäude im Moor gibt?« fragte Perdan. »Irgendeinen Ort, an dem er sich aufhalten könnte?«

»Nur ein paar Torfstecherkaten, soviel ich weiß. Es käme ja sonst niemand auf den Gedanken, dort zu wohnen. Selbst der alte Efferdtempel geriet in Verfall, als die Schiffahrt über den See eingestellt wurde ...«

»Ein Tempel?« rief Perdan. »Wo steht er?«

Gille legte einen Finger auf einen Ort in der Mitte des westlichen Seeufers. »Es gibt noch einen verfallenen Efferdtempel auf der Schäre nördlich des Boronsangers, aber der, den ich meine, liegt hier. Früher, heißt es, brachten die Seeschiffer dort Opfer dar ... Aber das ist alles unglaublich lange her, und das Gebäude ist längst entweiht und wohl auch verfallen.«

»Dennoch scheint mir, daß es in Betracht kommt«, beharrte der Magier. »Wir wollen einmal die Probe aufs

Exempel machen. Mattes, du mußt mir helfen.« Er nahm den Raben von der Schulter und trug ihn auf der Hand zum Fenster, das er öffnete. »Flieg, mein kluger Gefährte«, sagte er, »und sieh dir das Nebelmoor von oben an. Es soll dort einen alten Tempel geben, wie du gehört hast. Sieh zu, ob du ein Feuer oder Rauch oder andere Anzeichen von Bewohntsein daran entdecken kannst. Kehr so rasch wie möglich zu uns zurück – und hab acht auf deine Federn, es ist kein guter Ort.«

Mattes stieß eine krächzende Antwort aus und stieß sich dann von der Hand ab. Die Schwingen weit ausgebreitet, stieg er auf und schlug einen Kurs in Richtung Nordwesten ein. Bald war er in den Schatten des Abends verschwunden.

Am nächsten Tag war Gille in sich gekehrt und schweigsam. Er kümmerte sich nicht um die Metzgerei, sondern stieg auf den Dachboden hinauf und holte sein altes Kettenhemd hervor. Heimlich probierte er es an, denn insgeheim befürchtete er, er würde längst nicht mehr hineinpassen – aber sieh an, das eiserne Hemd paßte noch. Wohlgefällig strich er mit der flachen Hand über die schmiegsamen Ringe. Es überraschte ihn, wie gut es sich trug. Nun, er würde es zweifellos brauchen. Als Waffe wollte er nur seinen Knüttel und sein gutes Schlachtermesser mitnehmen, die lagen ihm am besten in der Hand. Wenn sie gegen Zauberei ins Feld zogen, mußten sie sich ohnehin etwas anderes einfallen lassen – was nutzte auch Alwens scharfes Schwert gegen schwarze Magie?

Selbstgefällig zeigte er sich Alwen, die im ganzen Haus nach ihm gesucht hatte. Sie bewunderte ihn aber nicht, sondern starrte ihn entsetzt an. »Gille! Du kannst nicht mitkommen!«

»Warum nicht?« fragte er trotzig.

Sie schluckte, dann sagte sie leise: »Du könntest sterben.«

»Du auch.«

Sie nickte nachdenklich. »Ja, gewiß … aber für mich gehört das Sterben zum Beruf. Ich kann genauso heute von einem Goblin erschlagen werden wie von einem Schwarzmagier. Aber du … du führst ein anderes Leben. Ich möchte, daß du hierbleibst, daß du dich um die Metzgerei kümmerst …«

Gille schüttelte entschlossen den Kopf. »Kein Tralloper täte, was du vorschlägst, Alwen. Ich weiß, du liebst mich und willst mein Bestes, aber du kannst mich nicht festhalten. Ich habe mich entschlossen, diesen Weg zu gehen.« Die Falte auf seiner Stirn trat scharf hervor, er schob kampflustig das kräftige Kinn vor. »Versuch nicht, mich davon abzuhalten. Laß es nicht zum Streit zwischen uns kommen.«

Alwen seufzte. Sie kannte diesen Blick in den blauen Augen ihres Bruders. Er konnte bockig sein, und wenn er sich etwas in den Kopf gesetzt hatte, ließ er nicht mehr davon ab.

Sie gab sich geschlagen. »Opfere dem Phex reichlich, und bete um eine gesunde Rückkehr«, sagte sie. Ihre Lippen zitterten, so daß sie sie fest zusammenpressen mußte.

Gille nahm sie in die Arme. »Das werde ich tun, und ich werde nicht tollkühn sein.« Er beugte sich vor und küßte sie auf die Stirn.

Ein Tag verging, und die Dunkelheit breitete sich wieder über das aufgestörte Städtchen. Am See unten hielten Soldaten bei einem hellbrennenden Feuer Wache.

Mitten in tiefer Nacht erwachte Gille davon, daß etwas wie ein knöcherner Finger an die Scheibe seiner Schlafkammer klopfte. Er fuhr erschrocken auf, bewaffnete sich mit seinem Knüttel und einem Amulett und öffnete dann erst das Fenster. Es war jedoch nur Mattes, der draußen in der Dunkelheit umherflatterte. »Laßt mich hinein!« schrie er. »Mattes ist müde.«

Gille ließ ihn auf seiner Hand aufsitzen und holte ihn herein.

»Weck Perdan auf«, forderte der Rabe. »Mattes hat viel zu erzählen.«

Also begab sich Gille, nachdem er einen Hausmantel über das Nachthemd gezogen hatte, durch das schlafende Haus zur Gästekammer des Magiers. Nach einigem Pochen hatte er ihn aufgeweckt und stellte fest, daß ein Zauberer im Nachthemd weitaus weniger eindrucksvoll aussieht als im Amtsmantel. Sie tuschelten kurz an der Tür, dann ließ der Magier ihn ein und entzündete eine Kerze. Mattes hatte sich auf dem Tisch niedergelassen und trippelte hin und her. »Mattes tun die Flügel weh«, klagte er. »Müde, sehr müde.«

»Du darfst gleich auf dem Bettpfosten schlafen«, beruhigte ihn Perdan. »Aber jetzt heraus damit! Was hast du uns zu erzählen?«

Gille setzte sich auf die Bettkante und lauschte aufmerksam.

Der Rabe erzählte, daß er das ganze Westufer des Sees – immerhin siebzig Meilen – abgeflogen war und kreuz und quer das Moor abgesucht hatte. Erst hatte er überhaupt nichts entdeckt, doch beim Rückflug war ihm eine Bewegung aufgefallen. Rund um den entweihten Efferdtempel schien etwas vor sich zu gehen; schattenhafte Gestalten bewegten sich dort hin und her. Er hatte sich auf einem Ast niedergelassen, hatte aber nur einen Untoten erkannt, der in der Abenddämmerung Wache stand – eine bräunliche Moorleiche mit einem Piratensäbel in der Hand.

»Das sind seine Diener!« rief Perdan aus und schlug mit der flachen Hand so heftig auf den Tisch, daß der Rabe erschrocken hochhüpfte. »Nur ein Schwarzmagier kann die Untoten als seine Diener erwecken! Sprich, Mattes, mein Lieber, was hast du noch gesehen?«

Der Rabe hatte aber nichts weiter zu erzählen, als daß matter Feuerschein aus dem verfallenen blaugetünchten Gebäude gedrungen war. Einen Magier oder seine Helfer hatte er nicht vor die Augen bekommen.

»Dennoch, dort haust er.« Perdan war jetzt ganz sicher. Er hob den müden Raben liebevoll auf und setzte ihn auf den Bettpfosten, damit er sich ausruhen konnte. Dann kehrte er zum Tisch zurück. »Dort müssen wir ihn aufstöbern, Meister Gille, wenn wir seiner habhaft werden wollen.«

Als Gille in seine Schlafkammer zurückkehrte, öffnete er das Fenster und stand lange da, den Blick über die spitzen Dächer der Stadt hinweg auf den blitzumzuckten See gerichtet. Er war ein mutiger Mann, wie alle Tralloper, aber er wußte nicht, ob dieser Mut ausreichte, um einen Schwarzmagier zu besiegen. Warum machte sich nicht einer der hohen Herren an dieses Geschäft? Aber er hatte ja gesehen, wie sie die Nachricht aufnahmen; Jesco von Koorbruch hatte sie schlichtweg weggeschickt, und Radumar war – obwohl er ihnen weitergeholfen hatte – doch voll Zweifel gewesen, was die grausige Wahrheit hinter den Kindermärchen anging. Konnte er da überhaupt etwas bewirken? Nun, er mußte es jedenfalls versuchen. Wahrscheinlich würde er dabei umkommen, aber das lag in der Hand der Zwölfe.

8. Kapitel

Schon am nächsten Morgen rüsteten die vier zum Aufbruch. Sie hatten beschlossen, bis an den Rand des Nebelmoors zu reiten, um schneller dort anzukommen; dann sollte ein Knecht die Pferde zurückbringen. Gille war es zwar nicht recht, daß Frau Birsel auf diese Weise erführe, wohin sie geritten waren – die Frau hatte ein gar zu loses Maul –, aber andernfalls hätten sie einen langen und beschwerlichen Fußmarsch vor sich gehabt, und die Zeit drängte. Nur drei Tage und Nächte trennten sie noch von den Namenlosen Tagen.

Der erste Teil ihrer Reise verlief ohne Schwierigkeiten. Sie ritten bis in die Nähe der alten Zollstation Olat, dort befahl Gille dem Knecht, mit den Pferden umzukehren. Der Mann starrte ihn verdutzt an. »Aber, Herr«, stotterte er, »wir sind hier mitten in der Wildnis, beinahe an den Grenzen des Nebelmoors! Ihr wollt doch gewiß nicht an diesem Ort bleiben.«

»Und wenn ich es doch will, was geht es dich an?« antwortete Gille herrisch. »Kehr jetzt um und mach dir keine Gedanken um uns, wir wissen, was wir tun.«

Immer noch kopfschüttelnd gehorchte der Knecht und ritt mit den Pferden davon. In einiger Entfernung drehte er sich noch einmal um und sah gerade noch, wie die vier entschlossen auf das Nebelmoor zustapften.

Das muß ich Frau Birsel erzählen, dachte der Mann. Da wird sie platzen!

Sie waren kaum hundert Schritt durch die feuchten Wiesen marschiert, als der Elf sich plötzlich umdrehte. »Meister Gille«, sagte er, »nichts für ungut, aber du hast da etwas in deinem Rucksack, das zum Erbrechen stinkt.«

Gille riß die Augen auf. »Stinkt? Das kann ich mir nicht vorstellen … Aber laßt uns nachsehen.« Er stellte den Rucksack ab, öffnete ihn und durchwühlte die Vorräte. Es roch kräftig nach Brot und Wurst, zwei getrockneten Flußfischen aus dem Pandlaril und einem Sack Dörrobst. »Ich rieche nichts.«

Der Elf wies mit abgewandtem Gesicht auf eine Stange Tralloper Krachwurst. »Das hier stinkt. Ich kann den Geruch kaum ertragen.«

Gille sah betroffen auf. Natürlich hätte er daran denken müssen, daß die scharf knoblauchgewürzte Wurst dem Elfen ein Greuel war. »Verzeiht«, murmelte er. »Wir werden sie wegwerfen.« So verschwand die Wurst in einem Straßengraben – zum Leidwesen aller, aber schließlich hatten sie Verständnis für die feine Nase Fingal Abendsangs.

Alwen lächelte bei dem Gedanken, daß der Elf auch eine Schwäche hatte. Das machte ihn ein wenig menschenähnlicher. Zu denken, daß diesem edlen Wesen vor einer Wurst graute!

Nördlich der alten Zollwache Olat wurden die Wiesen zusehends sumpfiger, und Erlen, Birken und Weiden beherrschten das Feld. Das Schilfrohr stand dicht und starr wie die Lanzen eines angreifenden Kriegsheeres. Die possierlichen kleinen Vögel, die man Heckenschmätzer nennt, schrien im Chor. Der Knüppelpfad, der erst breit und deutlich sichtbar gewesen war, wurde zusehends schmäler und schlängelte sich unübersichtlich zwischen Sumpflöchern und Bäumen hindurch.

Sobald sie das Moor betraten, fühlte Alwen einen eigentümlichen Druck auf der Brust, als stelle eine unsichtbare Kraft sich ihr entgegen. Etwas drängte sie zurück, als sie den Fuß auf den Pfad setzte. Die Heckenschmätzer stießen, im Röhricht verborgen, ihr durchdringend zirpendes Geschrei aus. Es klang wie eine Warnung. Den anderen erging es genauso, selbst Fingal atmete schwer. Gille umklammerte das Amulett des Phex, das er um den Hals trug.

»Könnt Ihr uns nicht helfen, Herr Adeptus?« keuchte er schließlich. »Sagt dem Moor einen Zauberspruch!«

Perdan schüttelte betrübt den Kopf. »Das kann ich nicht. Das Moor ist alt und böse und kümmert sich nicht um die Gildenmagie. Oder auch um die Elfenmagie«, fügte er etwas spitz hinzu.

Fingal Abendsang wandte kurz den Kopf. »Das Moor ist, was es ist. Es ist älter als wir. Es will ungestört bleiben.«

Also kämpften sie sich widerwillig weiter, bis der Druck plötzlich nachließ. Vielleicht hatte das Moor ihrer Beharrlichkeit nachgegeben, vielleicht wartete es auch einfach darauf, sie bei günstiger Gelegenheit in einem der schwarzen Moorlöcher zu ersäufen.

Allmählich sank die Sonne hinter den Horizont, und sie mußten daran denken, sich ein Nachtlager zu suchen. Mit jedem Schritt versank der Pfad tiefer in den Schatten, und die Gefahr eines Fehltritts wurde größer.

»Meister Elf«, bat Perdan, »wollt Ihr uns ein sicheres Lager für die Nacht suchen? Ihr kennt Euch am besten in dieser Wildnis aus.«

Der Elf nickte und verschwand lautlos. Die anderen drängten sich dichter zusammen. Tiefe Stille herrschte rundum. Nur das Schilf unten am See rauschte, und hin und wieder flog eine Ente auf. Immer öfter tauchten tanzende Mirbelfliegen in den Dämmerschatten zwischen den Bäumen auf.

Nach einer Weile kehrte der Elf mit lautlosen Schritten zurück. »Ich habe ein Lager gefunden, aber wir dürfen kein Feuer machen«, flüsterte er. »Kommt mit.«

Er führte sie jenseits des Knüppelweges ins Moor, und Alwen wurde angst und bang, als sie den Fuß auf den schwankenden, nur für Fingals hellsichtige Augen sichtbaren Elfenpfad über die tückische Tiefe setzte. Etwa zweihundert Schritt vom Weg entfernt erreichten sie mitten im Moor ein Stück festes Land, mit rauhem Heidekraut und Krüppelhölzern bewachsen. Gille bückte sich und fuhr mit der Hand über das struppige kurze Kraut. »Ein gutes Bett habt Ihr uns da gesucht, Meister Elf.«

Fingal lächelte. »Du wirst aber mindestens ein Viertel der Nacht nicht zum Schlafen kommen, denn wir müssen Wachen aufstellen.«

Die Sonne ging unter, und nach der kurzen Dämmerung brach die Nacht herein. Die Wolken, die am Nachmittag über dem See aufgestiegen waren, zogen sich zu schweren purpurschwarzen Baldachinen zusammen. Fahles Wetterleuchten erhellte ihre Unterseite. Als es dunkel wurde, waren diese Blitze das einzige Licht.

Gille übernahm die erste Wache, obwohl der Elf sich angeboten hatte – dann konnte er nachher um so ungestörter schlafen. Fingal hatte ihm eingeschärft, auf keinen Fall die feste Insel zu verlassen; bemerkte er etwas Verdächtiges, so sollte er ihn wecken. Auf keinen Fall aber durfte er einen Schritt allein tun, denn rundum lauerte, tückisch saftiggrün, das Moor mit seiner unergründlichen Tiefe. »Hüte dich«, warnte der Elf, »wenn du etwas rufen hörst oder herumlaufen siehst; gib nichts darauf, das sind nur die Erscheinungen des Moors. Und sei achtsam, sie versuchen dich in die Tiefe zu locken.«

Gille setzte sich gehorsam mit gekreuzten Beinen nieder, während die anderen sich zum Schlaf legten. Sie waren alle müde von dem langen Ritt, der sie ins Moor geführt hatte; ein langer Schlaf würde ihnen guttun.

Gille schüttelte den Kopf und fuhr sich mit den Fingern durch das dunkelblonde Haar. Es erschien ihm plötzlich höchst phantastisch, daß er da im finsteren Moor saß und darauf wartete, daß der Wasserdrache auftauchte, von dem Frau Birsel ihm als kleinem Jungen erzählt hatte. Ob er wirklich mehrere Häupter, Hörner und Krallen hatte? Oder war er formlos und ungestalt wie der sagenhafte Molcho? Nein, daran glaubten nur noch Kinder und alte Leute. Aber was immer im See lauerte, es war bösartig und mordgierig, und sie konnten von Glück reden, wenn der Schwarzmagier seinen Zauber noch nicht vollendet hatte.

Er wagte nicht daran zu denken, was geschehen mochte, wenn die Zaubersprüche bereits wirkten. Niemand, so hatte er verstanden, vermochte das Ungeheuer dann noch in die Tiefe zurückzuzwingen.

Tiefe Dunkelheit breitete sich um ihn aus, nur von den flackernden Blitzen erhellt. Im Röhricht quakten die Frösche aus vollem Hals. Gille fragte sich, wozu ein Wächter gut sein sollte, der blind und taub auf seinem Platz saß und es nicht gemerkt hätte, wenn eine Kompanie Orks in voller Rüstung durchs Moor getrampelt wäre. Aber er hielt tapfer aus und vertrieb sich die Zeit damit, daß er Zweiglein vom Heidekraut abbrach und zerknickte.

Er zuckte zusammen, als jemand seinen Namen rief. »Ja?« fragte er halblaut, in der Meinung, einer der Gefährten habe ihn angesprochen. Aus der Dunkelheit kam aber keine Antwort, nur ein gleichmäßiges Atmen und das leise Schnarchen des Adeptus.

»Gille?« rief es wieder mit sanfter, heller Stimme.

Unwillkürlich fragte er: »Was ist? Wer seid Ihr?«

»Sieh zur Linken.«

Er gehorchte und sah nur wenige Schritte von sich entfernt ein zartes, blasses Mädchen auf einem Grasbüschel sitzen. Es war so zart, daß er meinte, das Licht der aufzuckenden Blitze durch den Körper hindurch zu sehen, und die Stimme klang dünn wie ein Silberglöckchen. Ein blasser Lichtschimmer umgab die Kleine. »Gille«, fragte sie mit süßer Stimme, »willst du dich nicht zu mir setzen? Zu zweit wacht es sich leichter. Komm, setz dich zu mir.« Dabei raffte sie ihre grauen Kleider zusammen und bot ihm einen Platz an ihrer Seite an.

Er blieb reglos sitzen. Die Warnung des Elfs fiel ihm ein, und er dachte an die Gefesselten Seelen, die im Moor ihr Unwesen trieben und Reisende in ihre nassen Gräber hinunterlockten. Ein kalter Schauder lief ihm den Rücken hinab. »Geh weg«, sagte er. »Ich mag nicht.«

»Warum denn? Es sind nur ein paar Schrittchen, und wir könnten die ganze Nacht lang plaudern und lachen. Ist es dir nicht langweilig, so ganz allein im Finstern auf Wache zu sitzen?«

»Geh«, wiederholte er. »Ich will nicht.«

Das Gespenst versuchte es noch lange, so daß seine Wache beinahe um war, als es schließlich aufgab und im Moor verschwand. Gille fühlte sich erschöpft, als er dem Elf Platz machte.

»Ist dir etwas widerfahren?« wisperte Fingal.

»Ja, ein Gespenst war da, und es versuchte mich die ganze Zeit über ins Moor zu locken.«

»Nun, schlaf dich aus. Ich werde achthaben, daß keine Gespenster uns nahe kommen.«

Gille streckte sich auf dem rauhen Heidekraut aus. Er war todmüde, sosehr hatte ihn das Gespräch mit dem Gespenst hergenommen – denn Gespenster haben eine eigene, vampirhafte Kraft an sich, die die Seelen der Menschen verzehrt. So fiel er wie ein Stein auf sein ruppiges Lager und schlief augenblicklich tief und fest ein. Nicht einmal das Quaken der Frösche und das Schnarchen des Adeptus Perdan konnten ihn stören.

Am Morgen zogen sie weiter, immer den Knüppelweg entlang, der sich dahin und dorthin durch das nebelverhangene Moor schlängelte. Wäre Fingal nicht bei ihnen gewesen, hätten sie, so zweifelte Alwen, den Pfad möglicherweise nicht gefunden, denn oft verschwand er unter hohem Gras oder war von Schilf überwachsen, das sie beiseite schieben mußten. Aber der Elf ging mit sicherem Tritt, und die anderen folgten ihm, einer hinter dem anderen.

Hin und wieder spürte Alwen die seltsame Kraft, die ihr am Eingang zum Moor widerstrebt hatte – immer wieder schien die unsichtbare kalte Hand sie zurückzuschieben oder vom Pfad zu drängen. Zuweilen mußte sie ihre ganze Kraft aufbieten, um dem bösen Willen des Nebelmoors zu widerstehen. Es war jetzt heller Tag, und dennoch vermeinte sie manchmal geheimnisvolle Dinge zu sehen und zu hören. Manchmal klangen das Rauschen des Schilfs und das Glucksen der Sumpflöcher wie menschliche Rede, wie eine Stimme, die ihr sagte: Kehrt um und verlaßt das Moor, es hat keinen Sinn, ihr kommt zu spät. Dann wieder flüsterte es: Alwen, schöne Alwen, komm zu mir, wir wollen auf den Grasbüscheln tanzen.

Zuweilen schien es ihr auch, als husche irgendwo eine weißgekleidete Gestalt durchs Röhricht, oder sie meinte auf einem Felsstück einen Bosnickel sitzen zu sehen, der sie aus gelben Augen unter seinem großen Hut hervor beobachtete. Ein fauliger Geruch schwebte zwischen den Schilfstangen. Sie war froh, daß wenigstens die Sonne schien.

Sie manövrierte sich an Fingals Seite. »Seht Ihr auch Dinge, die nicht da sind?«

»Nein«, erwiderte er. »Schatten und Schemen können unsere Augen nicht täuschen. Ich sehe, was da ist.«

»Habt Ihr denn vor nichts Angst?« fragte Alwen ein wenig schnippisch.

»Doch«, erwiderte der Elf ernst. »Es gibt viele Dinge, die ich fürchte ... vor allem die Trennung von meinem Volk. Ein Elf allein ist wie ein Baum ohne Wurzeln.

Mein Leib ist jetzt hier, aber mein Geist ist bei meinen Verwandten in Donnerbach.«

Gille schrie plötzlich auf: »Da! Da, seht Ihr nicht? Da sitzt ein Kind an einem Sumpfloch und spielt! Bei den Göttern, es wird hineinfallen und ertrinken!«

Er wollte schon mit einem großen Schritt den Weg verlassen, als Perdan ihn gewaltsam festhielt. »Halt!« rief der Magier aus. »Halt! Da ist kein Kind, das ist nur ein Trugbild, das Euch vom Pfad weglocken will!«

»Aber ich sehe es doch genau!«

Alwen starrte in die Richtung, die ihr Bruder wies, sah aber nichts weiter als eine große schwarze Wurzel, die sich seltsam am Wasserrand krümmte. »Du bist behext«, sagte sie. »Da ist niemand. Das Moor hält dich zum Narren.«

Gille schüttelte heftig den Kopf, ließ sich aber schließlich von seinen drei Gefährten überzeugen, daß er einem Trug zum Opfer gefallen war. Er warf noch einmal einen langen Blick zurück, dann schloß er sich wieder den anderen an.

Den ganzen Tag über trabten sie durchs Moor und hielten nur kurz an, um eine bescheidene Mittagsmahlzeit zu sich zu nehmen. Gegen Abend ließ Perdan Mattes fliegen, damit er auskundschaftete, wie weit entfernt der Efferdtempel noch lag. Der Rabe kam mit der bedrückenden Nachricht zurück, daß sie sicher noch zwei Tage brauchen und erst in der Abenddämmerung des zweiten Tages den Tempel erreichen würden.

»Wir kommen zu spät!« rief Gille verzweifelt aus. Er warf einen Blick zum Himmel hinauf, an dem sich bereits die ersten blassen Sterne zeigten. »Hat es überhaupt noch einen Sinn, daß wir weiterziehen, Perdan?« Er ließ sich mutlos auf sein Lager aus Heidekraut fallen.

»Ich weiß es auch nicht, aber ich ziehe weiter«, antwortete der Adeptus. »Wenn ich den Abtrünnigen schon nicht hindern kann, sein böses Werk auszuführen, dann will ich ihn wenigstens mitten in seinem Triumph töten.«

»Aber was sollen wir tun, wenn das Ungeheuer erst einmal erwacht ist?« fragte Alwen beklommen.

Perdan senkte den Blick. »Das weiß keiner von uns, und ich glaube nicht, daß es irgend jemand auf Dere weiß. Mit einer Ausnahme vielleicht ...« Er hatte sinnend den Kopf in die Hand gestützt und rupfte kleine Stengel Heidekraut aus.

»Ihr kennt jemand?« rief Alwen, die neuen Mut faßte. »Ihr habt also noch eine Hoffnung?«

»Ich weiß nicht«, erwiderte der Magier. »Es ist eine phantastische Hoffnung, und es kann sein, daß ich mich täusche. Man hat lange nichts mehr von ihm gehört, er müßte jetzt unglaubliche einhundertzwanzig Jahre alt sein ... Vielleicht ist er längst gestorben.«

»Von wem redet Ihr?« fragte Gille.

Aber Perdan winkte ab. »Nichts. Laßt nur. Wir wollen hoffen, daß wir Barstopal vernichten können, bevor er seinen Zauber wirkt.« Er wollte nicht mehr sagen, obwohl ihn die Gefährten noch eine Weile bedrängten, und schließlich ließen sie ihn in Ruhe.

Während die Sterne in den Himmel stiegen und sich hoch im Zenit die dunkle Sternenleere abzeichnete, saßen sie auf ihrem Fleckchen von trockenem Gras und Heidekraut zusammen und teilten sich die mageren Vorräte.

9. Kapitel

Die erste Nacht der Namenlosen Tage war angebrochen, und alles Böse im Moor erwachte. Naul lag reglos auf seiner Bettstatt und lauschte dem Schnarchen des Großvaters. Der Alte hatte mehr Schnaps als gewöhnlich getrunken und schlief tief und fest. Nach einer Weile griff Naul in seine Kleider und zog die Münze hervor, die er im Versunkenen Dorf gefunden hatte. Sie glomm in der Dunkelheit mit einem schwachen rötlichgoldenen Schimmer. Ob ein Zauber darauf lag? Jedenfalls fühlte er sich seltsam, seit er sie mitgenommen hatte. Sie brannte in seiner Tasche. Er bekam den Kopf nicht mehr klar; immer wieder beschäftigten sich seine Gedanken mit den Leuten beim Efferdtempel und dem Versunkenen Dorf.

Gewiß würden die Unheimlichen heute nacht wieder ein Fest feiern. Wenn er sie nur dabei beobachten könnte! Der Gedanke hatte sich bei seinem ersten Besuch auf der Sumpfwiese in seinen Kopf geschlichen und sich hartnäckig darin festgesetzt. Naul fand kaum noch Ruhe.

Er setzte sich auf und starrte die Münze an. Es zog ihn hinaus ins Moor. Und warum sollte er nicht gehen? Der Großvater würde es nicht merken, der war sturzbetrunken.

Noch zögerte er, doch dann gab er sich einen Ruck und schlüpfte lautlos aus dem Bett. Er holte die Laterne vom Haken, warf sich die Jacke um und schlich durch die Kate. Wenn er nur an nichts anstieß! Das laute Gerumpel hätte den Großvater am Ende doch geweckt. Aber er kam ohne Schwierigkeiten zur Tür, die er aufzog und hinter sich wieder schloß.

Draußen empfing ihn silbriges Mondlicht. Das ganze Moor schien zu glitzern. Feine Nebel schwebten wie Spinnweben zwischen den Bäumen. Er sah den Pfad erstaunlich gut, so als leuchte er im eigenen Licht. Es war so hell, daß er die Laterne nicht anzünden mußte.

In aller Eile lief er den Pfad entlang. Er hatte erwartet, das Moor würde in dieser Nacht von Bosnickeln und Gespenstern wimmeln, aber er begegnete keinem. Das Nebelmoor war still und schön. Naul kam nicht auf den Gedanken, in dieser Ruhe ein verdächtiges Zeichen zu erblicken. Er merkte auch nichts von den lautlosen Gestalten, die links und rechts des Weges durchs Röhricht huschten und ihn begleiteten.

Schließlich kam er in der Nähe des Efferdtempels an. Durch die Bäume und Büsche sah er ein Feuer brennen, das seinen roten Glanz auf Schilf und Laubwerk warf. Er hörte gedämpfte Stimmen. So leise wie möglich ließ er sich nieder und kroch auf allen vieren näher zum Feuerglanz hin.

Dann entdeckte er eine Lücke in den Büschen, durch die er hindurchspähen konnte. Welch ein Anblick! Vor dem Efferdtempel war eine breite Schneise ins Schilf gemäht, und in dieser Schneise und auf dem Abhang oben saßen an die hundert Moorkreaturen. Naul schauderte, als er sie sah. Auf den ersten Blick wirkten sie menschenähnlich, aber sie bewegten sich gebückt, mit herabhängenden Armen. Ihre Gesichter waren seltsam mißgestaltet – Froschgesichter mit breiten Mäulern und vorquellenden Augen. Wie hatte der Großvater gesagt? *Sie sehen aus wie alter Käse.* Das stimmte, ihre Haut war bleich und pockennarbig, die Lippen wirkten schwammig und blutleer. Die Hände an den langen Armen waren seltsam breit und flach, so daß sie mehr Ähnlichkeit mit Schwimmpaddeln als mit menschlichen Händen hatten.

Naul wandte den Blick dem Anführer der Fremden zu. Er stand, barfuß und in eine nachtschwarze Tunika mit einem Gürtel aus silbernem Brokat gekleidet, Feuer vor einem Dreibein mit einer glänzenden Schale darauf. Offenbar zelebrierte er eine Beschwörung, denn Naul sah, wie er immer wieder die Hände hob und unverständliche Worte in den mondhellen Himmel hinaufrief. Das Feuer knackte und prasselte. Die beiden Gefährten des Zauberers standen abwartend, mit verschränkten Armen da und harrten sichtlich auf einen Befehl.

Dann spürte Naul nur noch, wie sich ihm eine klamme Hand von hinten auf den Mund preßte. Als letztes hörte er eine heisere Stimme, die zischelte: »Nun haben wir unser letztes Opfer auch.«

Der Zauberer durchschnitt die Kehle des Unglücklichen mit einem scharfen Messer und ließ das Blut in die Schale auf seinem Dreifuß rinnen. Die beiden Männer hieben dem Leichnam Kopf, Arme und Beine ab. Den Kopf rollten sie ins Feuer, aber die anderen Teile warfen sie, in Stücke gehackt, den Moorwesen zu, die sie mit gierigem Geschrei auffingen.

Der Zauberer trat mit der überlaufenden Blutschale an den See. Er rief eine letzte Beschwörungsformel in einer unverständlichen und schrecklichen Sprache, und die Zuhörer fielen mit einem schrillen »Ny-ää!« ein. Dann goß er die Schale in den See.

Ein leises Schaudern lief über die Oberfläche, ansonsten blieb alles still.

10. Kapitel

Am späten Nachmittag des nächsten Tages war es endlich soweit. Mattes, der den vieren als Kundschafter vorausflog, brachte die Nachricht, daß der Efferdtempel nur mehr wenige hundert Schritt entfernt sei. Von da an sprachen sie nicht mehr, sondern schlichen sich möglichst lautlos an.

Schließlich hatte der Pfad eine Stelle erreicht, wo das Moor anstieg und der Pfad etwa achtzig Schritt vom Seeufer entfernt am Hang verlief. Die vier fanden ein Versteck hinter einer halb mannshoch aufragenden Steinklippe und ein paar dürren Zwergbäumen. Von hier aus konnten sie den Tempel des Efferd deutlich erkennen, denn in das Schilf am Seeufer war eine Schneise geschlagen worden – zweifellos zu dem Zweck, Vorräte und Gerätschaften leichter transportieren zu können. Mitten in dieser Schneise verriet ein großer schwarzer Fleck, daß hier ein gewaltiges Feuer gebrannt hatte. Das Gebäude war einstöckig, niedrig und mit einem spitzen Dach versehen, das sich bedenklich zu einer Seite neigte. Seine blauen Mauern schienen mit dem Seeufer und dem Schilf zu verschwimmen.

Von einem Magier war nirgends etwas zu sehen, auch die untoten Wachen, von denen Mattes berichtet hatte, waren verschwunden. Sie würden wohl erst mit der Abenddämmerung hervorkommen. Bei Tageslicht waren sie kaum zu gebrauchen, weil die Sonne sie verwirrte. Dünner Holzrauch aus dem schiefen Kamin und eine Anzahl von Kleidungsstücken und Gerätschaften, die an einer schlanken Erle im Moor hingen, waren das einzige sichere Zeichen dafür, daß jemand anwesend war.

»Meint Ihr, wir kommen noch rechtzeitig?« flüsterte Gille.

Perdan zuckte die Achseln. »Ich weiß nicht. Aber es ist noch nichts erschienen, also ist er wohl noch nicht fertig. Vielleicht sind seine ersten Versuche mißlungen, vielleicht gelingt ihm das Ganze auch überhaupt nicht ... aber wir müssen wachsam sein.«

»Werden diese Untoten uns nicht in der Nacht überfallen?« fragte Gille mißtrauisch.

Alwen schüttelte den Kopf. »Nein. Diese Wesen greifen nur an, wenn sie schnelle und heftige Bewegungen in unmittelbarer Nähe bemerken. Verhält man sich still, so schlagen sie ziellos in der Luft herum oder stehen ebenfalls stille. Ich habe nie gehört, daß ein Untoter auf die Suche gegangen wäre, um Feinde aufzuspüren. Ich fürchte eher, daß sich in diesem Haus Menschen befinden.«

»Menschen?« fragte Gille.

»Ja. Sieh doch nur, diese Jacken und Hosen, die da an der Erle hängen ... Siehst du nicht, daß sie verschieden groß sind? Also ist außer dem Zauberer noch ein anderer da drinnen, wenn es überhaupt seine Kleider sind ... sie sehen so fremdländisch aus. Vielleicht hat er auch zwei Schurken gedungen, ihm bei seinem finsteren Werk behilflich zu sein. In Selem ist es wohl nicht schwer, Männer zu finden, die für Geld in die Niederhöllen hinabsteigen würden.«

Gille seufzte. »Damit sind sie drei gegen vier, und diese Zombies könnten vielleicht auch noch lebendiger werden.«

»Oh, sie werden nicht mehr lange drei gegen vier sein«, lachte Alwen. »Warte nur, bis sie mir vor die Klinge kommen!«

»Auf jeden Fall«, sagte Perdan, »müssen wir trachten, zuerst den Zauberer zu töten, denn die Untoten hängen von seinem Willen ab, und die selemitischen Schurken werden auch an Kampfeslust verlieren, wenn ihr Meister tot ist.«

Schweigend kauerten sie sich wieder nieder und spähten durch die Zweige der Krüppelhölzer zum Tempel hinunter.

Als die Sonne sank, tauchten tatsächlich die Untoten aus dem Gebäude auf – drei Moorleichen, deren Knochen von ledriger brauner Haut überspannt und in die Fetzen verrotteter Kleider gehüllt waren. Zweifellos hatte Barstopal sie an Ort und Stelle aus ihren feuchten Gräbern heraufbeschworen. Sie nahmen an den Ecken des Hauses Aufstellung und hielten ihre Piratensäbel kampfbereit. Alwen bemerkte wieder, wie langsam sie sich bewegten. Sie schienen zu lauschen, aber Alwen wußte aus dem Orkkrieg, daß sie nicht gut hörten. Gefährlich waren sie nur im Nahkampf; da verlieh ihnen der Zauber ihres Herrn die Schwertkunst eines geübten Recken.

Alwen starrte zu ihnen hin, bis es dunkel wurde und die schaurigen Gestalten in der sinkenden Nacht verschwammen.

Sie erwachten alle früh am Morgen, erfrischt von dem ungestörten langen Schlaf, und begaben sich augenblicklich zu ihrem Beobachtungsplatz zurück. Die Sonne stieg in düster-rotgoldenem Glanz über die fernen Sichelgebirge – ein Sonnenaufgang, der mehr einem Sonnenuntergang glich. Auch die Luft war eigentümlich stickig und schwer, und die Nebel über dem Moor rochen nach verrotteten Pflanzen. Hin und wieder ließ eine blaue Unke im Schilf ihren kehligen Ruf hören.

»Wir sind gerade rechtzeitig gekommen«, flüsterte Perdan, als sie hinter der Steinklippe in Deckung gingen und durch die Zwerghölzer spähten. Er hatte recht:

Der Zauberer war aufgetaucht, deutlich erkennbar an seinem schwarzen Beschwörungsgewand mit dem silbernen Brokatgürtel und seinem Zauberstab. Perdan stieß mit heiserer Stimme hervor: »Kein Zweifel, das ist Barstopal – und er trägt das Gewand der Nigromanten!«

Dann erschienen auch seine beiden Helfer, Männer in fremdartiger Tracht mit grellbunten Kopftüchern. Die Männer waren mit Säbeln bewaffnet, die ihnen am Gürtel hingen, und der größere hatte zudem einen Khunchomer umgehängt. Alwen sah, wie sie Feuerholz unter einem metallenen Dreifuß aufschichteten, der am Seeufer stand. Gleich darauf flackerten kleine Flammen hoch.

Sie stieß Fingal an. »Kann Euer Pfeil ihn erreichen?« fragte sie, während sie zweifelnd die Entfernung zum Seeufer abschätzte. Es waren immerhin achtzig Schritt. Aber die Pfeile der Elfen fliegen weiter und treffen besser als die der Menschen.

»Gewiß«, erwiderte der Elf. Er zog die Hirschsehne hervor und hakte sie in den langen Bogen ein. Um den Pfeil abzuschießen, mußte er aufstehen und wäre kurzfristig sichtbar geworden. Alwen aber hoffte, daß der Tod des Zauberers solche Verwirrung auslösen würde, daß Barstopals Spießgesellen ihr Ziel nicht sofort entdecken würden.

Unten am See war der Magier an seinen Dreifuß herangetreten und begann, etwas in der Schale zu verbrennen, die auf dem Dreigestell ruhte. Ein rötlicher Rauch wallte auf und vermischte sich mit den Dämpfen, die vom See aufstiegen. Ein unangenehmer scharfer Geruch trieb mit dem Wind auf die Lauernden zu.

»Beeilt Euch, Meister Fingal!« drängte Perdan. »Wir dürfen nicht zulassen, daß er den Zauber vollendet.«

Der Elf verzog angewidert das Gesicht, als der Gestank auf ihn eindrang. Dann stand er mit einer geschmeidigen, lautlosen Bewegung auf und zog die

Sehne ans Ohr, wobei er einige wohlklingende elfische Zauberworte vor sich hin sang. Ein langer weißbefiederter Pfeil mit einer Stahlspitze schoß durch die Luft davon.

Einen Lidschlag lang saßen sie alle mit angehaltenem Atem da, während der Elf sich wieder duckte und hinter den Sträuchern verschwand. Dann fand der Pfeil sein Ziel – eben, als der Magier beschwörend die Hände hob, fuhr ihm das gefiederte Geschoß von hinten in den Hals und kam an der Kehle wieder zum Vorschein. Barstopal warf die Hände hoch und stürzte vornüber zu Boden.

»Ein Meisterschuß«, flüsterte Alwen. Aber so gut der Pfeil getroffen hatte, Barstopal war nicht tot. Sein Wille lebte noch, denn augenblicklich öffnete sich die Tür des Tempels, und die drei Untoten traten heraus. Schwerfällig, aber zielbewußt trotteten sie die Schneise im Schilf entlang.

Die beiden Selemiten warfen einen Blick auf den Gestürzten und knieten hastig neben ihm nieder. Als sie aber sahen, daß es von dieser Wunde keine Rettung gab, griffen sie zu ihren Säbeln und verständigten sich über die Schußrichtung. Dann liefen sie schnell an den taumelnden Untoten vorbei und suchten die Schneise gründlich nach Heckenschützen ab.

Die vier blieben in ihrem Versteck, bis die immer vorsichtiger werdenden Männer auf wenige Schritte herangekommen waren. Alwen – die sich als die einzige Kämpferin in der Gruppe sah – sprang auf und stürmte, den Namen des Herzogs auf den Lippen, auf sie zu. Der große Tulamide wich sofort seitlich aus, während der kleinere dreckig grinsend seinen Säbel hob. Gille sprang ebenfalls aus dem Gebüsch, von dem Bedürfnis getrieben, seiner Schwester zu helfen.

Hell klirrten Alwens Schwert und der selemitische Säbel aufeinander. Mit wuchtigen Hieben drang die Kriegerin auf den Mann ein, der mühsam parierend zurückwich. Der große Selemit erwog kurz, Alwen in den Rücken zu fallen, wandte sich aber dann überraschend Gille zu. Brüllend vor Angriffswut schwang er seinen aufblitzenden Khunchomer. Als die Waffe herabsauste, riß Gille instinktiv den Eichenknüttel hoch und parierte beidhändig. Knackend biß die Klinge in das massive Holz.

Inzwischen waren die drei Untoten schwankend näher gekommen. Gille sah aus den Augenwinkeln, wie der Elf mit schnellen Sprüngen durch das Gehölz jagte und nach einer guten Schußposition suchte. Alwen trieb derweil den anderen Mann mit fauchenden Schwerthieben vor sich her. Dann jedoch brauchte Gille seine ganze Kraft, als der Selemit versuchte, seine Klinge aus dem Knüttel zu reißen. Nun, kräftig war Gille, und auch das Holz ließ die Klinge nicht mehr los. Fluchend ließ der Söldling den Khunchomer fahren und zog mit fließender Bewegung seinen Säbel. Gille sprang zurück, den Knüttel mit der schweren Klinge daran abwehrend vor sich gestreckt haltend. Am Rand der Schneise heulte der kleinere Tulamide auf, als ihm Alwens Klinge in die Schulter fuhr. Während Gille noch sicherte, fuhr seinem Gegner ein Elfenpfeil seitlich in den Hals. Röchelnd brach der Mann zusammen, zuckte noch kurz mit den Beinen und erschlaffte dann. Gille sah die Untoten auf sich zu stapfen und weiter hinten seine Schwester, die ihren Gegner mit zwei weiteren gezielten Schlägen fällte. Gille blickte sich nach den anderen Gefährten um.

Die Untoten waren keine drei Schritt mehr vor ihm, aber es war deutlich zu sehen, daß Barstopals ersterbender Wille an Kraft verlor. Sie standen da und schlenkerten ziellos mit den Säbeln. Ein durchdringender Geruch nach Moorwasser und Fäulnis strömte von ihnen aus. Gille ergriff seinen Knüttel mit beiden Händen und schlug zu. Der Hieb prallte dumpf auf das Brustbein des vordersten Zombies und zerschmetterte es. Die unbeholfene Gestalt knickte ein, und als ein zweiter Hieb den gesenkten Schädel traf, fiel das Ungeheuer nieder. Alwen sprang mit gezücktem Schwert heran und hieb ein zweites, das sich zum Angriff aufgemacht hatte, mitten entzwei. Die beiden Teile fielen nebeneinander zu Boden, und eine stinkende dunkle Flüssigkeit rann aus den Schnittstellen. Die dritte Moorleiche fiel von selbst um, als der Wille ihres Herrn erschlaffte. Gille bückte sich rasch und schnitt ihr mit dem langen scharfen Schlachtermesser den Kopf ab.

Schweratmend standen die drei da und blickten sich an. Gille konnte kaum glauben, was er vollbracht hatte; er starrte benommen den Trümmerhaufen zu seinen Füßen an und wischte dann langsam das Schlachtermesser im hohen Gras blank.

Perdan war aufgesprungen und den Abhang hinuntergelaufen. Unten angekommen, riß er sofort das Gefäß vom Dreifuß und leerte es aus. Dann trat er die Flammen unter dem Dreibein nieder. Die anderen folgten ihm zögernd. Wenn Barstopal nun noch genug Leben in sich hatte, um sie alle in Stein zu verwandeln?

Aber der Magier lag tot im Gras, die gelblichen Hände auf der Brust verkrampft. Alwen blickte in ein eingesunkenes bleiches Männergesicht, das noch im Tod einen seltsamen Reiz ausströmte. Die Lippen waren noch rot und voll, der spitz zulaufende braune Bart wies zum Himmel. An der linken Faust prangte ein schwarzer Ring mit einem großen Blutopal, der jeden Glanz verloren hatte.

Plötzlich fühlten alle die lauernde Stille, die sie umfing. Unwillkürlich sahen sie sich um, ob einer der Untoten sich wieder aufgerafft hatte, aber die lagen zerhauen im Gras, und die Selemiten lagen zwischen ihnen und rührten sich nicht. Dennoch hatten die vier Abenteurer das Gefühl, daß etwas sie beobachtete. Unbehaglich rückten sie näher zusammen.

Fingal trat an die große Feuerstelle und stocherte mit

einem Stock in den Überresten des Feuers. Zwischen schwarzer Kohle und grauer Asche lagen mehrere runde bräunliche Dinger. Gille, der ihm zugesehen hatte, erschrak. Eines der braunen Dinger rollte zur Seite und grinste ihn mit vielen Zähnen an. Fingal stocherte noch weiter, und es kamen drei Dutzend weitere Schädel zum Vorschein. »Den Rest haben die Moorwesen verschlungen«, murmelte der Elf.

Gille schauderte.

»Laßt uns in der Hütte nachsehen«, schlug Fingal vor.

Vorsichtig öffneten sie die Tür des Tempels und traten ein. Dem Gebäude war der lange Verfall anzusehen. Die Mauern, die auch im Inneren blau gestrichen waren und ein Muster aus Wellen und Gischtkronen trugen, waren voller Risse, die Tünche blätterte in handtellergroßen Stücken ab. Der ehemalige Opfertisch war bedeckt mit Zaubergerät. Ringsum lagen in wüstem Durcheinander Kleider und Stiefel, Eßwaren und allerlei Kram – zweifellos die Hinterlassenschaft der Selemiten.

Perdan murmelte wiederum jene Zauberformel, mit der er auch den See untersucht hatte, und griff plötzlich gezielt nach einzelnen Gegenständen. »Diesem Wahnsinnigen war wohl nichts mehr heilig«, grollte er halblaut.

»Was meint Ihr?« fragte Gille, neugierig und furchtsam zugleich.

»Mit nekromantischen Utensilien habe ich gerechnet. Beschwörung von Untoten – das ist für einen Donnerbacher Heilmagier schon ziemlich das Übelste. Aber es scheint, daß er sich auch noch borbaradianischer Mittel bedient hat.« Dabei hob er Beutel mit Objekten auf, die den anderen wenig sagten, vor denen sie aber vorsichtshalber zurückwichen.

Hinter dem Tempel stießen sie auf drei Pferdekadaver. Sie waren über und über mit blutigen Stempeln bedeckt, als hätten riesige Egel an ihnen gezehrt, und so dürr und ausgetrocknet, daß kein Tropfen Blut mehr in ihnen zu sein schien. Alwen mußte augenblicklich an die tote Kuh des Bauern denken. War die nicht auch gänzlich mit scharfrandigen kleinen Wunden bedeckt gewesen? Derselbe Blutsauger war also hier am Werk gewesen.

»Laßt uns hier verschwinden«, sagte Gille. »Wir haben getan, was zu tun war.« Kein Triumph klang in seiner Stimme mit, sondern nur Müdigkeit und Widerwillen.

Auch die anderen fühlten sich niedergedrückt. Die Rufe der blauen Unken im Schilf waren lauter geworden, und der Himmel über dem See war jetzt fast völlig verhangen von mißfarbenen Wolken, an deren Unterseite sich das rote Sonnenlicht brach. Die Schwüle war erstickend. Ein leiser brandiger Geruch hing in der Luft.

Der Elf deckte die Hand über die Nase. »Etwas Böses ist hier am Werk«, sagte er. »Wir sollten zusehen, daß wir so rasch wie möglich von hier fortkommen. Es braut sich etwas zusammen.«

Kaum hatte er ausgesprochen, da glitt etwas mit einer blitzschneller Bewegung aus dem See und angelte nach Perdans Bein. Alwen sprang geistesgegenwärtig vor und hieb nach dem Ding. Es gelang ihr, ein Stück davon abzutrennen, und der verwundete Stumpf verschwand mit leisem Zischen im Wasser.

Perdan stand wie vom Blitz getroffen da. »Was ist das?« flüsterte er, den Blick starr auf das etwa armlange Ende gerichtet, das sich am Seeufer krümmte.

Keiner von ihnen hatte je etwas dergleichen gesehen.

Sie erkannten sofort, daß es kein eigenständiges Lebewesen war, sondern ein Teil oder Glied eines anderen. Es war etwa so lang wie ein Männerarm und hatte Ähnlichkeit mit einer großen fleischfarbenen Wasserschlange, aber an einem Ende befand sich eine Mundöffnung – ein breiter Schlitz inmitten eines Kranzes von Saugnäpfen. Rund um diese zähnebestückte Mundöffnung befanden sich weitere leuchtendrote Tentakel, so daß das ganze Teil Ähnlichkeit mit einer dämonischen Blume hatte. Der Arm selbst war sehnig und fleischig und bewegte sich noch in seinen Todeszuckungen mit großer Kraft, so daß sie alle darauf achteten, ihm nicht zu nahe zu kommen.

Sie standen und starrten noch, da erschütterte eine Bewegung die stille Fläche des Sees. »Lauft!« rief Perdan erschrocken, und alle vier setzten sich in Trab. Erst oben an ihrem Ausguck blieben sie stehen. Als sie zurückblickten, sahen sie, daß das Wasser in heftiger Unruhe war, als schwimme etwas aufgeregt hin und her. Dann glitt plötzlich ein weiterer Arm ans Ufer, ein mit dicken Knoten besetztes langes Tentakel. Es schwankte ein paar Lidschläge hin und her, dann hatte es die Leiche des Zauberers entdeckt. Augenblicklich senkte sich das Ende mit den roten Tentakeln darauf, die Sauggiocken preßten sich an, und die Mundöffnung begann ihr scheußliches Festmahl.

Perdan schluckte schwer. »Laßt uns gehen«, wiederholte er. »Der Ort ist verflucht.«

Aber sie standen wie festgebannt, denn dem grausigen Arm folgte jetzt ein zweiter. Ein bleiches Tentakel schob sich auf das Seeufer hinauf, so dicht besetzt mit sich windenden wurmartigen Fortsätzen, daß es einem Tausendfüßler ähnelte. Es war von rötlichgrauer Farbe und glitzerte im brechenden Sonnenlicht, nicht nur vom Wasser, aus dem es aufgetaucht war, sondern auch von dünnem Schleim, der aus seinen Öffnungen sickerte. Langsam, aber zielbewußt schob es sich den Abhang herauf, auf die beiden toten Selemiten zu.

Niemand wollte sehen, was es mit ihnen vorhatte. In stummer Eile hoben alle ihre Rucksäcke auf und machten sich auf den Rückweg.

Sie gaben ihr Bestes, den verfluchten Ort hinter sich zu

lassen, aber eine unheimliche Unruhe folgte ihnen: ein Klatschen und Platschen im See, als rühre sich etwas Großes unter der Wasserfläche, und ein leises, hohles Pfeifen, bei dem es ihnen eiskalt über den Rücken rann. Einmal sahen sie über das hohe Schilf hinweg einen Arm in die Höhe schießen, der gut zwanzig Schritt lang war, von bleicher Leichenfarbe und bestückt mit hellroten Tentakeln, die in Büscheln daran hingen. Ein andermal glaubten sie sogar, etwas Dunkles zu erkennen, das sich hinter dem Schilfgürtel weiterschob, und Alwen hätte schwören können, daß sie etwas wie eine runzlige rosafarbene Kuppel entdeckte, die ein paar Lidschläge lang in ihrem Blickfeld auftauchte.

Keiner von ihnen sprach darüber. Wortlos hasteten sie weiter, bis der Pfad sich landeinwärts bog und die unheimlichen Erscheinungen hinter ihnen zurückblieben. Das Gewitter, das sich über dem See zusammengezogen hatte, brach los; ein Trommelwirbel von Blitzen erhellte die düstere Wasserfläche. Trübe Dunkelheit breitete sich über das Land. Die Nebelschwaden des Moores zogen sich zusammen, bis selbst Fingal hin und wieder innehalten mußte, um den Pfad zu erkennen.

Den ganzen Tag lang hasteten sie stumm und beklommen vorwärts, immer verfolgt von Geräuschen, deren Ursprung sie nicht erklären konnten: Einmal war es ein schweres Schleifen, als wälze sich etwas Riesenhaftes durchs Schilf, dann wieder das eigentümliche Pfeifen, dann wieder ein erstickter schriller Schrei, als sei ein Tier urplötzlich angegriffen und überwältigt worden.

Schließlich dunkelte es, und ihnen blieb nichts anderes übrig, als sich ein Nachtlager zu suchen. Wiederum war ihnen Fingal behilflich, und bald saßen sie in der tiefen Abenddämmerung zusammen. Die Mirbelfliegen tanzten über den Moorlöchern. Die Sterne glitzerten an einem Himmel, der nur über dem See von gewitterschwangeren schweren Wolken bedeckt war. Über ihren Köpfen gähnte die Namenlose Sternenleere.

Die vier sprachen kaum ein Wort miteinander, während sie aßen. Schweigsam rollten sie sich in ihre Mäntel, während der Elf die erste Nachtwache hielt.

Einige Stunden später erwachte Gille aus einem unruhigen Traum. Einen Augenblick lag er still, um sich zurechtzufinden. Im Sternenlicht sah er den Elf mit gekreuzten Beinen auf dem Boden sitzen, den Bogen neben sich. Sein Blick war starr auf die ansteigenden Flanken des Moors gerichtet.

Gille folgte seinem Blick, und jäher Schreck preßte ihm die Kehle zusammen: Dort, auf dem Kamm eines niedrigen Hügels, bewegte sich etwas! Anfangs hatte er gedacht, es sei ein Teil des Berges, so riesenhaft war es, aber dann löste es sich vom Grund. Schwerfällig torkelnd bewegte es sich weiter. Gille konnte keine Einzelheiten erkennen, nur eine ungeheure klobige Masse, die einen Buckel oder Kopf aufwies. Nun hörte er auch die fernen Geräusche, die die Nachtluft herübertrug: das Poltern losgetretener Felsen und das Brechen von Bäumen, die dem gewaltigen Ungeheuer im Weg standen.

Er spürte, wie seine Zähne zu klappern begannen. Entschlossen preßte er die Lippen zusammen und bewegte sich auf allen vieren vorwärts, bis er neben Fingal zu sitzen kam.

»Wir sind zu spät gekommen, nicht wahr?« flüsterte er heiser.

Der Elf nickte. »Das fürchte ich auch.«

Gille schwieg eine Weile, dann fragte er: »Was werden wir jetzt tun?«

»Ich weiß es nicht«, sagte Fingal. »Niemand weiß es. Außer vielleicht jener geheimnisvolle Mann, von dem Perdan sprach. Aber das mag auch nur ein Trugbild der Hoffnung sein. Perdan weiß nicht einmal, ob er noch lebt. Geh jetzt wieder schlafen, die Nacht ist noch lang. Ich wecke dich, wenn es näher kommt.«

Das Ungeheuer schien jedoch einen Weg westwärts eingeschlagen zu haben, denn obwohl Gille noch lange die unheilverkündenden Geräusche in der Nacht hörte, kam es nicht näher, und schließlich schlief er ein. Seine Träume waren voll finsterer Ängste.

Sie brachen im ersten Morgengrauen auf, denn jeder von ihnen hatte es eilig, das verhexte Moor hinter sich zu bringen. Überall herrschte Stille, und allmählich löste sich die Beklemmung, und sie sprachen wiederum miteinander. Perdan raffte sich zu dem Eingeständnis auf, daß sie zu spät gekommen waren. »Ich fürchte, er hat den Zauber schon am ersten der Namenlosen Tage bereitet«, sagte er. »Vielleicht wollte er ihn nur noch wiederholen oder verstärken ... wie auch immer, wir haben unser Bestes getan, aber er ist uns zuvorgekommen. Jedenfalls hat er sein böses Werk nicht lange überlebt«, setzte er finster hinzu.

»Aber diese Kreatur lebt und ist unterwegs«, warf der Elf ein. »Jetzt haben wir keine Hoffnung mehr.«

»Nun, vielleicht doch«, sagte der Zauberer. »Ich will Euch nicht täuschen, es ist keine große Hoffnung, und vielleicht ist sie überhaupt vergeblich. Aber ich will es versuchen.«

»Was wollt Ihr tun?« fragte Gille neugierig. »Wollt Ihr doch einen Zauberspruch über das Ungeheuer aussprechen?«

»Nein, das ginge weit über meine Kraft – selbst wenn ich einen solchen Spruch wüßte, würde er mich eher zermalmen als mir gehorchen.« Er blieb stehen und sah nach Süden hinunter. Dann nahm er Mattes von der Schulter und ließ ihn auf der Hand aufsitzen. »Höre, mein Freund und Gefährte«, sagte er, »du mußt jetzt dein Bestes geben. Flieg zum Amboßgebirge, so schnell du kannst, und dort halte Ausschau nach einem gläsernen Turm, dessen Spitze bis in die Wolken reicht. In diesem Turm wirst du den Zauberer Rohezal finden,

den Ältesten der Weißen Gilde. Sag ihm, was hier geschehen ist, und bitte ihn um Hilfe.«

Mattes nickte zustimmend. Der Zauberer kraulte ihm abschiednehmend die Brust, und dann stieß der Rabe sich kräftig ab und stieg in den Himmel auf. Die anderen riefen ihm ein Lebewohl nach, bis er verschwunden war.

»Ich werde ihn vermissen«, sagte Perdan bedrückt. »Er ist ein kratzbürstiger alter Besen, aber ich habe ihn nun einmal liebgewonnen.«

»Wohin habt Ihr ihn geschickt?« fragte Alwen.

»Zu Rohezal, dem einzigen, auf den ich noch hoffen kann. Er hat die Antimagie zu seiner Aufgabe gemacht und ist dafür bekannt, daß er die Schwarze Kunst zunichte machen kann. Aber ich weiß nicht, ob Mattes ihn noch antreffen wird – Rohezal muß jetzt wohl über einhundertzwanzig Jahre alt sein.«

»Das ist doch unmöglich!« rief Alwen aus.

»Nein, unmöglich ist es nicht. Denkt an Rohal den Weisen, der schon ein Greis war, als er den Aufstand gegen die Priester anführte, und danach noch einhundertdreiundzwanzig Jahre lang regierte ... Ja, man weiß bis heute nicht, ob er gestorben ist oder immer noch lebt. Ein großer Magier vermag vieles.«

»Nun, ich hoffe, Rohezal ist wohlauf und rüstig«, mischte sich der Elf ein. »Wir werden ihn nämlich noch sehr dringend brauchen. Und im übrigen sollten wir uns wieder auf den Weg machen; ich will keine Stunde länger als nötig in diesem verfluchten Moor zubringen.«

Die anderen waren derselben Meinung, und so trabten sie weiter, so schnell der Knüppelweg es erlaubte.

Sie waren beinahe am Südende des Nebelmoors angelangt, als eine hastig aufgeworfene Barrikade aus Zweigen und Ästen ihnen den Weg versperrte. Und noch während sie nach allen Seiten um sich sahen, tauchten

Gestalten im Moor auf: krummrückige Wesen mit Froschgesichtern, die sich von allen Seiten an die vier heranschoben. Mit ihren flossenähnlichen platten Füßen liefen sie über das Moor, als wäre es fester Grund. Sie trugen großteils primitive Waffen, Knüttel aus Erlenholz und lange Stangen, aber einige hatten sich mit den Piratensäbeln bewaffnet, die beim Efferdtempel zurückgeblieben waren.

»Rücken an Rücken!« rief Alwen, als sie sie sah. »Und verlaßt den Pfad nicht!« Sie zog ihr Schwert, und im nächsten Augenblick rollte schon einer der Fischschädel über den sumpfigen Grund. Die anderen stießen ein grelles Geschrei aus, das wie Ziegenmeckern klang, und rückten näher.

Gille war erst starr vor Schreck gewesen, als er sich der Übermacht gegenübersah – es waren gut fünfzig von den Moorwesen. Einen Lidschlag lang war er drauf und dran gewesen, den Pfad entlang davonzurennen ... oder überhaupt blindlings ins Moor davonzustürmen. Dann hörte er Alwens Stimme und riß sich zusammen. Neben ihm schoß der Elf einen Pfeil ab, der ein säbelbewaffnetes großes Moorwesen – offenbar einen der Anführer – ins Herz traf. Es brach mit einem gellenden Schrei zusammen und versank in einem Sumpfloch.

Gille zog sein Schlachtermesser. Plötzlich fühlte er sich wieder stark und mutig. Nun sollte das Messer einmal einer wichtigeren Aufgabe dienen, als Kälber und Schafe zu schlachten! Er sprang vor, als eins der Fischgesichter auf ihn zukam, packte das Wesen am filzigen Haar und schnitt ihm die Kehle durch. Es war leichter, als er es sich vorgestellt hatte. Plötzlich begriff er, daß diese Kreaturen keine Kämpfer waren. Sie hatten sich auf ihre schiere Überzahl verlassen und wohl gehofft, ihre Opfer würden sich voller Panik ins Moor stürzen. Im offenen Kampf waren sie nicht viel wert. Alwen stand beinahe bis zu den Knien in den Leichen der Ungeheuer, und viele andere fielen im Moor, wo ein Pfeil des Elfs sie getroffen hatte.

Eines der Wesen, das eine lange Stange trug, sprang vor und traf Gille schmerzhaft an der Brust. Er war froh, daß er sein Kettenhemd trug, das den Aufprall milderte. So taumelte er nur, fing sich aber rasch wieder. Mit einem flinken Griff entriß er dem Wesen die Stange und griff nun seinerseits an. Das Ungeheuer stieß einen blökenden Laut aus und floh ins Moor.

Während weitere auf ihn eindrangen, mußte Gille immer darauf achten, daß seine Füße auf dem Pfad blieben. Er sah nur zu deutlich das tückische Glitzern des Wassers links und rechts neben dem Knüppelweg. Unter der Decke von frischen Grasbüscheln war alles Wasser und Schlamm, eine tödliche Falle für den Unvorsichtigen. Mehr als einmal schwankte er und konnte sich erst im letzten Augenblick auf den festen Pfad zurückretten.

Dann tat Perdan das Seinige: Er richtete sich hoch auf, hob die rechte Hand zur Schulter und konzentrierte sich. Seine Lippen murmelten einen Zauberspruch. Ruckartig deutete er mit der ausgestreckten Hand auf die Moorwesen. Ein blendender Feuerstrahl fuhr auf, der zwei der Kreaturen versengte. Die anderen wichen in Panik zurück. Ihr Ziegengemecker schallte weithin über das Moor, als sie sich in wilder Hast zurückzogen. Gleich darauf waren sie hinter Bäumen und Büschen verschwunden.

Alwen ließ schweratmend ihr Schwert sinken und stieg über den Berg von Kadavern hinweg. »Wer waren diese Unholde? Habt ihr gesehen, daß sie fast wie Menschen aussahen?«

»Vor langer Zeit waren es Menschen«, antwortete der Elf. »Aber je länger sie dem Uralten Wesen und dem Namenlosen dienten, desto mehr wurden sie, was sie heute sind. Ich glaube nicht, daß sie noch viel Menschliches an sich haben.«

Alwen starrte die Toten an und schüttelte bedrückt den Kopf. »Nein, das glaube ich auch nicht. Und ihre Sprache! Dieses Moor ist ein entsetzlicher Ort.« Sie wischte das Schwert an einem Grasbüschel blank und steckte es in die Scheide. »Kommt, laßt uns zusehen, daß wir von hier wegkommen, bevor es wieder dunkel wird.«

Die anderen stimmten mit ein. Hastig räumten sie die Barrikade beiseite und machten sich auf den Weg.

Gille schob sich an Perdan heran. »Meine Hochachtung, Herr Adeptus«, sagte er. »Euer Feuerstrahl hat uns gerettet.«

Perdan wehrte bescheiden ab. »Es haben alle sehr tapfer gekämpft, auch Ihr – jeder auf seine Weise.«

»Ich wünschte, ich könnte das auch«, sagte Gille träumerisch. »Aber man muß wohl sehr viel lernen, um es fertigzubringen.«

»Gewiß, und man verliert viel Kraft dabei«, entgegnete der Magier. »Jeder Zauber hat seinen Preis, und manchmal ist es ein hoher Preis.«

Gille gab keine Antwort. Er ging weiter und dachte noch lange über das Gehörte nach.

11. Kapitel

In Trallop kam es in dieser Nacht zu einem zweiten Überfall der Wasserschlangen, aber diesmal waren die Bürger gewappnet. Sie hatten eine große Menge Holz hinter der Mauer am See aufgeschichtet, und sobald die Soldaten, die am See postiert waren, die erste Wasserschlange entdeckten, zündeten sie das Holz an. Auch einige Bürger hielten freiwillig Nachtwache und waren jetzt eifrig damit beschäftigt, den mächtigen Holzstoß an verschiedenen Stellen in Brand zu stecken. Die ersten Wasserschlangen krochen noch über die Mauer und fielen in die Lohe, die anderen spürten die Hitze bereits, als sie an Land kamen, und kehrten geblendet vom Feuerschein in die Tiefe zurück. Bürger und Soldaten jubelten, als sie die wilde Flucht der Würmer und der großen Egel beobachteten.

Dann aber tauchte plötzlich etwas Neues auf: Ein riesiger Wurm, wie es schien, totenbleich und mit Tentakeln bestückt, schlüpfte an Land und kroch gierig weiter. An der heißen Mauer schreckte das Ding zurück, schnellte plötzlich in einem gut zehn Schritt hohen Bogen aus dem im Feuerschein glänzenden Wasser und fuhr jenseits der Mauer nieder, mitten in den brennenden Holzstoß hinein. Mit einer krampfhaften Bewegung zuckte es blitzschnell wieder zurück und suchte Schutz im Wasser.

Im nächsten Augenblick geschah das Unglaubliche. Im Schein der Blitze, die über dem See niederzuckten, und des Feuers gerieten die schwarzen Fluten in

Bewegung, bildeten einen Strudel, um sich dann unvermutet zu teilen. Eine schleimtriefende, von runzliger rötlichgrauer Haut überzogene Kuppel stieg aus dem Wasser auf – ein Kopf, obwohl das Ding kein Gesicht hatte; seine halbkugeligen großen Glotzaugen waren an den verschiedensten Stellen des Kopfes verteilt und pulsierten sichtbar. An der Vorderseite, wo das Gesicht hingehört hätte, hing ein dickes Büschel mannslanger Tentakel herab, die alle in den grausigen Mundschlitzen endeten. Was weiter sichtbar wurde, schien völlig ohne Gestalt zu sein. Wie ein mißfarbener Berg erhob es sich aus den Fluten – eine gewaltige Masse, die in rhythmischer Bewegung anschwoll und wieder nachließ. Immer wieder tauchten die bleichen Fangarme, wohl an die zwanzig Schritt lang, aus dem Wasser auf und tasteten hierhin und dorthin.

Aber der Feuerschein schien ihm nicht zu gefallen, denn mit einer gewaltigen Bewegung seiner Fangarme gab es sich einen Stoß rückwärts und schwamm in den See hinaus, in dem es langsam versank.

Bürger und Soldaten standen fassungslos da, kaum fähig, das Gesehene zu erfassen. Totenbleich und mit Schweißperlen auf der Stirn starrten sie einander an. Schließlich machten sie sich daran, in wilder Hast noch mehr Holz herbeizuschleppen, um einen weiteren Angriff zurückzuschlagen. Aber das Ungeheuer zeigte sich in dieser Nacht nicht mehr.

Zwei Tage später kehrten die vier nach langer, beschwerlicher Wanderung nach Trallop zurück. Sie fanden die Stadt in heller Aufregung. Der Hafen wimmelte von Soldaten, und die meisten Bürger liefen bewaffnet herum. Die Gefährten beeilten sich, das Haus *Zur Lammkeule* zu erreichen. Dort, das wußten sie, würde man ihnen alles erzählen.

Frau Birsel begrüßte sie überschwenglich und

machte sich sofort auf die Beine, ihnen alles Nötige zu bringen, damit sie sich am Hofbrunnen waschen konnten. Gille merkte freilich sofort, daß der geschäftigen Frau etwas auf der Seele lag. Sie vermied seinen Blick und plapperte nicht so eifrig daher wie sonst. Als sie dann bei Tisch saßen, fragte er schließlich: »Was ist geschehen, Frau Birsel? Ich sehe doch, daß wieder ein Unheil über die Stadt gekommen ist.«

Die Frau schlug den Blick nieder. »Das Ungeheuer ist aufgetaucht«, sagte sie kurz angebunden. »Deshalb sind alle wie närrisch. Man darf nicht alles glauben, was man erzählt.«

Gille staunte, als er eine so kurze Antwort von der sonst so geschwätzigen Frau erhielt. Er drängte weiter: »Was darf man nicht glauben?«

»Was so von Euch geredet wird, Herr!« platzte Frau Birsel heraus. »Ihr tut aber auch seltsame Dinge! Die ganze Stadt redet davon, daß Ihr ins Nebelmoor gezogen seid und tagelang dort wart ... Ist das denn natürlich? Aber ich sage, deshalb darf man noch lange nichts behaupten ...«

Gille war sofort klar, daß die alte Frau selbst es in der ganzen Stadt herumgetratscht hatte, daß er mit seinen Gefährten ins Nebelmoor gezogen war. Deshalb also der bedrückte Blick! Frau Birsel hatte Wind gesät, und Sturm war aufgegangen.

Barsch fragte er: »Was behauptet man?«

»Ich glaub's nicht, gnädiger Herr, ich nicht!« rief die Wirtschafterin aus und hob beschwörend die Hände. »Nie würde ich behaupten, daß Ihr etwas mit der Schwarzen Kunst zu tun habt ...«

Gille erstarrte. »Wer? Ich?«

»Nun, da Ihr doch im Moor wart, und gleichzeitig tauchte dieses Monster aus dem See auf. Und sonderbare Gefährten habt Ihr ...« Sie blinzelte den Magier und den Elf mit scheelen Augen an.

Alwen sagte mit rauher Stimme: »Jetzt setzt Euch

nieder und erzählt uns von vorn bis hinten, was hier geschehen ist, und laßt nichts aus.«

Frau Birsel gehorchte schuldbewußt. Sie fiel in ihre gewohnte Geschwätzigkeit zurück, als sie schilderte, wie das Ungeheuer aus dem See gekommen war und das Feuer es zurückgetrieben hatte. Sie berichtete in allen Einzelheiten über sein Aussehen, so daß die vier keine Mühe hatten, das Unwesen wiederzuerkennen, das ihnen im Nebelmoor begegnet war. Schließlich erzählte sie, wie die Bürger in Aufruhr geraten waren. Immer mehr Stimmen behaupteten, die geheimnisvolle Reise der vier Gefährten stehe in Zusammenhang mit dem Erscheinen des Monstrums. Plötzlich schienen sie vergessen zu haben, daß Gille und Alwen immer anerkannte und beliebte Bürger gewesen waren. Dunkle Geschichten machten die Runde. »Und jetzt«, schloß Frau Birsel, »ist es soweit, daß die Soldaten da waren und nach Euch und Reiterin Alwen gefragt haben. Die Kunde ist bis zum Herzog gedrungen, und er hat befohlen, Euch auf die Burg bringen zu lassen. Und die beiden da auch.«

Gille war blaß wie die Wand geworden. Er sah Alwen an, die verwirrt den Kopf schüttelte. »Das ist ein Irrtum … ein schrecklicher Irrtum«, murmelte er. Dann wandte er sich der Haushälterin zu. »Weit habt Ihr es gebracht mit Eurem Klatschmaul, Frau Birsel! Ihr könnt froh sein, wenn ich Euch nicht an Ort und Stelle vor die Tür setze! Geht jetzt«, fuhr er zornig fort, »und macht Euch an Euren Kram. Meine Freunde und ich werden augenblicklich zur Burg aufbrechen.«

Sie machten sich in aller Hast zu Pferd auf den Weg, aber sie hatten kaum den Großen Markt erreicht, als ihnen eine Patrouille herzoglicher Soldaten entgegenkam. Bei ihrem Anblick fuhr der Weibel im Sattel hoch und rief: »Da sind sie! Packt sie, Männer, und legt sie in Fesseln!«

Gille versuchte verzweifelt, den Soldaten zu erklären, daß er eben beim Herzog hatte vorsprechen wollen. Umsonst: Sie zerrten ihn und seine Gefährten grob von den Pferden und nahmen sie fest. Gille schämte sich bis ins Mark, als sie ihm die Hände vor dem Leib zusammenbanden und ihn mitsamt seinen Gefährten zur Burg führten. Der Weg erschien ihm endlos lang. Immer wieder fing er die bösen Blicke der Vorübergehenden auf oder hörte ein giftig gerauntes Wort.

Alwen schritt erhobenen Hauptes zwischen den beiden Soldaten her. Perdan ließ sich keine Gemütsbewegung anmerken, aber die Augen des Elfs glühten in grünem Feuer, und sein raubtierhafter Blick schien die Soldaten und die zischelnden Bürger zu durchbohren.

In der Burg angekommen, wurden sie mehrere Treppen hochgeführt und dann durch eine hohe Eichentür in einen Raum geschoben.

Die Herzogenhalle, Herzog Waldemars Audienz- und Gerichtsraum, war ein großes, rundum mit einer zwei Schritt hohen Täfelung aus geschnitzter Weide ausgestattetes Gemach. Der Boden war mit Festumer Kacheln belegt, über die sich ein Teppich aus Baliho breitete. Ein erschreckend lebensechter Drache war darin eingewebt. Das hervorstechendste Stück im Raum war der gewaltige Rauchfang an der Ostwand, aus Felsgestein gehauen und mit Steinmetzarbeit verziert, die Bären, Eichenlaub und Wildschweine zeigte. Ein Feuer prasselte darin, denn in den alten steinernen Gemächern der Burg war es längst nicht so warm wie im Freien. Darüber prangte in güldenen Lettern der Weidener Herzogsspruch ›Mit Rondra, Maß und Mut!‹

Gille warf einen Blick zu der sechs Schritt hohen mächtigen Balkendecke hinauf, die abwechselnd blau und rot gestrichen war. Truhen und Lehnstühle standen entlang der Wände.

Inmitten der Halle, auf einem erhöhten Thron, erhoben sich zwei kunstvoll geschnitzte hohe Stühle mit einem Baldachin darüber. Auf den ledergepolsterten Sitzen pflegten der Herzog und die Herzogin Platz zu nehmen, wenn sie Gericht hielten oder offizielle Gäste empfingen. Gille sank in die Knie, als er seinem obersten Herrn gegenübertrat, und die anderen taten es ihm gleich; nur der Elf widerstrebte und blieb stehen.

Rundum im Raum saßen auf teppichbedeckten Truhen und in bequemen Lehnstühlen die Ratgeber des Herzogs, und auf dem hölzernen Thron saß er selbst – ein Mann von gewaltiger Statur, gut zwei Schritt groß und kräftig wie ein Bulle. Haar und Bart, einst rotbraun, zeigten deutliche Grautöne und waren gekräuselt. Er saß auf seinen berühmten Bidenhänder gestützt da und betrachtete die Gefangenen aus durchdringenden blauen Augen. Schließlich befahl er: »Steht auf!« Als alle gehorcht hatten, fuhr er fort: »Man berichtet mir böse Dinge über Euch … Großes Unheil ist über unsere Stadt gekommen, und man sagt, Ihr wärt schuld daran.«

»Nie im Leben, Euer Hoheit!« rief Gille leidenschaftlich aus. »Wir haben unser Bestes getan, das Unheil von der Stadt abzuwenden …«

»Redet, wenn Ihr gefragt werdet«, unterbrach ihn der Herzog fest, aber ohne Groll. Dann fuhr er fort: »Man sagt, Ihr hättet einen fremden Zauberer mitgebracht, der das Unheil gewirkt und das Ungeheuer losgelassen habe, und tatsächlich sehe ich hier einen Magier, den ich nicht kenne. Wer ist er? Warum habt Ihr ihn nach Trallop gebracht?«

»Erlaubt mir, für mich selbst zu sprechen, Euer Hoheit«, erwiderte Perdan stolz. »Ich bin ein Grauer Magier, ein angesehener Absolvent der Magierakademie in Donnerbach, und wenn Ihr mir nicht glaubt, so mögt Ihr in Donnerbach nachfragen lassen. Jeder dort an der Akademie kennt Perdan von Uhdenberg.«

»Das mag so sein oder nicht«, erwiderte der Herzog.

»Aber was habt Ihr hier zu schaffen? Habt Ihr das Unwesen aufgestört?«

»Ich sagte Euch, ich bin ein *Grauer* Magier«, fuhr Perdan fort. Seine großen blauen Augen hielten dem strengen Blick des Herzogs wacker stand. »Ich kenne keine Zaubersprüche, die Böses über Land und Leute bringen. Diese Leute hier baten mich um Rat, und ich machte den Schwarzkünstler ausfindig, der seinen finsteren Zauber wirkte. Es gelang uns, ihn zu töten, aber wir kamen zu spät ... das Ungeheuer war bereits erwacht.«

Der Herzog schüttelte zweifelnd den Kopf, dann wandte er sich an Alwen. »Erstattet mir Bericht, Reiterin, Ihr seid es gewohnt, knapp und zusammenhängend zu erzählen. Was ist geschehen? In welches Abenteuer habt Ihr Euch verstricken lassen?«

Alwen berichtete also vom Anfang an, was geschehen war: vom Tod ihres Vaters, dem Angriff der Wasserschlangen und so weiter, bis zu der Stunde, als sie Barstopal getötet hatten. »Ihr könnt Euch überzeugen, Euer Hoheit«, schloß sie. »Sendet Kundschafter ins Moor, und sie werden finden, was wir zurückgelassen haben: die Überreste von drei Untoten und die Leichen Barstopals und seiner beiden Helfer.«

»Obwohl sie«, fiel Perdan ein, »wohl nur noch schwer erkenntlich sind, denn das Ungeheuer ist über sie hergefallen. Aber Ihr werdet Barstopal an dem schwarzen Beschwörungsgewand mit dem silbernen Gürtel erkennen, das er trug. Ihr werdet auch sein Zaubergerät im Tempel finden.« Er schilderte genau, wie sie den Kampfplatz zurückgelassen hatten, und schloß: »Das wird Euch zur Bestätigung dienen, daß alles so stattgefunden hat, wie wir es berichten.«

Der Herzog zögerte. »Es widerstrebt mir, gute Männer ins Nebelmoor zu schicken«, sagte er schließlich, »aber da es davon abhängt, ob Ihr schuldig- oder freigesprochen werdet, will ich tun, was Ihr sagt. Ihr bleibt inzwischen meine Gefangenen – sicher ist sicher.« An die Wachen gewandt, befahl er: »Bringt sie in den Kerker!« Dann sprach er Fingal an. »Wollt Ihr mir Euer Wort geben, daß Ihr den Baum im Burghof nicht verlaßt, bis ich in Eurer Sache entschieden habe? So mögt Ihr dort warten. Ich will keinen Elfen ins Gefängnis werfen.«

Fingal gab sein Wort, und so führten die Soldaten ihn hinaus in den Burghof. Die anderen brachten sie ins Gefängnis.

Eine halbe Stunde später fand sich Gille in einer Kerkerzelle in Ingramms Löwenturm wieder. Er war so entsetzt, daß er ein paarmal blinzeln mußte, um die Tränen zurückzuhalten. Dann setzte er sich auf das niedrige Strohlager und versuchte sich zu fassen.

Die Zelle war für jene Häftlinge gedacht, deren Schicksal noch nicht entschieden war, und enthielt daher mehr Bequemlichkeiten als die finsteren Verliese für die Verurteilten, die sich in den Grundfesten des Turmes befanden. Sie lag höher oben, so daß durch das kleine Fensterchen hoch oben in der Wand frische Luft und sogar ein paar Sonnenstrahlen hereindrangen. Auf der Pritsche lag ein sauberer Strohsack, und es gab Wasser zum Waschen. Für den Eimer war eine verschließbare Nische in der Wand vorgesehen, so daß der Gestank die Zelle nicht verpestete. Dennoch war Gille so verzweifelt, als hätte man ihn ins finsterste Loch hinabgestoßen.

Er hatte nie gedacht, daß er einmal im Gefängnis säße. Sein Lebenlang war er ein anständiger und angesehener Mann gewesen, und nun das! Er fragte sich, wie es den anderen erging. Alwen wäre zornig, aber sie war es gewohnt, Befehlen zu gehorchen. Und Perdan? Ob er wohl über einen Zauberspruch verfügte, um sich zu befreien? Aber nein, das täte er nicht. Jeder Fluchtversuch hätte sie von selbst schuldig gesprochen.

Die Kundschafter, die der Herzog ins Moor schickte – würden sie den alten Tempel finden? Würden sie alles so vorfinden, wie sie es ihnen geschildert hatten? Oder hatte das Ungeheuer am Ende alles plattgewalzt und alle Spuren zerstört? Gille wagte nicht daran zu denken, was ihm bevorstand, wenn ihre Unschuld nicht bewiesen wurde. Für einen so teuflischen Anschlag auf Leben und Sicherheit der Stadt Trallop, ja der ganzen Umgebung gab es nur eine Strafe: den Scheiterhaufen.

Gille rang die Hände, als schwarze Verzweiflung ihn überschwemmte. Warum hatte er sich auf das alles nur eingelassen? War er von Sinnen gewesen, daß er sich in die Geschäfte von Magiern einmischte? Er hätte Perdan allein dorthinschicken sollen. Dann wäre Perdan jetzt der einzige, der im Gefängnis säße.

Plötzlich schämte er sich für seine feige Schwäche. Er preßte die Hand um das Amulett des Phex, das er um den Hals trug. Würde Phex ihn beschützen? »O Phex, göttlicher Herr«, begann er leise zu beten, »ich war immer dein getreuer Diener, ich habe dir stets reichlich geopfert … sieh auf mich herab und vergib, wenn ich mich vor dir verfehlt habe. Rette mich aus dieser schrecklichen Lage. Ich bin verzweifelt … schütze mich und bewahre mein Leben.«

Plötzlich unterbrach er sich. Von dem Fensterchen in der Wand her drang ein schriller Vogelschrei. Ein rotbäuchiger kleiner Vogel hatte sich auf dem Sims niedergelassen. Er blickte einen Lidschlag lang in die Zelle hinunter, dann flatterte er auf und verschwand mit flinken Flügelschlägen wieder im Freien.

Gille nahm es als gutes Omen. Nein, ihre Unschuld würde bewiesen werden, er würde bald wieder frei sein. »Hab Dank, göttlicher Herr Phex«, flüsterte er. »Ich vertraue auf dich …«

Die Tage vergingen. Gille bekam keinen anderen Menschen zu Gesicht als einen mürrischen Kerkermeister, der ihm wortlos das Essen hinstellte und wieder verschwand. Der Mann schien ihn regelrecht zu verabscheuen. War es möglich, daß jetzt alle so dachten – die Bürger der Stadt, seine Geschäftsfreunde, seine Freunde? Sahen sie in ihm ein Ungeheuer, das absichtlich und heimtückisch Unheil über sie gebracht hatte? Und alles nur deshalb, weil er sich in Dinge eingemischt hatte, die ihm zu hoch waren. Er war auf dieser ganzen Reise zu nichts nutze gewesen, die anderen hatten die ganze Arbeit erledigt …

Aber nein, da sah er wieder vor sich, wie der Khunchomer des Selemiten herabsauste und wie er seine hölzerne Waffe hob und den Schlag abwehrte. Er hatte es gar nicht so schlecht gemacht. Er hatte einem Untoten den Kopf abgeschnitten, als wäre er ein Huhn. Ganz umsonst war er nicht mitgekommen. Vielleicht hatte alles doch seinen Sinn?

So saß er und grübelte den ganzen Tag lang, und nachts hatte er furchtbare Alpträume, in denen er zum Scheiterhaufen geschleppt wurde … und nicht nur er selbst, sondern auch seine geliebte Alwen …

Einmal kam Frau Birsel, um ihm frische Kleidung zu bringen. Die alte Frau brach in Tränen aus, als sie sah, was sie angerichtet hatte. »Mein guter Herr!« weinte sie. »Das konnte ich doch nicht wissen, daß es so schlimm ausgeht … Ich hatte mir doch nur meine Gedanken gemacht, was Ihr wohl vorhabt im Nebelmoor, wo kein Mensch hingeht … Ach, jetzt sagt Euch alle Welt Böses nach!«

Sie wollte Gille die Hand küssen, aber er schob sie weg. »Laßt gut sein«, sagte er müde. »Jetzt ist es nun einmal geschehen. Geht Ihr auch zu Alwen?«

»O doch, ja, gewiß, Herr!«

»Sagt ihr, daß ich sie liebe und daß alles gut werden wird.«

Als die alte Frau gegangen war, streckte er sich lang auf dem Strohsack aus und starrte zur hohen Decke der

Zelle hinauf. Wie würde das alles enden? Erwartete ihn wirklich ein schmählicher und schrecklicher Tod? Oder sollte er weiterhin auf Phex vertrauen, der ihm den freien kleinen Vogel als Zeichen der Hoffnung geschickt hatte? Seine Hand umklammerte das Amulett. Nein, er wollte weiter vertrauen, wie er es bisher getan hatte.

Phex würde ihn nicht im Stich lassen. Der göttliche Fuchs würde einen Ausweg aus dieser schrecklichen Situation finden.

12. Kapitel

Eine Woche war vergangen – Gille erschien es wie ein Monat –, da tauchte der Kerkermeister zu einer ungewohnten Zeit auf. »Kommt mit«, befahl er. »Der Herzog möchte Euch sprechen.«

Draußen vor der Türe warteten zwei Soldaten. Gille folgte ihnen den Gang entlang und eine Treppe hinauf. Oben betraten sie von neuem den Gerichtsraum. Wieder saßen die Ratgeber, Männer und Frauen, auf den teppichbelegten Truhen, wieder thronten Herzog Waldemar und Herzogin Yolina in ihren geschnitzten Stühlen. Etwas zur Seite standen zwei Soldaten, die so erschöpft und zerschunden aussahen, als hätten sie eben eine weite Reise beendet.

»Kommt näher, Staffauer!« befahl der Herzog. »Seht Ihr hier diese Männer? Sie waren im Nebelmoor. Sie haben den alten Efferdtempel entdeckt und alles so vorgefunden, wie Ihr es beschrieben habt. Der Leichnam eines dunkelhaarigen Mannes lag dort, barfuß, in eine schwarze Tunika mit silbernem Gürtel gehüllt, und die Leichen von zwei Tulamiden … obwohl sie kaum noch kenntlich waren. Was immer über sie hergefallen ist, hat sie entsetzlich zugerichtet.« Dann wandte er sich an die beiden Soldaten, die Gille begleitet hatten: »Führt ihn in die Kammer und zeigt ihm den Leichnam.«

Die Männer führten Gille aus dem Gerichtsraum und ein paar schmale Treppen hinunter. Schließlich öffneten sie eine Tür und wiesen ihn an, einzutreten.

Er befand sich in einer schmalen weißgetünchten

Kammer, in der allerlei Gerümpel herumstand. In der Mitte war ein langer Tisch aufgestellt, und darauf lag, das Gesicht mit einem Tuch bedeckt, der nackte Leichnam des Barstopal.

Aber wie er aussah!

Verdorrt, als hätte er viele Sommer lang in der Hitze gelegen. Sein Körper war übersät mit stempelähnlichen kleinen Wunden. Alles Fleisch war gelb und trocken wie das einer Mumie, der Bauch eingesunken, als hätte man ihm die Gedärme entfernt. Der Pfeil des Elfen steckte ihm noch in der Kehle. Stellenweise fanden sich tiefe Einschnitte, als hätte etwas an ihm gesägt, um einen Weg in sein Inneres zu finden.

Gille wich schaudernd zurück.

»Wollt Ihr sein Gesicht auch sehen?« fragte einer der Soldaten.

Gille schüttelte heftig den Kopf. »Er hat kein Gesicht, das wißt Ihr so gut wie ich«, antwortete er. »Das Ungeheuer preßte seine Mundöffnungen auf ihn und fraß ihm das Gesicht ab. Ich will es nicht sehen.«

»Aber ist es der Mann, den Ihr am See zurückgelassen habt?«

»Ja. Habt Ihr seinen Zauberstab gefunden?«

Der Soldat wies auf einen Tisch in der Ecke, auf dem der geschnitzte Stab lag. Zusammengeknüllt lag dort auch ein schwarzes Beschwörungsgewand mit silbernem Brokatgürtel. Es war naß vom Nebel und rundum beschmutzt – offenbar war das Ungeheuer darübergekrochen –, aber es war eindeutig dasselbe Gewand, das Barstopal getragen hatte. »Ja, das ist es«, bestätigte er.

»Gut. Kommt wieder mit.«

Sie kehrten zurück ins Gerichtszimmer, und Gille sah zu seiner Freude, daß auch die anderen inzwischen vorgeführt worden waren.

»Habt Ihr den Toten erkannt?« fragte Herzog Waldemar.

»Ja, Euer Hoheit, zweifelsfrei.«

»Nun«, sagte der Herzog, »ich wünsche noch einiges über diesen Mann zu hören. Ihr wißt über ihn Bescheid, Adeptus?«

»Gewiß. Er war mein Mitstudent in den ersten Lehrjahren.« Perdan gab wieder, was er den anderen schon über Barstopal erzählt hatte. »Sein Ehrgeiz war es von Anfang an«, schloß er, »eines der Uralten Wesen zu erwecken, und hier ist es ihm gelungen … zu unser aller Schaden.«

Der Herzog überlegte noch eine Weile, dann sagte er: »Gut. Ich bin überzeugt. Ihr seid frei. Den Leichnam des Barstopal soll man noch heute öffentlich verbrennen, damit die ganze Stadt weiß, wer der wirklich Schuldige ist.«

Gille fiel ein Stein vom Herzen. Er umarmte leidenschaftlich erst seine Schwester, dann den Elf und den Magier. Dann hielt er inne, denn der Herzog hatte noch etwas zu sagen.

»Ihr habt viel gewagt«, sagte er. »In so kleiner Zahl gegen einen mächtigen Schwarzmagier anzutreten, das erfordert Mut. Ich nehme an, Ihr habt die Schwertarbeit getan, Staffauerin.«

Alwen schüttelte abweisend den Kopf. »Wir haben alle unser Teil getan. Der Pfeil des Elfen hier tötete Barstopal, aber wir alle haben gegen die Selemiten und die Untoten gekämpft. Mein Bruder schnitt einem der Ungeheuer den Kopf ab.«

»Tatsächlich?« fragte die Herzogin Yolina und zog die Augenbrauen hoch. »Ihr überrascht mich, Staffauer.«

Gille errötete. Es war ihm peinlich, daß plötzlich vor allen Leuten über seine Tat gesprochen wurde.

»Ja«, fuhr Alwen fort, »und als einer der Selemiten ihn mit seinem Khunchomer angriff, parierte er mit seinem Eichenknüttel und hielt den Hieb auf. Die Klinge verbiß sich im Holz, und so fand der Elf Zeit, einen neuen tödlichen Pfeil abzuschießen.«

Gille rieb sich die Wangen, als könne er die brennende Röte darauf verwischen.

»Wohlgetan«, sagte der Herzog. Dann fuhr er fort: »Aber nun sagt Ihr mir, Adeptus – wie können wir über das Ungeheuer wieder Herr werden? Es wird das ganze Land heimsuchen.«

»Darauf kann ich Euch keine Antwort geben, Euer Hoheit«, erwiderte Perdan bedrückt. »Ich fürchte, dieses Wesen scheut weder Zauber noch Schwert.«

»Aber die Mächte des Guten haben es doch schon einmal in den See gebannt. Sollte das nicht wieder möglich sein?«

»Das war vor undenklich langer Zeit, Hoheit. Die Sprüche der Götter, die damals wirksam waren, sind heute verschollen; sie werden an keiner Magierakademie mehr gelehrt.«

Der Herzog stützte düster den Kopf in die Hand. Dann jedoch richtete er sich auf, und das alte Feuer blitzte in seinen blauen Augen auf. »Nun«, rief er aus, »wenn schon die Magie nichts vermag, müssen wir uns an das Schwert halten. Bei Rondra! Wir wollen sehen, ob dieses Scheusal unverwundbar ist!« Er stand mit einer ruckartigen Bewegung auf. »Geht jetzt, Ihr seid entlassen. Ich will mich mit meinen Kämpen beraten.«

Gleich darauf standen die vier vor der Burg auf der Gasse. »Laßt uns nach Hause gehen«, schlug Alwen vor, aber Gille schüttelte den Kopf. »Ich habe zuerst noch ein Opfer zu bringen. Ich habe den Herrn Phex angefleht, mir in meiner Not zu helfen, und er hat mir ein Zeichen gesandt... einen kleinen Vogel, der in meine Zelle herein- und wieder hinausflatterte. Ich bin ihm Dankbarkeit schuldig.«

Perdan nickte. »Das ist ein guter Gedanke. Und da es hier in der Stadt keinen Tempel der Hesinde gibt, werde ich mich Euch anschließen. Ihr, Reiterin Alwen, geht gewiß zum Tempel der Rondra.«

»Ja, das habe ich vor.«

Der Elf stand etwas abseits. »Wir Elfen haben keine Götter«, sagte er. »Ich wünschte, ich könnte in den Wald gehen, um meine Seelenkraft zu erneuern. Aber da das nicht möglich ist, will ich dein Haus aufsuchen, Meister Gille, und es mit einem langen Schlaf versuchen.«

So verabschiedeten sie sich, und während Alwen zur Rondrahalle an Bernhelms Tor eilte, machten sich Gille und Perdan zum Tempel des Phex auf.

Unterwegs fragte Gille: »Warum habt Ihr dem Herzog nicht erzählt, daß Ihr Euren Raben zu diesem … wie hieß er noch? Raslohal? … geschickt habt?«

»Er heißt Rohezal«, verbesserte Perdan. »Und ich habe dem Herzog nichts von ihm erzählt, weil ich mich nicht lächerlich machen will. Vielleicht ist der Mann längst tot, und der gläserne Turm ist nur eine Legende.«

»Aber er ist unsere einzige Hoffnung«, warf Gille ein.

»Ja«, bestätigte Perdan düster. »Er ist unsere einzige Hoffnung.«

Kurz darauf standen sie vor der *Halle des Nebels,* dem größten und bedeutendsten Tempel in Trallop. Am Markt Altentrallops gelegen, umfaßte er mehrere Gebäude. Gille betrat ihn mit frohem Schritt. Der Adeptus folgte ihm etwas zurückhaltend. Ihm war der Fuchsgott nicht geheuer, und halb erwartete er, im Inneren ein verzwicktes Labyrinth voll tückischer Fallen vorzufinden.

Sie traten durch einen Vorraum in die mit schwarzem Onyx ausgelegte große Halle. Perdan stutzte: Überall waren leichte Seidentücher aufgehängt, so daß der Eindruck wallender Nebelschwaden entstand. Das Wehen und Beben der Tücher verwirrten den Blick und den Sinn, und Perdan war überzeugt, daß er nie ins Allerheiligste gelangt wäre, hätte Gille ihn nicht mit sicheren Schritten geführt.

Perdan erstarrte vor Staunen. Nie war ihm ein solcher Anblick begegnet. Er hob den Blick hinauf in die himmelhohe Kuppel und meinte, in den Sternenhimmel über Aventurien zu blicken: Unzählige ›Sterne‹ aus Edelstein und Kristall funkelten auf ihn herab. Im Zenit der Halle schwebte ein großes silbernes Madamal.

Gille gab ihm in flüsterndem Ton Auskunft. »Man sagt, der Fuchsengott selbst habe es geschaffen … vom ersten Vogtvikaren, Phexdan mit Namen, wurde es vor mehr als tausend Götterläufen geweiht, und seither vollzieht es auf wunderbare Weise die Mondphasen nach. Seht Ihr nun, wie wundervoll es ist, dem Herrn Phex dienen zu dürfen?« Seine Augen glänzten, seine Lippen standen halboffen.

Perdan betrachtete ihn nachdenklich. Im großen und ganzen empfand er keine große Liebe den Phex-Anhängern gegenüber, es schienen ihm verschlagene Menschen zu sein, die mit ihrem Gott handelten und feilschten, als stünden sie auf dem Kuhmarkt. Aber Gille hatte etwas seltsam Reines an sich, er schien von echter Freude erfüllt, dem Fuchs zu dienen, und kam ohne jede Arglist in sein Allerheiligstes. Jetzt zog er seinen schweren, kostbar mit Diamantsplittern und Onyx verzierten Ring vom Finger und legte ihn in die Opferschale.

»Er hat mein Leben gerettet«, sagte er. »Ich kann ihm nur Silber und Edelstein dafür geben.«

Er trat vor die Schale hin und sank auf die Knie, und der Mondschatten Jarold trat heran und legte ihm segnend die Hand auf den Scheitel.

Als sie sich auf den Rückweg machten, wies Gille auf das mit Edelsteinen bestückte Firmament und flüsterte: »Jeder Stein hier steht für die Seele eines verstorbenen Weidener Mondschattens … So sind sie uns immer nahe und können alles Geschehen im Tempel beobachten.«

Perdan merkte, wie ihm der Kopf schwamm, als er

sich zwischen den wallenden Nebelschleiern hindurch zum Ausgang führen ließ. Welch ein seltsamer, zauberhafter Tempel! Und doch war er froh, als er draußen in der kräftigen Sonne des Rahjamondes stand und das Gelärm der Stadt wieder um sich hörte.

Gille klang es wie Musik in den Ohren, als er auf dem Heimweg einem Stadtausrufer begegnete und hörte, wie der Mann die Nachricht von seiner Unschuld austrommelte. Alles war wieder gut! Und doch blieb ihm ein bitterer Nachgeschmack. Wie schnell alle sich von ihm abgewandt hatten! Nur der Schatten eines Verdachts war auf ihn gefallen, und schon hatten sie alle gegen ihn Stellung bezogen. Wahrscheinlich hätten sie geklatscht und gejubelt, wäre er auf dem Scheiterhaufen verbrannt worden.

Er erzählte Perdan davon, und der Magier nickte verständnisvoll. »So ist die Welt, Meister Gille. Was meint Ihr, wie es uns Magiern ergeht! Können wir helfen, werden wir in den Himmel erhoben, können wir nicht helfen oder machen einen Fehler, so schimpft man uns Hexenmeister und zwielichtiges Gesindel. Ihr habt sicherlich schon gemerkt, daß man Zauberern mit großem Respekt begegnet, daß aber niemand uns wirklich liebt oder uns vertraut. Denkt an Rohal, den besten der Unseren! Er rettete das ganze Land vor den Priesterkaisern, seine Regentschaft war nichts als Güte und Weisheit, und dennoch schalt man ihn schließlich den ›Dämon auf dem Kaiserthron‹.«

»Ja, ich habe davon gehört«, stimmte Gille zu. »Dennoch – mit gebundenen Händen hat man mich durch die Stadt geführt, wie einen Falschspieler oder Taschendieb! Ich meinte, vor Scham sterben zu müssen! Ich hätte nie geglaubt, daß mir solche Dinge widerführen.«

»Niemand weiß im voraus, was ihm im Leben noch widerfahren wird«, antwortete der Magier. »Aber seid guten Mutes, Ihr habt Euch tapfer gehalten und Eure

Wahrheit verteidigt. Ich muß ehrlich gestehen, das hätte ich Euch nicht zugetraut.«

»Warum nicht?« fragte Gille mit einer Spur von Ärger.

»Nun«, fuhr Perdan fort, »Ihr seht so bodenständig aus, so durch und durch wie ein vernünftiger und arbeitsamer Mann … Aber ich habe gesehen, daß mehr in Euch steckt. Man wird Euch noch einen Helden nennen.«

»Da seien die Götter vor!« erwiderte Gille barsch. »Ich will nichts weiter, als ungestört von aller Schwarzen Magie mein Leben führen!«

Perdan lächelte. »Mir wäre es auch lieber, ich könnte in Frieden in meinem Studierzimmer sitzen … Ich hatte gerade eine so fesselnde Arbeit über Magie auf Maraskan angefangen. Aber wie es aussieht, werden wir beide nicht nach unseren Wünschen gefragt.«

Mittlerweile hatte Alwen die Rondrahalle erreicht. Sie blieb stehen und genoß den gewaltigen Anblick: Zwei riesige rote Löwinnen schmückten die strahlendweißen Mauern. Im Inneren stand, dem Portal gegenüber, ein bronzenes Standbild der Herrin von Blitz und Donner. Die Wände waren mit Knüpf- und Webtuch aus den Werkstätten der Stadt Baliho geschmückt. Der Tempel war gut besucht, vor den Opfertischchen drängten sich Krieger und Söldner.

Alwen holte sich einen der Betschemel, die in der Ecke standen, und kniete vor dem Standbild nieder. Schön war Rondra in ihrer bronzenen Rüstung, übermenschlich schön. Aus dem schmalen Gesicht leuchteten zwei tiefe, unergründliche Augen. Im Spiel des Lichts auf dem Metall schienen sie sich zu bewegen und die junge Frau anzublicken.

Mit bebendem Herzen und zitternden Lippen begann Alwen, der Göttin von ihrer Liebe zu Fingal Abendsang zu erzählen. Sie wußte nicht, ob es unrecht war, ihn zu lieben. Er war ein wackerer Krieger, der Rondra keine Schande gemacht hätte … Aber er war doch ein Elf, und das hieß, daß er nie bereit gewesen wäre, Rondra – oder einem anderen der Zwölfgötter – zu dienen.

Nach einer guten halben Stunde erst stand Alwen von ihrem Betschemel auf. Sie hatte keine Antwort bekommen, aber ihr Herz war jetzt weniger voll und schwer.

Am späten Abend, sobald die Sonne untergegangen war, wurde auf dem Großen Markt ein gewaltiger Holzstoß errichtet. Die ganze Stadt samt den Kindern und Greisen kam angelaufen, um die Verbrennung des Schurken zu sehen, der ihnen dieses Unheil eingebrockt hatte. Natürlich tat es allen leid, daß der Schwarzkünstler nicht mehr *lebendig* verbrannt werden konnte, aber das war nun einmal nicht zu bewerkstelligen.

Die Bürger brachen in Schimpf- und Schmährufe aus, als der Henker auf einem Karren die entstellte Leiche des Barstopal herbeifahren ließ. An ein schräges Brett gelehnt, lag er gut sichtbar im Karren. Angewiderte Rufe stiegen auf, als die ersten erkannten, daß der Leichnam kein Gesicht mehr hatte – von Augen und Nase und Mund war nichts weiter geblieben als eine runzlige braungelbe Fläche, über die sich kreuz und quer die unheimlichen Schnittwunden hinzogen. Stellenweise blinkte der kahle Schädel hervor.

Zwei Henkersknechte hoben die Leiche aus dem Karren, stiegen damit auf den Holzstoß und fesselten den mumifizierten Leib mit Ketten an den hochaufragenden Pfahl. Die Augen der Zuschauer glänzten im Licht der Fackeln, als sie zuhörten, wie der Herold des Herzogs noch einmal seine von Trommelwirbeln begleitete Botschaft verlas. Sobald er zu der Stelle kam, wo von der Unschuld der Staffauers und ihrer Gäste die Rede war, klatschten einige Beifall – aber viel weniger, als Gille, der in der Menge stand, erhofft hatte.

Wieder spürte er einen Stich in der Brust. Dann dachte er daran, daß die Leute außer sich vor Angst und Zorn waren. Sie dächten kaum vernünftig, solange dieses schauderhafte Wesen da draußen sein Unwesen trieb. Er ertappte sich dabei, wie er selbst immer wieder einen scheuen Blick auf die endlose Fläche des Sees hinaussandte, ob er irgendwo einen auftauchenden Fangarm oder ein verdächtiges Wellengekräusel entdeckte.

Der Henker steckte die Fackel ins Holz, und neue Verwünschungen wurden laut, als die ersten Flammen aufprasselten. Im Feuerschein bot der angekettete Tote einen grausigen Anblick. Es schien fast, als bewege er sich, so dürr und trocken er auch war. Die blanken Stellen an seinem zerfressenen Schädel leuchteten hell im Feuerglanz auf.

Dann erfaßten ihn die ersten hohen Flammen, und der mumifizierte Körper brannte wie trockenes Holz. Die Lederhaut der Beine bräunte sich, wurde dann schwarz, und plötzlich stand sein ganzer Unterleib in hellen Flammen. Die Schienbeine fielen in die Flammen wie Scheite.

Eine gute Stunde lang dauerte das Spektakel, dann sanken die letzten glühenden Reste des Leichnams in sich zusammen, und der Henker schlug sie mit einem langen Feuerhaken in Trümmer. Barstopal war vom Angesicht Deres verschwunden – aber sein unheilvolles Werk blieb bestehen.

13. Kapitel

In der Nacht darauf wurde Gille von einem beklemmenden Traum heimgesucht. Ihm träumte, daß er in den Phextempel eintrat – aber wie verändert war das Innere! Es hatte jetzt viel mehr Ähnlichkeit mit dem verfallenen Efferdtempel am Seeufer. Statt der Statue des Efferd stand ein scheußliches Gespenst in der Nische: der flammenumhüllte Tote, dessen Verbrennung Gille am Abend miterlebt hatte. Das Gespenst streckte die Arme nach ihm aus und wandte das Gesicht, das keine Züge mehr hatte, von einer Seite zur anderen, als suche es aus blinden Augen nach ihm. Dabei stieß es ein mißtönendes leises Pfeifen aus, das deutlich über dem Knistern der Flammen zu hören war.

Gille fuhr mit einem Ruck aus dem Schlaf hoch. Ein paar Sekunden lang saß er aufrecht im Bett, das Gesicht in den gefalteten Händen verborgen, und rang nach Atem. Sein Herz hämmerte wild, und er fühlte den Angstschweiß kalt auf den Schläfen.

Mit einer schwerfälligen Bewegung schob er sich aus dem Bett und stand auf. Barfuß und im Hemd schlich er in die Wohnstube hinüber und holte aus dem Wandschrank die Amphore mit dem Balihoer Bärentod. Die scharfe Flüssigkeit rann ihm durch die Kehle und brannte ihm im Magen, aber er fühlte sich augenblicklich gestärkt. Immer noch unruhig atmend trat er ans Fenster und öffnete es, um die milde Nachtluft hereinzulassen.

Das Städtchen lag in tiefer Dunkelheit vor ihm. Kein

Fenster war noch hell. Der Brandgeruch des Scheiterhaufens schwebte vom Großen Markt herüber. Ein paar Katzen sangen ihr mißtönendes Lied auf den Dachfirsten, ansonsten war alles still.

Gille schloß das Fenster wieder und streckte sich tief atmend durch. Der scharfe Schnaps glühte ihm in den Adern, und er fühlte sich ein wenig benommen, aber jetzt war er wenigstens überzeugt, daß er wieder schlafen gehen konnte.

Er verließ die Stube – da stand es plötzlich auf der steilen Treppe vor ihm, dasselbe Schreckensbild wie zuvor, Feuerflügel über den vertrockneten Schultern. Mit einem gellenden Schrekensschrei sprang Gille rückwärts, prallte gegen ein Wandbord und stieß alle die kupfernen Töpfe und Schüsseln herunter, die dort zur Zier aufgereiht standen. Ein fürchterlicher Lärm durchpolterte das nachtschlafende Haus, als einiges von dem Kupfergeschirr die Treppe hinuntersprang. Das Schreckbild verschwand, aber Gille war so erschrocken, daß er an der Mauer hinabglitt und kein Glied mehr rührte, bis alle anderen aus ihren Betten gesprungen waren und um ihn herumstanden.

»Bei den Zwölfen, bester Herr, was ist geschehen?« jammerte Frau Birsel, die im Nachtgewand und mit dem Feuerhaken bewaffnet auftauchte. »Hat man Euch etwas angetan? Seid Ihr verletzt?«

Gille brannten die Wangen vor Scham, daß er sich so tölpelhaft angestellt hatte. Was sollte er jetzt sagen? Würden sie ihm überhaupt glauben?

Alwen beugte sich zu ihm herunter und bemerkte mißtrauisch: »Du hast getrunken.«

Das auch noch! In seiner Verzweiflung setzte er dreimal an, die Geschichte zu erzählen, und dreimal mißlang es ihm. Noch immer zitterten seine Nerven von dem Schrecken, den die dämonische Vision in ihm ausgelöst hatte, und seine Zähne klapperten gegeneinander, wenn er sie nicht zusammenbiß. Schließlich war es der Adeptus Perdan, der ihm den Arm reichte und ihm aufstehen half. Der Elf stützte ihn auf der anderen Seite, und so gingen sie alle in die Wohnstube hinüber.

Endlich gelang es Gille, den anderen zu berichten, was ihm widerfahren war. Vor Angst immer noch stammelnd, erzählte er ihnen, wie ihn zuerst der Alptraum überkommen hatte und wie ihm dann das gleiche Schreckensbild auf der Treppe erschienen war, so wirklichkeitsgetreu, daß er die Flammen an den dunklen Balken der Decke lecken sah und das Knirschen der Knochen hörte.

Alwen war sehr blaß geworden, als sie ihm zuhörte, aber sie sagte mit gepreßter Stimme: »Es war ein Traum. Du hast bloß geträumt, was du abends gesehen hast.«

Gille schüttelte entschieden den Kopf. »Erst war es ein Traum, aber später nicht mehr. Ich sage dir, er ist mir erschienen! Dieses Geschöpf der Niederhöllen weiß genau, wer es zu Tode gebracht hat, und ist jetzt hinter uns her.«

»Ich lasse mich von einem Traum nicht erschrecken«, stieß Alwen heftig und zornig hervor.

Der Adeptus Perdan blickte sie von der Seite an. »Ei, sieh da, Reiterin Alwen! Habt Ihr am Ende auch einen bösen Traum gehabt?«

Sie zögerte, preßte die Lippen zusammen, dann sagte sie widerwillig: »Es ist kein Wunder, daß ich heute nacht ebenfalls von der Verbrennung geträumt habe. Sie hat uns allen großen Eindruck gemacht. Ich bin gewiß, daß heute nacht viele Bürger in Trallop von Flammen und Gebeinen träumen.«

Perdan warf dem Elf einen Blick zu. »Wie steht es mit Euch, Meister Abendsang?«

Fingal schüttelte lächelnd den Kopf. »Wir Elfen träumen nicht. Wir wandern in den Gefilden der Gedanken, aber sie bringen uns keinen Schrecken, und die Schatten der Sterblichen kümmern uns nicht.«

»Dann habt Ihr Glück, ein Elf zu sein«, sagte Perdan brüsk. »Denn ich, Perdan von Uhdenberg, habe sehr wohl von Barstopal geträumt, und mein Traum war nicht anders als der meiner Freunde.«

»Ich sagte Euch doch, sein Gespenst sucht uns heim!« rief Gille klagend.

»Da habt Ihr recht«, bestätigte Perdan. »Aber wir werden uns das nicht so einfach gefallen lassen.«

Alwen blickte auf. »Wollt Ihr einen Zauberspruch sprechen?«

»Nein, ich bin kein Exorzist. Ich denke, es ist besser, wir halten uns an das übliche Verfahren. Ihr habt doch einen Boronstempel in der Stadt, nicht wahr? Geht morgen gleich in aller Frühe hin, holt den Priester mit aller Ehre, die ihm gebührt, in Euer Haus, und bittet ihn, die Zeichen Borons an Euren Schlafkammern und dem Haupttor anzubringen. Er wird ein Gebet sprechen, das der irrenden Seele den Zugang zu Borons Hallen eröffnet und sie dort Ruhe und Vergessen finden läßt.«

Gille nickte, nur halb überzeugt. Alwen murmelte: »Wenn es denn sein muß.«

Da glühte in einem Winkel des Zimmers ein Lichtschein auf, der sich rasend schnell drehte. Immer größer wurde er, bis er fast mannshoch war, dann brach er plötzlich auseinander wie eine Blume, die sich öffnet – und vor ihnen schwebte dasselbe ungeheuerliche Bild des brennenden Barstopal. Gille fuhr zurück, und Alwen klammerte die Hände fest um die Stuhllehnen, aber Perdan trat tapfer vor.

»Weiche, Gespenst!« rief er aus. »Dies ist nicht dein Haus, du hast hier nichts verloren. Such deinen Weg in Borons Reich und laß die auf Dere in Frieden!« Er murmelte ein paar Worte, und dann stieß er plötzlich seinen Stab vor, mitten in das Schreckbild hinein. Ein Blitz flammte auf, und das Gespenst war verschwunden.

»So, ich glaube, fürs erste habe ich Euch Ruhe verschafft«, sagte Perdan. »Schlaft den Rest der Nacht, so gut Ihr könnt, und holt morgen so rasch wie möglich den Priester. Ich glaube nicht, daß Barstopal uns dann noch lange belästigen wird.«

Gille beherzigte den Rat, aber daß er überhaupt in Schlaf sinken konnte, verdankte er nur einem zweiten Becher Balihoer Bärentod.

Kaum war die Stadt erwacht, machten die Geschwister sich auf den Weg zum Boronstempel. Sie eilten über den Alten Markt und erreichten rasch den Boronsanger im Norden des alten Stadtteils, an dessen Eingang der ›Tempel des Todes und der Wacht auf dem Anger‹ stand: ein düsteres Gebäude aus schwarzem Schieferstein. An einem Arm über der Tür hingen die Insignien Borons, aus Bronze gefertigt, im Wind: das gebrochene Rad und die Balkenwaage. Gille pochte zaghaft, und augenblicklich wurde die Tür geöffnet, und ein Mann in schwarzer Kutte blickte heraus. Sein Schädel war rasiert, sein Gesicht bleich und ebenmäßig. Kluge Augen blickten die Besucher an. »Ich bin Josold, der Geweihte des Tempels«, sagte er. »Was wünscht Ihr?«

»Wir … wir haben Ärger mit einem Gespenst«, stieß Gille hervor. Im nächsten Augenblick ärgerte er sich, daß er so täppisch daherredete, und verbesserte sich: »Die Zwölfe zum Gruß, Euer Hochwürden.« (Gemäß der Winzigkeit des Tempels war der einzige Geistliche auch der Tempelvorsteher.) »Wir haben Schwierigkeiten mit einem Verstorbenen, und da das in Euren Zuständigkeitsbereich fällt …«

Der Geweihte öffnete die Tür und bedeutete ihnen stumm, einzutreten.

Zögernd traten die beiden ein. Das düstere Innere des Tempels bedrückte sie. Überall hingen schwere schwarze Draperien, in einer Nische stand die Statue des Gottes mit dem Opfertischchen davor. Räucherwerk duftete süß und schwer. Zwei Kerzen brannten in der staubigen Dunkelheit.

Er ließ sich an einem teppichbedeckten niedrigen Tischchen nieder und bedeutete den beiden, sich ebenfalls zu setzen.

Alwen erzählte ihm, was geschehen war. Gille saß mit gekreuzten Beinen daneben. Zu seiner Überraschung spürte er, daß sein Widerwille gegen den Tempel nachließ. Fast überkam ihn Behagen, als er sich der Stille im Raum überließ. Alwens Stimme plätscherte an ihm vorbei. Er sog den schweren, muffig-süßen Duft ein, der im Raum schwebte. Die Statue des Gottes, die ihn erst erschreckt hatte, wirkte nun würdevoll und beruhigend auf ihn. Boron war, aus schwarzem Stein gemeißelt, als Mann in einer langen Kutte dargestellt. Das schwarze Gesicht war klar und ebenmäßig geformt, der glattrasierte Kopf von edler Form, die Augen wirkten unergründlich. Die Hände hielt er vor der Brust, als wiege er ein Kind. Gille überkam plötzlich der Wunsch, sich auf dem teppichbelegten Boden auszustrecken und sich in diese heilenden Arme sinken zu lassen, in die Umarmung des Gottes, der alles Weh, alle Sorge und Mühe auslöscht.

Er schreckte zusammen, als er den Priester sagen hörte: »Nun, dann wollen wir gehen. Ihr habt doch gewiß ein Opfer mitgebracht. Bringt es dem Gott dar, während ich alles Nötige zusammensuche.«

Gille und Alwen knieten unbeholfen vor dem niedrigen Opfertisch nieder und brachten ihre Gabe dar – ein Döschen mit kostbarem Weihrauch. Dann kam der Priester zurück, und sie machten sich auf den Weg.

Neugierige Augen folgten ihnen, als sie die Straße entlanggingen. Die Erscheinung eines Boronspriesters hatte immer etwas Unheilvolles an sich; sie erinnerte die Menschen inmitten ihres geschäftigen Treibens daran, daß auch ihre Tage gezählt waren. Niemand grüßte Gille und Alwen, als sie mit ihrem düsteren Gefährten dahinschritten; es war, als wären sie plötzlich aus der Welt der Lebenden verschwunden. Die meisten Vorübergehenden machten das Zeichen des gebrochenen Rades, um sich zu schützen.

Auch Frau Birsel hatte sich für den Vormittag fluchtartig außer Hauses begeben, als sie von dem Besuch des Boronspriesters gehört hatte. »Die Burschen bringen Unglück wie die schwarzen Krähen!« prophezeite sie düster. »Ihr werdet es sehen, lieber Herr, Ihr werdet noch an mich denken!« Der Elf hatte sich ebenfalls aus dem Staub gemacht, so daß nur Perdan sie erwartete, als sie das Haus betraten.

Der Priester ging ihnen mit feierlichen langen Schritten voran durchs Haus und blickte in jedes Zimmer, sogar in die Küche. Schließlich nickte er und sagte: »Ja, ich spüre hier ganz zweifellos die Anwesenheit einer Gefesselten Seele. Habt Ihr dem Toten ein Unrecht getan? Hat er Grund, Rache an Euch zu üben?«

Gille und Alwen sahen sich an, dann sagte Alwen mit rauher Stimme: »Es ist der Schwarzkünstler, dessen Knochen gestern abend verbrannt wurden … Barstopal. Wir zwei und der Adeptus Perdan haben ihn getötet, aber es geschah aus dem Bestreben heraus, unsere Stadt zu retten. Er hat Böses über Trallop gebracht.«

Der Priester warf ihnen einen fast erschrockenen Blick zu. »Da habt Ihr Euch mächtige Feinde gemacht«, sagte er. »Nicht nur Barstopal selbst, auch sein Kreis wird Euch verfolgen.«

»Sein Kreis? Was meint Ihr?« fragte Alwen.

»Ich habe nur wenig von dem Ganzen gehört – ich war gestern abend in Gebet und Meditation vertieft –, aber es stimmt doch, daß er das Ungeheuer im Neunaugensee erweckte, nicht wahr? Wenn er ein Anhänger dieses Kults ist, so gibt es um ihn herum auch andere. Und vor ihnen müßt Ihr Euch hüten.«

Die Geschwister sahen ihn erstaunt an. Dann lachte

Alwen trocken auf. »In Trallop? Ein Kreis abwegiger Kultisten? Das ist unmöglich, Euer Hochwürden. Wir kennen jede Seele im Städtchen.«

»Kein Mensch kennt die Seelen der anderen«, erwiderte der Priester düster, aber er sagte nichts weiter, sondern stieg die Treppe hinauf. Auf dem Tisch im Wohnzimmer breitete er den Inhalt des Lederbeutels aus, den er mitgebracht hatte. Gille sah ein merkwürdiges Sammelsurium von Kräuterbeutelchen, schwarzen Kerzen, Insignien aus Ebenholz und allerlei anderem Zubehör vor sich. Der Priester zog die Vorhänge an den Fenstern zu. Dann holte er eine Schale hervor, stellte sie mitten auf den schwarzen Wohnzimmertisch und füllte sie mit getrockneten Kräutern. Darauf entkorkte er eine Amphore mit einer klaren Flüssigkeit und goß sie über die Kräuter. Dann wies er die drei an, links und rechts von ihm auf drei Stühlen Platz zu nehmen.

»Erschreckt nicht, und laßt Euch den Mut nicht rauben«, sagte er, während er eine Kerze auf dem Tisch entzündete. »Es kann Euch nichts antun.« Damit hielt er einen Docht in die Kerze und dann in die Flüssigkeit, die augenblicklich mit bläulich-grüner Flamme zu brennen begann. Ein scharfer, aromatischer Geruch stieg aus der Kräuterschale auf. Der Priester hob die Stimme.

»Barstopal, Gefesselte Seele, ich rufe dich in diesen Raum hier ... Ich will dich fragen, was dich auf Erden zurückhält, und dir den Weg in Borons Hallen öffnen ...«

Gille fühlte, wie ihm kalt wurde. Nichts wollte er weniger, als dieses Alptraumbild noch einmal sehen. Er hatte Angst, und er hatte auch ein schlechtes Gewissen. Sie hatten Barstopal hinterrücks getötet, nicht im offenen Kampf. Freilich, was sonst hätten sie tun sollen? Der Schwarzmagier war kein Gegner, dem man offen gegenübertreten konnte. Aber er würde sein Ende natürlich als Meuchelmord betrachten. Oh, ihr Zwölfe, dachte Gille, helft, daß der Priester mit seinem Exorzismus Erfolg hat … Denn wenn mir dieses Gespenst noch oft erscheint, bin ich reif für das Kloster der Noioniten.

Er zuckte zusammen, als in dem halbdunklen Raum ein Lichtstreif aufzuckte. Wiederum zeigte sich das Phänomen der wirbelnden Flammensäule, die sich plötzlich zu dem Schreckensbild entfaltete. Gille preßte die Lippen zusammen. Jäher Zorn überkam ihn. Welches Recht hatte dieser Schwarzkünstler, ihn in seinem eigenen Hause zu quälen? Wie konnte er es wagen, hier einzudringen und die altehrwürdige Wohnstube der Staffauer mit seiner niederhöllischen Erscheinung zu beschmutzen?

»Bist du Barstopal, dessen Leichnam gestern verbrannt wurde?« fragte der Priester mit lauter, durchdringender Stimme.

Die Flammen loderten bis zur Decke auf, und dem morschen Kadaver entrangen sich heisere Worte. »Ja, der bin ich … Barstopal.«

»Ich bin hier, ein Geweihter, um dir den Weg in die Hallen des Boron zu weisen. Warum scheust du dich, sie zu betreten? Du wirst dort Ruhe und Vergessen finden, bis Tsa dir ein neues Leben schenkt.«

»Ich will Rache«, kam es dumpf aus der Kehle der Erscheinung.

»Die Zeit für Rache ist vorbei. Du bist tot, und dein Aufenthaltsort ist Borons Reich. Komm, laß dich von mir führen. Noch heute kannst du Ruhe von all deinen Qualen erlangen.«

Die Flammen prasselten so hoch auf, daß die drei unwillkürlich zurückwichen. Das Skelett krümmte sich dahin und dorthin, während es sein augenloses Gesicht nach allen Richtungen drehte. »Ich will Rache an den Meuchelmördern«, ächzte es.

Der Priester versuchte noch ein paarmal, ihn umzustimmen, aber Barstopal wiederholte nur in steigender Wut seine Forderung nach Rache. Schließlich rief der

Geweihte aus: »Du bist unbelehrbar! So höre, ich banne dich aus diesem Hause, damit du keinem seiner Bewohner mehr Angst und Schrecken zufügen kannst. Für immer seien dir die Türen und Fenster verschlossen, und nur ein Weg soll dir noch offen sein – hinauf in die Hallen des Schattenreichs.«

Das Gespenst heulte auf, und die Flammen loderten so wild, daß die drei Angst bekamen, sie könnten sie erfassen. Der Priester stimmte einen schwermütigen Gesang an, den er mit rätselhaften Handzeichen begleitete. Bald schmolz die Erscheinung dahin, der Flammenschein wurde schwächer, und zuletzt war alles verschwunden, als wäre niemals etwas dagewesen.

»Nun kommt«, sagte der Boronspriester, »ich will noch Eure Schlafkammern schützen, damit dieses Wesen hinfort nicht mehr in Eure Träume eindringen kann.« Er brachte über jeder Türe ein kleines Siegel des Boron an, aus Mahagoniholz gedrechselt, dann gab er jedem von ihnen eine schwarze Kerze und ein Kräuterbeutelchen. »Zündet diese Kerze an, bevor Ihr schlafen geht, und legt das Kräuterbeutelchen auf Euer Kopfkissen. Das wird ihn gewiß fernhalten.«

Gille spendete reichlich für seinen Dienst, und der Geweihte Josold verließ das Haus.

Die drei saßen in der Wohnstube, noch immer ein wenig benommen von dem Ereignis. Der Duft der verbrannten Kräuter hing schwer im Raum, aber keiner von ihnen machte Anstalten, die Vorhänge aufzuziehen. Schließlich brach Perdan das Schweigen. »Einige Worte dieses Mannes bereiten mir Sorgen.«

»Über das Gespenst?«

»Nein, darüber, daß es noch lebende Kultisten in Trallop gebe und daß wir uns vor ihnen in acht nehmen müßten. Ich fürchte, er hat recht.«

Alwen schüttelte verdrießlich den Kopf. »Das glaube

ich nicht. Anderswo mag es Verrückte geben, aber Trallop … nein, Trallop ist ein so vernünftiges Städtchen.«

Perdan war nicht überzeugt. »Erinnert Ihr Euch an die Kreaturen, die uns im Moor begegneten? Zweifellos waren sie einmal Menschen, ehe sich der Bann der Finsternis auf sie legte und sie verdarb. Warum sollten nicht auch hier in dieser Stadt Seelen im Banne des Uralten Wesens stehen?«

»Wir würden sie doch erkennen … Diese Moorkreaturen stanken meilenweit nach Pech und Schwefel«, mischte Gille sich ein.

»Nicht unbedingt. Barstopal war ein gesunder Mann von gutem Aussehen, die Fäulnis hatte nur seine Gedanken ergriffen, nicht seinen Körper. Warum sollte es nicht mehr seinesgleichen geben?«

Sie diskutierten noch lange darüber, aber die Geschwister ließen sich nicht überzeugen. Beide waren sicher, daß die Welt voll böser Dinge sein mochte – aber nicht Trallop, nicht ihr Heimatstädtchen!

Als Gille in dieser Nacht zu Bett ging, war ihm unbehaglich zumute. Wenn der Exorzismus nun nichts genutzt hatte, wenn das feurige Gespenst weiter sein Unwesen in seinem Hause trieb? Nachdem er sich ausgekleidet hatte, saß er eine ganze Weile im Hemd auf dem Bettrand und betrachtete die schwarze Kerze und das Kräuterbeutelchen, die der Priester ihm hinterlassen hatte. Schließlich zündete er die Kerze an. Sie verströmte einen feinen, ein wenig bitteren Duft. Die Flamme brannte hoch und steil in der ruhigen Luft der Schlafkammer. Gille nahm das Kräuterbeutelchen in die Hand und roch daran. Ein herb-süßer Geruch wie nach frischem Heu drang ihm in die Nase. Der Geruch war befremdend, aber durchaus angenehm.

Er stellte die Kerze auf die Nachtkommode und zog sich ins Bett zurück. Eine Zeitlang saß er so schlaflos da, dann spürte er langsam, wie ihn Beruhigung überkam. Der Duft des Kräuterbeutelchens tat seinen müden Sinnen wohl. Schließlich mußte er sich zusammenreißen, um die Kerze noch auszublasen, bevor er in wohligen Schlaf sank.

Er hatte einen seltsamen Traum von hohen dunklen Hallen, in denen lautlose Gestalten wandelten. Der Duft von frisch erblühtem Lotus lag in der Luft. Hie und da sah er durch ein hohes Fenster den Mond, der silbriges Licht auf den marmorbelegten Boden warf. Die Ebenholzbäume vor den Fenstern verströmten einen zartbitteren Duft. Tiefe Ruhe und ein Gefühl der Leichtigkeit erfüllten ihn. Er versuchte sich zu erinnern, was gewesen war, bevor er diese Hallen betreten hatte, aber es fiel ihm nicht ein. Mit einem Achselzucken beschloß er, nicht mehr daran zu denken. Es tat gut, hier zu sein. Er wollte nie wieder weggehen.

14. Kapitel

In derselben Nacht, als der tote Nigromant in Trallop verbrannt wurde, tauchte das Ungeheuer vor dem Hafen von Donnerbach auf.

Noch waren nur unbestimmte Gerüchte bis nach Donnerbach gedrungen. Die Mehrheit der Bevölkerung hatte noch nichts vom Erwachen des Uralten Wesens gehört. Daß Donner und Blitz über dem See zuckten, war für sie eine Alltäglichkeit – schließlich gab es fast jeden Sommertag ein Gewitter über dem Neunaugensee. Die meisten gaben auch nichts auf den eigentümlichen Sonnenuntergang im Westen des Sees: Der Himmel war braun und orangerot verfärbt, mit Bahnen von eisigem Türkis und dunkelglühendem Gold darin. Die Sonne wirkte ungewöhnlich groß und rot, als sie in dieses abwegige Farbenspiel eintauchte.

Dann sank die Nacht, und in ihrem Schutz schwamm etwas Riesenhaftes an den verfallenen Hafen von Donnerbach heran und streckte seine Fangarme aus dem Wasser. Langsam und gründlich tasteten sich die zähen Tentakel über den Hafen. Als sie nichts Lebendiges fanden, rissen sie ein paar der halbverfallenen Säulen nieder und schleuderten die Steinbrocken zornig umher.

Das Getöse weckte einige Bürger, und sie rannten mit Fackeln auf die Gasse, um zu sehen, was den Lärm verursachte. Sie prallten entsetzt zurück, als sie das ganze Hafenbecken von einer gallertigen rötlichgrauen Masse ausgefüllt fanden, deren Oberfläche blubberte wie heißer Brei. Sie konnten keinerlei Gestalt an dem Unwesen erkennen – da ragte ein Fangarm in die Höhe, dort ein Auge, dort eine glänzende Kuppel, und da wiederum waren kurze plumpe Schwingen zu erkennen. Das ganze Wesen schien völlig beliebig zusammengestückelt, ohne Sinn und Zweck; es war ein Spott auf jedes Wesen, das Dere je gesehen hatte … Aber es hatte ein Gehirn, und dieses Gehirn steuerte seine Fangarme, die nach den versammelten Städtern tasteten.

In Blitzeseile hatte es zwei oder drei erfaßt und zog die Schreienden an sich. Noch während die Zurückgebliebenen entsetzt zusahen, stülpten sich ganze Büschel von Tentakeln über die Unglücklichen, und ihr Schreien verstummte. Von Zorn und Furcht erfaßt, standen die Bürger da.

Nur einer, ein kühner Mann namens Ingerman, trat vor. Er war ein Jäger der Fürst-Erzgeweihten und trug seine Armbrust bei sich. »Wir werden sehen, ob dieses Ding sterben kann!« rief er laut, spannte die Armbrust und schoß. Der Pfeil war gut gezielt – er fuhr geradewegs in das große rosarote Auge, das sich auf der Oberfläche des Unwesens wölbte. Die Bürger sahen, wie das Auge platzte, wie eine zähe Flüssigkeit herausrann, und schon wollten sie jubeln … Da lief ein Schauder durch die ganze gestaltlose Masse, und aus der qualligen Oberfläche wuchsen zwei neue Augen hervor. Sie wandten sich mit böse glotzendem Ausdruck den Leuten am Hafen zu, und sofort peitschte ein Fangarm in ihre Richtung. Schreiend stoben sie auseinander.

Das Monster schob sich langsam weiter fort, glitt die verfallenen Stufen des Hafenbeckens hinauf und kroch auf die Stadt zu. An Land bewegte es sich auf sechs säulenförmigen kurzen Beinen, die unten in breite Paddelfüße ausliefen. Es tappte lautlos auf den Vorplatz des Hafens hinauf und schob die Arme tastend auf die Häuser zu.

Inzwischen war jemand auf den Gedanken gekommen, die Sturmglocke zu läuten. Hell und wild schallte das Geläut durch die ganze Stadt: *Gefahr im Verzug! Zu den Waffen!*

Die Donnerbacher waren an solche nächtlichen Schreckensrufe noch mehr gewöhnt als die Tralloper. Sie sprangen aus den Betten, griffen nach Fackeln und Waffen und stürmten auf die Straße. Dort verließ freilich mehr als einen der Mut, als sie die ungeheure formlose Masse sahen, die sich in die Stadt ergoß und ihre Tentakel nach allen Seiten schwenkte. Mehr als ein Dutzend Bürger fiel diesem tückischen Angriff zum Opfer. Die anderen hieben und stachen auf das Unwesen ein, was das Zeug hielt, und es gelang ihnen, viele der kleineren Tentakel und Arme abzuhauen, aber zu ihrem Entsetzen wuchsen für jedes abgehauene Glied zwei neue nach. Als das Monster endlich zurückwich, geschah dies, weil es gesättigt war und nicht etwa deshalb, weil die Bürger es eingeschüchtert hätten.

Die ganze Nacht über kam die Stadt kaum zur Ruhe. Am frühen Morgen schon sammelten sich aufgebrachte Bürgerhaufen vor der Akademie und forderten Hilfe von den Magiern. Die Leute meinten, irgendein mißlungenes alchymisches Experiment habe das Ungeheuer geweckt, und nun verlangten sie lautstark, daß es wieder in Schlaf gebannt werde. Die Magier vom Seminar für elfische Verständigung antworteten rundheraus, daß sie mit dem Erwachen des Monsters nichts zu tun hätten und über keine Kraft verfügten, es wieder in den See zu bannen. Sie verwiesen auf die alten Geschichten von der Stadt im See, als aber das Volk sie zornig bedrängte, mußten sie etwas tun.

In feierlicher Prozession erschienen neun Magier, an ihrer Spitze Jesco von Koorbruch, barfuß und in einfachen weißen Tuniken, und zogen zum See, der jetzt wieder in trügerischer Stille dalag. Sie nahmen dort

Aufstellung und begannen auf ein Zeichen ihres Anführers Sprüche und Abschwörungen zu rufen. Es war ein aufsehenerregendes Spektakel, denn bei manchen Sprüchen breitete sich grünlicher Nebel aus, und bei anderen zuckten kleine Flammen zwischen den Zauberern hoch.

Aber geholfen hatten die Sprüche allesamt nichts, wie die Donnerbacher feststellen mußten, als mit der Dämmerung der nämliche Schrecken vor ihren Toren auftauchte. Daß es diesmal weniger Opfer gab, lag daran, daß die Leute vorsichtiger geworden waren und den Zugriff der hinterhältigen Tentakel zu vermeiden verstanden. Aber wie sollte es weitergehen? Wenn kein Zauber und keine Waffe dieses Ungeheuer zu bezwingen vermochten, wie sollten sie sich dann vor ihm schützen?

Zur selben Zeit saßen in Trallop-Hohenufern einige Anhänger des Namenlosen in der altväterischen Stube des Weinhändlers beisammen. Sie jubelten über das Erwachen des Großen Alten. Für Barstopal jedoch hatten sie nichts anderes übrig als Spott und Hohn, daß er getötet und seine Überreste mit Schmach und Schande auf dem Großen Marktplatz verbrannt worden waren. »Er war ein Borbaradianer, der nie so richtig an die Sache des Namenlosen glaubte«, zischte ein Weib. »Deshalb hat der große Fürst ihn auch verlassen. Ich spucke auf sein Grab!«

Schließlich ergriff Knorrhold das Wort. »Gute Zeiten sind für uns angebrochen, Freunde! Der Große Alte beherrscht das Land, bald werden wir uns aus unseren Verstecken hervorwagen und ihm öffentlich dienen können. Und«, fügte er geheimnisvoll hinzu, »ich habe etwas für diesen besonderen Anlaß.«

Die anderen starrten ihn neugierig an. Das Kerzenlicht verzerrte ihre Gesichter zu verschrobenen Fratzen. Ihre Augen glühten in den Höhlen, als kröchen Wespen darin herum.

Knorrhold ging auf ein Sofa im Hintergrund des Raumes zu und lüftete das schwere Tuch, das darüber gebreitet lag. Eine menschliche Gestalt kam zum Vorschein. Als Knorrhold die Kerze hob, erkannten alle einen Mann in mittleren Jahren, mit ungeschnittenem Haar und Bart. Seine Kleider waren in einem üblen Zustand, und er trug keine Schuhe.

»Ein Bettler«, erklärte Knorrhold, »der an meine Tür kam.« Sein schiefer Mund zuckte krampfhaft. »Ich gab ihm einen starken Trank.«

Ein Zischen der Vorfreude erhob sich unter den Kultisten. Sie sprangen auf und betrachteten händereibend das vorgesehene Opfer. Ihre Schatten tanzten wie Dämonen an den Wänden der Stube.

Knorrhold eilte in seine schwarze Kammer hinüber und kehrte gleich darauf mit dem Dreifuß und dem Lesepult zurück. Dann verschwand er noch einmal, um ein Messer zu holen. Die anderen hatten mittlerweile den bewußtlosen Menschen vom Sofa gehievt und setzten ihn aufrecht auf einen Stuhl. Er schwankte hin und her, so daß sie ihn festhalten mußten. Dann trat Knorrhold an ihn heran …

15. Kapitel

Von da ab brachte das Ungeheuer aus dem See Schrecken und Verderben über das ganze Land von Trallop bis Anderath und Salthel. Nachts wälzte es oft seinen Riesenleib aus dem See, und weder Bürger noch Bauer, weder Mensch noch Vieh waren vor ihm sicher. Es überfiel die Kühe auf der Weide genauso wie die Reiter und Reisenden auf den Handelsstraßen und sog allen das Blut aus. Es war keine Seltenheit mehr, daß sich ein Reisender frühmorgens aufmachte und schon nach kurzer Zeit auf den blutleeren Leichnam eines Gefährten stieß, der noch in der Nacht unterwegs gewesen war. Für die Bauern wurde es zur Alltäglichkeit, daß sie nach ihrem Vieh sahen und eine Kuh, die gestern noch blühend und munter gewesen war, vertrocknet und mit Bissen übersät vorfanden.

Angst senkte sich über das Land. Die Reisenden wagten sich nur noch in Gruppen und bei hellem Tageslicht auf die Straßen. Die Gasthöfe in Baliho, Trallop und Donnerbach waren merklich leerer als sonst. Niemand, der nicht unbedingt mußte, wagte sich in die nördliche Provinz vor.

In Trallop herrschte eine Stimmung, als wären die Zorgan-Pocken ausgebrochen. Zorn und Schrecken hatten die Bürgerschaft erfaßt. Niemand wußte, was zu tun war. Aus Donnerbach kam die Nachricht, daß die Magier der Akademie unter dem starken Druck der Bevölkerung angetreten waren, das Ungeheuer zu bannen, aber ihre Sprüche halfen nichts. Bald tauchten Quacksalber aus allen Richtungen auf, die Talismane und Amulette verkauften – teuer, aber nutzlos.

Gille schritt traurig durch die entvölkerten Straßen. Wer konnte, hatte die Stadt verlassen. Die Übriggebliebenen kämpften sich verbissen durch, gejagt von einem Schrecken, der sie bis in die Träume verfolgte. Sie standen Wache am See und füllten die Tempel der Götter. Auch Gille ging, wie viele andere, täglich in den Tempel des Phex, wo er betete und opferte. Er liebte das prachtvolle Gebäude mit seinem künstlichen Sternenhimmel, den wallenden Nebelschleiern und dem magischen Madamal im Zenit. Dort fand er Ruhe, dort kam Hoffnung in ihm auf.

Perdan begleitete ihn, weil er nichts anderes zu tun hatte und nicht nach Donnerbach zurückreiten wollte. »Ich habe das Gefühl, mein Platz ist bei Euch«, sagte er. »Und außerdem, denke ich, wird mich mein Mattes hier suchen ... sofern er überhaupt zurückkehrt. Es ist ein weiter Flug, und auch der Weg durch die Luft ist gefährlich.«

Auch der Elf war noch nicht in seine Heimatstadt zurückgekehrt. Er schien genauso zu fühlen wie Perdan. Er ging nicht mit in den Tempel, aber sonst tat er sein Bestes, der Stadt Trallop zu helfen. Er hielt oft neben den Soldaten und der Bürgerwehr Wache am See, und sein guter Bogen hatte mehr als einen von den Kleinen Vergessenen erlegt, die im Gefolge ihres finsteren Herrn aus der Tiefe auftauchten.

Gille war froh, daß die Gefährten bei ihm geblieben waren, denn Alwen tat wieder Dienst und war zur Bewachung der Reichsstraße zwischen Trallop und Baliho abkommandiert worden. Die Herzoglich Weidensche Reiterei und die Kaiserlichen waren gemeinsam ausgerückt, um die Straße zu sichern – obwohl niemand recht wußte, wie sie das bewerkstelligen sollten. Perdan behauptete, daß dem Uralten Wesen für jedes abgehauene Glied augenblicklich zwei neue wüchsen, so daß jeder Angriff es nur stärker machte.

Er wartete jeden Tag mit steigender Unruhe darauf, daß Mattes zurückkehrte. Hatte der Rabe den gläsernen Turm gefunden? Oder war er, erschöpft von der fruchtlosen Suche, irgendwo in den Wäldern des Amboßgebirges verendet?

In diesen Tagen erlebte Gille einen neuen und noch seltsameren Schrecken. Als er eines Morgens aus der Haustür trat, fand er dort ein Blatt Papier vor, das mit einem Messer an das Holz gespießt war. Das Papier war an den Ecken schwarz verbrannt, und quer darüber stand in großen schwarzen Buchstaben etwas geschrieben, das Gille nicht lesen konnte. Wie bei den meisten Weidenern beschränkte sich sein Umgang mit der Schrift darauf, daß er in schönen runden Buchstaben seinen Namen schreiben konnte.

Er winkte Perdan, der eben aus dem Haus trat, und deutete auf das Papier. »Lest mir das vor.«

Perdan warf einen Blick darauf und runzelte alarmiert die Stirn. »Da steht geschrieben: *Rache!*«

Gille war bestürzt. Er wiederholte die Drohbotschaft zwei- oder dreimal, ohne einen Sinn darin zu finden. Wer sollte sich an ihm rächen? Wem hatte er etwas so Böses zugefügt, daß dieser Jemand ihm mit dem Tod drohte? In Trallop gab es gewiß niemanden.

Perdan war anderer Meinung. »Ich fürchte, jetzt haben sie es ernsthaft auf uns abgesehen. Seid in nächster Zeit vorsichtig, Meister Gille, achtet wohl, mit wem Ihr zu tun habt, traut niemanden. Geht nachts nicht auf die Straße. Das sind tückische Feinde, die bei jeder Gelegenheit zuschlagen können.«

Gille ließ sich leidlich überzeugen, aber er konnte immer noch nicht glauben, daß diese verborgenen Feinde Menschen aus seinem Trallop sein sollten. Er dachte an Moorkreaturen, die den weiten Weg zurückgelegt hatten, an rätselhafte Fremde, die in der Stadt auftauchten. Aber der Schlag sollte in seinem eigenen Haus fallen.

Zwei Tage, nachdem er die Rachedrohung erhalten hatte, lag Gille in dem tiefen, wohltuenden Schlaf, den das Kräuterbeutelchen des Boronspriesters ihm bescherte. Plötzlich wachte er auf. Irgendein Geräusch hatte ihn aufgeschreckt – ein dumpfes Poltern, als sei etwas Schweres umgefallen. In tiefer Finsternis tastete er nach der Kerze und zündete sie an. Jetzt war es still ... Hatte er doch geträumt? Aber nein ... da war Frau Birsels Stimme, schrill vor Angst und Zorn: »Zu Hülf, zu Hülf! Es sind Mörder im Haus!«

Gille spürte, wie ihm das Blut in den Ohren pochte. Er sprang mit einem Satz aus dem Bett und griff nach dem Knüttel, den er nachts in Reichweite liegen hatte. So bewaffnet, riß er die Tür auf – und wurde augenblicklich gepackt. Zwei schwarzvermummte Gestalten fielen über ihn her, ohne sich um Frau Birsels zeterndes Geschrei zu kümmern. Einer stellte ihm ein Bein, und der andere warf ihn nieder. Gille kam nicht zum Zuschlagen. Er lag auf dem Boden, einer der beiden hockte auf ihm und wollte ihm die Hände fesseln. Gleichzeitig verriet ein Poltern auf der Treppe, daß noch mehr unliebsame Besucher gekommen waren. Frau Birsels Schreien verstummte jäh.

Gille stieß mit den Füßen um sich, aber es gelang ihm nicht, freizukommen. Wo war Perdan? Wo war der Elf? Hatten sie das Geschrei nicht gehört? Aber da sah er sie auch schon die Treppe von den oberen Kammern herunterlaufen. Der Elf war gekleidet wie immer, aber Perdan trug nur sein Nachthemd – und seinen Stab.

Der zweite Schwarzvermummte versuchte auf ihn einzudringen, aber der Magier sprang mit erhobener Faust vor, wobei er ihm ein donnerndes *Horriphobus* entgegenschleuderte. Ein schriller Entsetzensschrei antwortete. Die beiden Schwarzvermummten, die sich im Raum befunden hatten, jagten davon. Zwei anderen, die eben in diesem Augenblick zur Tür hereingedrungen waren, schrie der Magier denselben Zauberfluch zu, und auch sie flohen. Gleich darauf verkündete ein lärmendes Poltern auf der Treppe, daß einer von ihnen gestürzt war.

Gille zog die Hände aus den halbfertigen Fesseln und rannte zur Treppe. Perdan hörte ihn aufschreien. »Frau Birsel! Was ist Euch geschehen?«

Die alte Frau lag zusammengesunken auf dem Boden, den Feuerhaken noch in der Hand. Ein fürchterlicher Hieb hatte sie hinter dem Ohr getroffen.

Gille kniete neben ihr nieder und fuhr fort, sie zu schütteln und beim Namen zu rufen, obwohl er längst wußte, daß sie tot war. Tränen stiegen ihm in die Augen. »Ach, meine Frau Birsel!« weinte er, als Perdan und der Elf an seine Seite traten. »Sie wollte mir zu Hilfe kommen, so alt und krumm sie auch war … und nun haben diese Mörder sie getötet.«

Gemeinsam trugen sie die Wirtschafterin in ihre eigene Schlafkammer und legten sie auf das Bett. Gille faltete ihre Hände übereinander und strich ihr die Kleider glatt. Seine Stimme bebte noch immer. »Wer hat das getan?« fragte er immer wieder. »Sie war eine wackere Frau, trotz ihres Klatschmauls. Bei den Zwölfen, sie wird mir fehlen! Sie war so lange bei uns, fast ihr Leben lang.«

Wieder stützte er den Kopf in die Hand und begann bitterlich zu weinen.

Mittlerweile war der Elf die Treppe hinuntergestiegen und hatte entdeckt, daß drei der Meuchelmörder durch das eingeschlagene Fenster im Erdgeschoß entkommen waren. Ein vierter aber lag tot am Fuß der steilen Treppe, das Gesicht immer noch von der schwarzen Maske bedeckt. Offenbar war er in seiner panischen Flucht auf der Treppe gestolpert und zu Tode gestürzt.

Schließlich gelang es Perdan und Fingal, Gille zu bewegen, daß er sich den Leichnam ansah. Mit nassen Wangen und tränenerfüllten Augen stieg er die Treppe hinunter und bückte sich über das schwarze Bündel, das dort lag. Dann zog er die Maske vom Kopf.

Sein Gesicht nahm einen so verdatterten Ausdruck an, daß es beinahe blöde wirkte. Perdan hörte ihn mit heiserer Stimme stammeln: »Das … das ist unmöglich. Das kann nicht sein.«

Perdan beugte sich vor und erblickte im schwarzen Rahmen der Kapuze ein hübsches, wenn auch nicht mehr junges Frauengesicht. Zierlich gedrehte blonde Löckchen fielen in die runde Stirn. Wangen und Lippen waren mit zuviel Schminke bedeckt, die sich jetzt hart und grell von der erbleichenden Haut abhob.

»Wer ist das?« fragte Fingal. »Ich habe sie noch nie gesehen.«

Gille schüttelte immer noch den Kopf. Er sagte: »Das ist die Frau des Ratsherrn Eichenstein. Bei den Zwölfen, was hat sie in meinem Haus zu tun? Sie kann doch nicht wirklich bei dieser Mörderbande dabeigewesen sein.«

Der Elf bückte sich wortlos und zog aus den Falten des Gewandes einen scharfgeschliffenen Dolch. »Nein? Wirklich nicht?«

Gille war so fassungslos, daß er sich auf den nächstbesten Stuhl sinken ließ. Sein Blick hing verwirrt an dem toten Gesicht, über das der Kerzenschein zuckende Lichter warf. Er sagte leise: »Mir ist das alles unbegreiflich … Ich will den Doctor Emmerer holen lassen, daß er die Toten beschaut und festhält, woran sie gestorben sind. Dann werde ich mich an den Herzog persönlich wenden.«

Ein Knecht wurde aufgeweckt und losgeschickt, und im ersten Schein der Morgendämmerung pochte der Doctor Emmerer an die Tür. Man ließ ihn ein und zeigte ihm die Tote, die immer noch in unveränderter

Stellung am Fuß der Treppe lag. Der Arzt – ein hochgewachsener Mann mit einer hohen Stirn und einem Kranz lockigen dunklen Haars – beugte sich geschäftig über den Leichnam, aber dann erstarrte er plötzlich. Der Blick, den er Gille zuwarf, war voll Abscheu und Mißtrauen. »Das ist Holdtraude, die Frau des Ratsherrn Eichenstein«, sagte er. »Was hatte sie in Eurem Hause zu schaffen?«

Gille fühlte sich schrecklich unter dem vorwurfsvollen Blick des Medicus, beinahe so, als hätte er wirklich ein schlechtes Gewissen, aber Perdan half ihm aus der Patsche. »Das wird alles offenbar werden, wenn die Sache vor den Herzog kommt«, sagte er. »Mittlerweile bitten wir Euch nur darum, die Todesart und alles weitere Notwendige festzuhalten und uns als Zeuge zum Herzog zu begleiten. Es gibt noch eine zweite Leiche zu beschauen.«

Emmerer warf ihm einen erschrockenen Blick zu, sagte aber nichts. Er hielt es wohl für das beste, sich strikt an seine ärztlichen Aufgaben zu halten. Mit großer Sorgfalt prüfte er das gebrochene Genick der Toten, schrieb auf, wie sie gelegen hatte, und machte eine Skizze dazu. Dann stieg er in den Stock hinauf, um sich Frau Birsel anzusehen. Schließlich wandte er sich an Gille. »Es wird Euch schwerfallen, für das alles eine befriedigende Erklärung beizubringen. Was ist geschehen? Welche schrecklichen Dinge sind heute nacht hier vorgegangen?«

Gille schüttelte den Kopf. »Das werde ich alles dem Herzog erklären. Sobald es tagt, werde ich bei ihm um Audienz ansuchen. Mittlerweile werde ich das Haus von zweien meiner Knechte bewachen lassen.«

Sobald es heller Tag geworden war, fuhren Gille und Perdan zur Burg hinauf. Fingal hatte sich entschuldigt; er meinte, er bekomme schon Beklemmungen, wenn er das schneeweiße Mauerwerk nur sehe. Dafür kam Emmerer mit ihnen. Man sah ihm an, daß er beinahe barst vor Neugier, die Hintergründe dieser seltsamen Geschichte zu hören.

Sie teilten dem Kämmerer mit, daß sie in einer wichtigen und verschwiegenen Sache den Herzog sprechen wollten. Erstaunlich rasch wurden sie eingelassen – nicht in das große Audienzzimmer, sondern in ein reichgeschmücktes kleines Gemach, in dem der Herzog und die Herzogin beim Frühstück saßen. Waldemar blickte auf, als die drei Männer eintraten und vor ihm das Knie beugten. »Nun«, grollte er, »was habt Ihr mir so Wichtiges und Geheimes zu berichten, daß Ihr mich dafür beim Frühstück stören müßt? Ich nehme an, es handelt sich wieder um dieses Untier im See? Kommt, steht auf und berichtet.«

Gille fühlte sich so unbehaglich, daß ihm das Wort im Halse steckenblieb, also griff Perdan ein. »Wir haben Euch Dinge zu berichten, Euer Hoheit, die wir selbst noch kaum erfassen können und die uns zutiefst erschrecken … Wir bitten um Eure gnädige Untersuchung der Sache, damit wir Schein und Wirklichkeit wieder trennen können. Und wir erheben Klage im Namen von Frau Birsel Schwarzenbrück, die zur Stunde tot auf ihrem Bett liegt.«

»Eure gute Frau Birsel ist tot?« fragte der Herzog betroffen. »Wie kommt das?«

»Sie wurde von Schurken erschlagen, die nachts ins Haus eindrangen.«

»In Euer Haus?« Der Herzog schob sein Frühstück von sich und behielt nur den Bierhumpen in Reichweite. »Nun kommt schon, druckst nicht lange herum, erzählt mir, was geschehen ist – was es auch sei.«

Er saß vornübergebeugt da, das bärtige Kinn in die Hände gestützt. Seine blauen Augen wanderten aufmerksam von einem zum anderen, als erwarte er, etwas zwischen den Worten herauszuhören. Als Perdan zum Schluß kam und ihm erzählte, wie sie die tote

Frau des Ratsherrn demaskiert hatten, setzte er sich jählings auf.

»Nein!« rief er aus. »Das ist unmöglich! Sagt mir, welche Schurkerei geht hier vor? Ihr habt doch nichts mit der Frau gehabt, Staffauer?«

Gille wehrte errötend ab. Er wünschte, es wäre irgendein schwarzbärtiger Riese gewesen, der sich am Fuß seiner Treppe den Hals gebrochen hatte. »Gewiß nicht … Ich habe sie erst erkannt, als ich ihr die Maske vom Kopf zog. Mir ist das ebenso unbegreiflich wie Euch. Erzählt Ihr, was Ihr gesehen habt, Doctor Emmerer.«

Der Medicus legte Zeugnis ab, wie er die Tote vorgefunden hatte, kopfunter auf der Treppe liegend, voll angekleidet und in einen weiten schwarzen Mantel mit einer Kopfmaske gehüllt. Dann berichtete er von dem grausamen Hieb, der Frau Birsel getötet hatte.

»Ich will gern eine Menge glauben«, sagte der Herzog finster, »aber daß die Frau eines meiner Ratsherren … Dennoch, warum solltet Ihr mich anlügen? Und Frau Birsels Tod ist ein schwerer Schlag.« Er stand auf und schritt im Zimmer auf und ab. »Hört, diese Sache muß unter dem Siegel der Verschwiegenheit bleiben. Wenn es diese Kultisten wirklich gibt, so sind sie nicht ein paar harmlose Narren, sondern gefährliche Leute. Wir müssen sie so rasch wie möglich ausheben.« Dann sagte er: »Ich gebe Euch zwei Soldaten und einen Wagen mit, man wird die Tote abholen und hier aufbahren. Ich werde mit ihrem Mann sprechen, vielleicht kann er uns weiterhelfen. Was Eure Frau Birsel betrifft, so laßt ihr ein Begräbnis zuteil werden, wie sie es verdient hat.«

Gille nickte, schon wieder mit nassen Augen.

»Was mich angeht«, fuhr der Herzog fort, »so werde ich augenblicklich die Inquisition damit beauftragen, die sich mit der Sache beschäftigen soll. Bleibt heute nachmittag zu Hause, man wird kommen und Euch noch einmal befragen. Ihr auch, Herr Medicus – Eure Aussage ist wichtig.« Einen Augenblick lang stand er in Gedanken versunken da, dann murmelte er: »Wir regeln das unter uns … brauchen keinen Praiospriester dazu.«

Es geschah, wie der Herzog es anbefohlen hatte – Perdan und Gille bewahrten Stillschweigen und vertrauten sich nur ihrem treuen Gefährten Fingal Abendsang an. Die Tote wurde von den Soldaten abgeholt, und was Frau Birsel anging, so suchte Gille binnen kurzer Zeit ein zweitesmal den Boronstempel auf.

»Ihr hattet recht«, sagte er leise, als Josold ihn begrüßte. »Niemand kennt die Seelen der anderen. Ich bin ein einfältiger Mensch, Euer Hochwürden.« Dann straffte er sich. »Ich brauche Euch für ein Begräbnis. Es soll schlicht sein, aber so schön, wie Ihr es nur bewerkstelligen könnt.«

So wurde die tapfere Frau Birsel mit allen Zeremonien und auf einer Decke aus grünen Zweigen und frischen Blumen zu Grabe gefahren, und Gille und Alwen waren nicht die einzigen, die um sie weinten.

16. Kapitel

Obwohl sie wußten, daß ihr Unterfangen fruchtlos war, schritten die Magier der Akademie – unter ihnen Magister Radumar – jeden Morgen aus dem Ulmenhain heraus und riefen, dem See zugewandt, ihre Beschwörungen. Auf den Hafenplatz wagten sie sich nicht mehr hinunter, denn die Vorübergehenden verhöhnten und neckten sie so unbarmherzig, daß sie schamrot wurden. Der Zorn der Gelehrten war groß – bislang hatte es immer noch irgendeinen Spruch gegeben, der ihnen aus der Zwangslage half, aber diesmal war es, als hätte der Namenlose selbst seine Hand daraufgelegt. Nichts verfing. Die ältesten und kräftigsten Zaubersprüche versagten.

Dennoch versuchten die Magier es immer wieder. Sie wollten sich einfach nicht geschlagen geben, wollten nicht zusehen, wie die Stadt – die sie liebten und schätzten wie jeder andere – hilflos den Angriffen dieses Monsters erlag. Also suchten sie zusammen, was ihnen an zauberischen Waffen tauglich erschien, und riefen täglich neue Sprüche über den See hinaus.

Allmählich wurde es Mittag, und kein Zeichen verriet, daß die Zaubersprüche diesmal gewirkt hatten. Da deutete plötzlich einer der Adepten nach Süden und rief: »Haltet ein! Hier geschieht etwas Seltsames. Seht dorthin!«

Ein Punkt war am hellen Firmament aufgetaucht, ein Punkt, der geradewegs aus der Praiosscheibe herauszuspringen schien. Er wurde größer und größer, und bald erkannten die Versammelten einen jungen Kaiserdrachen, der mit mächtigen Schwingenschlägen näher kam. Die Schuppen des Drachen glänzten wie Gold, seine Augen sprühten Blitze. Die schneeweißen Schwingen gleißten im Licht.

Er sank langsam herab, und nun sahen sie auch, daß er einen Reiter auf dem Rücken trug. Dann ließ er sich nieder, und der Reiter – ein alter Mann in weißem Gewand – stieg ab. Auf dem Handgelenk trug er einen Raben. Bevor er auf die Versammelten zutrat, setzte er den Raben auf einem Steinsims ab, dann schritt er mitten unter die stummen und verblüfften Magier. Die Männer wichen staunend zurück.

Vor ihnen stand ein vornehmer Greis mit langwallendem weißen Haar und einem gestutzten weißen Bart. Sein Gesicht trug die Spuren hohen Alters und großer Weisheit. Er hielt einen Stab aus grauweißem Holz in der Hand, der kostbar geschnitzt und bunt bemalt war.

Der Drache schlug die Schwingen zusammen und stieg wieder auf, um sich außerhalb der Stadt niederzulassen.

Alles schwieg, nur der alte Radumar schrie plötzlich auf: »Das ist der Drache Faldegorn! Und dieser Mann hier ist Rohezal!«

Der Greis nickte ihm lächelnd zu. »Ihr habt mich recht erkannt. Ich bin Rohezal, und ich bin gekommen, Euch in dringendster Not zu helfen. Dieser Rabe« – er deutete auf Mattes, der beinahe umfiel vor Müdigkeit – »hat mich gerufen.«

»Ihr seid tatsächlich Rohezal?« fragte Jesco von Koorbruch mit erstickter Stimme. »Ihr … Ihr seid zu den Verhüllten Meistern aufgestiegen!«

»Aber wie kann er …«, entfuhr es gleich mehreren der Adepten. »Wie kann er …«

»Wie konnte ich so lange leben?« ergänzte Rohezal die Frage. »Nun, das ist mein Geheimnis, und es soll Euch jetzt nicht bekümmern. Kommt mit! Die Zeit für den Kampf ist reif. Ich kenne den Spruch, der diese Bestie wieder in die Tiefe bannt, aber ich brauche Euer aller Hilfe und Unterstützung dazu. Ruft jeden Magier und jeden Elf im Umkreis zusammen.«

Sobald Jesco einen Boten losgeschickt hatte, fuhr Rohezal fort: »Wir werden zum See hinuntergehen und dort den Bann sprechen. Aber wie Euch sicher bewußt ist, ist es ein starker Spruch, und er hat seine Nebenwirkungen.«

Magister Radumar betrachtete den Mann aufmerksam. Trotz seiner fabelhaften einhundertdreiundzwanzig Jahre schien Rohezal etwas ewig Junges an sich zu haben. Seine blaugrauen Augen leuchteten in strahlendem Glanz, seine Bewegungen waren sicher und ruhig.

Ich wollte, ich kennte sein Geheimnis! dachte der Magister, der seine Jahre fühlte. Ich wünschte, ich könnte auch so ewig jung daherkommen! Aber wenn ich es so bedenke … nun, in alle Ewigkeit zu leben, das wäre auch nichts für mich.

Er schreckte aus seinen Gedanken auf, als der Rabe ein heiseres *Krah* ausstieß. Sofort bückte er sich und ließ ihn auf seine Hand steigen. »Ruh dich aus«, sagte er sanft, während er den Vogel auf die Schulter setzte. »Du hast deine Pflicht getan, tapferer Mattes. Perdan wird stolz auf dich sein.«

»Mattes fallen die Federn aus!« krächzte der Rabe erbittert. Er sah tatsächlich jämmerlich struppig und zerzaust aus, aber so weit, daß ihm die Federn ausgefallen wären, war es denn doch nicht.

Radumar kraulte ihm sanft die schwarzbefiederte Brust. »Du kommst heute mit mir heim, und ich werde dafür sorgen, daß du bald wieder ausgeschlafen und bei Kräften bist«, sagte er freundlich. »Wie gefiele dir ein Schüsselchen frisches Kalbfleisch?«

Mattes krächzte noch ein Weilchen vor sich hin, aber dann schlief er auf der Schulter des Gelehrten ein.

Sobald die Magier und Elfen aus der Stadt eingetroffen waren, trat Rohezal ihnen allen voraus auf die Straße. Die Bürger, die ihn erst nicht erkannten, fingen augenblicklich wieder mit ihren Spottreden an.

»Nur zu, Mäusebeschwörer, sagt eure Kinderreime auf!«

»Was habt Ihr denn heute vor? Wollt Ihr das Ungeheuer in einen Frosch verwandeln?«

»Auf, wackere Magier, wir wollen Euer Gequäk hören!«

Da blieb Rohezal stehen und blickte die Menge an, und es war, als fiele ein Schleier von seiner Erscheinung. Seine Kleider, sein Haar und Bart schienen von innen heraus zu leuchten, und den bunten Stab umgab ein Glanz, als sprösse eine weiße Flamme aus seiner Spitze. Die Menschen verstummten erschrocken und wichen zurück. Dann kam ein Flüstern auf, so leise wie eine Brise an einem Sommertag.

»Ein Meister ...«

»Ein großer Magier ...«

»Bei den Göttern, Rohezal ist zurückgekehrt ...«

Die ihm am nächsten standen, fielen auf die Knie. Die anderen neigten den Kopf, und vereinzelte Zurufe wurden laut. »Rohezal ... Meister ... Ihr seid gekommen ... helft uns ...«

Es war ein heller, sonniger Mittag, als die ganze Gruppe sich – von andächtig wartenden Menschen umdrängt – auf dem Hafenvorplatz versammelte. Die Schönheiten der Natur verrieten nicht, welch grausame Heimsuchung die Stadt plagte. Weiße Wölkchen zogen in unregelmäßigen Abständen an einem klarblauen Himmel dahin. Der See glitzerte im Sonnenlicht. Ein warmer Wind wehte, der den Duft der fernen Nadelwälder mit sich trug.

Rohezal trat vor und gebot mit einer weitausholenden Geste Schweigen. »Ihr, die Ihr hier anwesend seid«, sagte er, »müßt mir helfen. Wir wollen einander bei den

Händen fassen, wie wir es von unseren gemeinsamen Ahnen gelernt haben, und unsere Kraft vereinen, damit das Werk gelingen möge. Diesen Bann haben einst die Götter gesprochen, wir können ihn nur vereint erneuern. Fürchtet nichts, was auch geschehen mag. Seid Ihr bereit?«

Die anderen nickten, und er trat mit erhobenen Händen ans Wasser. »Laßt uns beginnen.«

In Trallop stand Gille eben mit Fingal, Perdan und Alwen – die einen Tag Ausgang hatte – vor seinem Laden. Er plauderte mit den beiden, während er gleichzeitig ein Auge auf die Knechte hatte, die drinnen am Wurstkessel werkten. Es war ein herrlicher Frühnachmittag, mild und sonnig. Praios' Licht glitzerte gründgolden im Laubwerk der Bäume, die da und dort zwischen den Häusern standen. – Alle Gefahr schien ans Ende der Dere verbannt.

Gille streckte sich eben und wollte eine Bemerkung über das schöne Wetter machen, als es umschlug. Die milde Luft wandelte sich zu atembeklemmender Schwüle. Der laue Wind wurde heiß. Alle Latrinen der Stadt waren plötzlich zu riechen – oder hatte der üble Geruch einen anderen Ursprung? Die Wolken über dem See, eben noch bauschig und weiß, gewannen an Fülle, stiegen als finstere Türme in den Himmel, dessen Blau zu einem tieferen, fast kobaltfarbenen Ton dunkelte.

»Woher kommt das so plötzlich?« fragte Alwen überrascht. »Eben war es noch so angenehm mild, und jetzt stinkt es wie in den Sümpfen von Selem. Und schau den See an!«

Der Himmel über dem See nahm, von Donnerbach her kommend, einen violetten Ton an. Ein Wetterleuchten zuckte bleich über die Wasserfläche.

»Wahrscheinlich haben sie drüben in Donnerbach schwere Gewitter«, mutmaßte Gille. »Was wir hier spüren, ist nur das Schwanzzipfelchen eines Sturmdrachen.« Noch während er sprach, pfiff ein Windstoß durch die Gassen der Stadt und wirbelte den Staub zu dicken Wolken auf. Gille nieste und hob den Arm vors Gesicht, um sich vor dem Staubschwall zu schützen. Der Wind stockte, dann pfiff er von neuem. Unrat wirbelte in tollen Sprüngen über die Gasse.

Die drei duckten sich unter dem Torbogen. »Bei den Zwölfen, das sieht arg aus«, bemerkte Gille, als er auf den See hinausblickte. Das Wasser war in Bewegung geraten; es zog weite Kreise. »Ohne Zweifel ein Anzeichen dafür, daß das Ungeheuer wieder auftaucht!«

Aber in Trallop ließ sich das Monster nicht blicken, nur die Schwanzschläge seiner Wut wühlten den See so gewaltig auf, daß noch vor dem Städtchen die Wogen hochgingen. Zahlreiches kleines Geschmeiß wurde von der Flutwelle an Land gespült, die Insektenwesen, Wasserschlangen und Egel, aber inzwischen hatten die Soldaten damit fertig zu werden gelernt. Die ebbende Welle trug eine Menge Kadaver in den Neunaugensee zurück.

Perdan, der bis jetzt noch kein Wort geäußert hatte, sagte plötzlich: »Das ist kein gewöhnliches Gewitter, Meister Gille! Da draußen ist eine große Kraft am Werk.«

»Was meint Ihr damit: ›eine große Kraft?‹« fragte Alwen.

Perdan wandte sich ihr zu. Sein Gesicht leuchtete in jäher Hoffnung auf. »Dort draußen tobt ein Kampf, Reiterin Alwen. Und wenn ich recht habe, ist unser Helfer erschienen, und Rohezal ist es, der jetzt gegen das Unwesen kämpft. Mögen die Zwölfe ihm den Sieg bescheren!«

Alwen zweifelte. »Woher wollt Ihr wissen, daß dies Rohezals Werk ist?«

»Ich weiß es nicht«, gab Perdan zu. »Ich spüre es in meinem Herzen. Ich glaube, Mattes hat Erfolg gehabt und ihn aufgestöbert. Und er ist uns tatsächlich zu

Hilfe geeilt.« Er hob beide Hände zum Himmel. »Oh, Ihr Zwölfe – wenn das wahr ist!«

Gille hatte bei seinen Worten erstaunt aufgesehen. Jetzt sagte er: »Wir könnten den Tempel aufsuchen und uns ein Orakel holen. Was ist? Wollt Ihr mitkommen?«

Perdan nickte, schlug jedoch vor: »Sollten wir diesmal nicht in den Tempel des Praios gehen? Er ist der Herr des Gesetzes, sein Sternbild steht über Trallop.«

Gille hielt dagegen: »Diese Stadt verehrt von altersher den Phex, mit unseren ganzen Sorgen und Nöten haben wir uns an ihn gewandt. Wie kann ich da zu einem anderen Gott beten, und sei Praios auch noch so mächtig?«

Alwen mischte sich ein: »Warum geht Ihr nicht jeder in einen anderen Tempel? Es soll doch jeder von Euch den Gott verehren, der ihm am nächsten steht. Ich werde wie immer zu Rondra beten; sie ist meine Herrin, im Krieg wie im Frieden.«

Die beiden Männer nahmen diesen Vorschlag an, und bald eilte jeder in eine andere Richtung davon, Gille zu seinem vertrauten Phextempel, Perdan zum Tempel des Praios, der ein wenig versteckt an der Stadtmauer lag. Seine güldene Kuppel blinkte zwischen einigen schönen alten Bäumen hervor.

Perdan blieb vor dem Praiostempel stehen. Er fand sich vor einem prächtigen, aber eher kleinen Gebäude, nicht größer als ein gewöhnliches Bürgerhaus. Es war aus weißem Bruchstein errichtet und außen mit den Blumen des Gottes bemalt: mit Bosparanien und Sonnenblumen.

Perdan trat ein. Hinter der Holztür hing ein Vorhang, den er beiseite schob, ehe er in das lichte Innere trat. Durch buntbemalte hohe Fenster fiel das Licht der Praiosscheibe herein. Kerzen brannten vor der großen goldenen Sonnenscheibe, die an der Stirnwand hing. Sie trug ein Gesicht, das geheimnisvoll im Kerzenschein funkelte. Kerzen brannten auch auf den Opfertischen. Von der Stirnwand blickte drohend ein riesiger goldener Greif herab.

Überall auf dem teppichbelegten Boden knieten Menschen im Gebet versunken, während andere am Opfertisch dem Priester ihre Gaben überreichten. Perdan spähte hinüber. Der Priester war ein alter Mann im traditionellen rotgoldenen Ornat; sein Gesicht war so zerknittert, daß es wie eine einzige Landschaft von Runzeln wirkte. Nur die Augen leuchteten hell und wachsam heraus. Er nahm sich viel Zeit für jeden der Opfernden, schenkte geflüsterten Bitten und Fragen sein Ohr, legte den Leuten segnend die Hand auf, bevor sie gingen.

Schließlich kam Perdan an die Reihe. Er hatte sich eine schöne Opfergabe einfallen lassen: sechs große, mit Blumen und Blättern aus farbigem Wachs geschmückte Kerzen, die er bei den Wachsziehern in der Lebzeltergasse erstanden hatte.

»Euer Hochwürden«, flüsterte er. Er war nicht sicher, ob der Geistliche ein einfacher Priester oder der Tempelvorsteher war; also beschloß er, ihn jedenfalls mit dem höheren Titel anzureden.

Anscheinend hatte er recht gut getroffen, denn der Mann neigte gemessen das Haupt. »Ich höre, mein Freund.«

»Ich brauche ein Orakel«, flüsterte Perdan. »Es geht um eine wichtige Sache, die heute entschieden wird. Ich möchte wissen, welchen Spruch Praios gefällt hat.«

Der Priester nickte, trat auf einen teppichartigen Vorhang in der Wand zu und rief ein paar Worte dahinter. Gleich darauf erschien ein jüngerer Priester, der eine Kerze und ein Säckchen in der Hand trug. Er winkte Perdan, ihm zu folgen, und setzte sich in der Nähe der Sonnenscheibe nieder. Als er das Säckchen ausleerte, kullerten eigroße schwarze und weiße Steine auf den teppichbelegten Boden. »Nun, was ist Eure Frage?« wollte er wissen.

Perdan schluckte. »Meine Frage heißt: Liegen heute nacht der Verhüllte Meister Rohezal und das Uralte Wesen im Kampf?«

Der Priester nickte ihm zu und warf die Steine. Er betrachtete lange, wie sie gefallen waren, dann schüttelte er den Kopf. »Ihr habt Eure Antwort bereits bekommen.«

»Ich? Aber nein, gewiß nicht. Warum? Was sagen die Steine?«

»Was ich Euch eben sagte: daß Ihr Eure Antwort bereits bekommen habt.« Er blickte auf, und seine tiefbraunen Augen forschten vorwurfsvoll in Perdans Gesicht. »Es ist nicht gut, wenn man ein Orakel zweimal befragt. Wollt Ihr die Götter versuchen?«

»Gewiß nicht«, wehrte Perdan ab. »Aber … ich war heute sicher noch nicht hier.« Dann jedoch fiel ihm Gille ein, und er gab nach: »Ein Freund von mir wollte dasselbe Orakel einholen, aber er ging zum Tempel des Phex. Da dachte ich …«

»Meint Ihr, Ihr könnt die Götter gegeneinander ausspielen?« fragte der Priester verärgert. »Sie sind einerlei Sinns. Was Euch der eine sagt, wird auch der andere sagen. Geht jetzt, bittet Praios um Verzeihung für Eure Mutwilligkeit und geht dann zu Eurem Freund. Er hat die Antwort bekommen.« Damit erhob er sich, legte Perdan noch einen Augenblick lang die Hand auf den Scheitel und ging dann davon.

Perdan stand verdattert auf. Er wußte nicht recht, was er von der Sache halten sollte, aber schließlich stand er doch auf und tat, was ihn der Priester geheißen hatte.

Zur selben Stunde kniete Gille im Tempel des Phex. Er hatte seine Opfergabe – fünf glänzende neue Dukaten – abgeliefert und saß nun dem Mondschatten Jargold gegenüber.

»Es ist ungewöhnlich, den göttlichen Fuchs um ein Orakel zu bitten«, sagte der Priester. »Aber weil Ihr es seid … laßt uns sehen, wie seine Würfel gefallen sind.«

Er bediente sich einer anderen Orakelmethode als sein Gefährte im Praiostempel – einer glänzend polierten Kugel aus Kristall, die auf drei Füßchen stand. Eng zusammengekauert richtete er den Blick auf die Kugel und bedeutete Gille, seine Frage zu stellen.

Der flüsterte heiser: »Ich möchte wissen, ob das Ungeheuer besiegt wird. Ob Rohezal es besiegen kann.«

Der Priester legte beide Hände an die Schläfen und starrte konzentriert in die Kugel, auf deren Oberfläche sich leichte Schleier bewegten. Allmählich formten seine Lippen Worte und schließlich sagte er laut und deutlich: »Ich sehe einen großen Kampf … Der Himmel ist schwarz, und alle Sterne sind verschwunden … Blitze erleuchten die Finsternis. Ein großer Weiser kämpft mit dem Ungeheuer. Ich sehe ihn! Er ist ein alter Mann mit weißem Bart und Haar. Von der Spitze seines Stabes sprühen weiße Funken.«

»Wird er den Sieg davontragen?« flüsterte Gille.

»Ja. Das Ungeheuer wird in den Fluten verschwinden.«

Voll freudiger Erregung preßte Gille die Hand auf die Brust. »Wird er es töten?«

»Niemand kann dieses Wesen töten. Es ist älter als wir alle, so alt wie die Götter. Es ist eines der Kinder der großen vielleibigen Bestie, die der Dämonensultan von den Sternen auf die Erde schickte. Auch die Mächtigen konnten es nur in den See bannen. Dorthin wird es wieder verschwinden.« Jargold löste langsam den Blick von der Kugel. »Habt Ihr genug gehört?«

»Ja. Ich danke Euch.« Er küßte dem Mondschatten die Hand und verabschiedete sich.

Als er auf die Straße hinaustrat, war der Nachmittag schwarz wie die Nacht geworden. Der Himmel über

Trallop und seiner Umgebung hatte sich mit Wolken bezogen, so düster purpurviolett, wie man sie sonst nur über dem See sah. Ein Wetterleuchten tauchte die Stadt in Abständen in einen unheimlichen schwefligen Schein. Überall schleppten die Händler hastig ihre auf der Straße aufgestellte Ware ins Innere der Gewölbe, denn der Wind, der vom See her wehte, wurde immer heftiger. Da und dort kollerten Eier und Kohlköpfe über das bucklige Pflaster. Mütter zerrten ihre Kinder ins Haus. Die Stürme im Norden waren so rauh, daß man den Zwölfen danken mußte, wenn der Kamin stehenblieb – und dies schien ein ganz besonderer Sturm zu sein.

Gille rannte gebückt auf sein Haus zu. Der Sturm blies ihm das blonde Haar aus dem Gesicht. Er bedauerte, keine Jacke angezogen zu haben, ehe er sich auf den Weg machte, denn jetzt wurde die Luft mit jedem Windstoß kälter. Der See rollte in langen Wellen über die Hafenanlage. Zwei Dutzend Soldaten standen dort unten postiert und versuchten mitten in den heulenden Windböen Haltung zu bewahren.

Endlich – da war das Haus *Zur Lammkeule,* gerade als die ersten Tropfen niederklatschten. Gille trat in den Laden und schickte seine Knechte nach Hause, bevor das Ungewitter mit voller Wucht losbrach. Er sah es kommen, daß in einer Stunde kein Mensch mehr auf der Straße wäre. Trallop hatte schon viel böses Wetter erlebt, schwere Regenfälle, die den See so anschwellen ließen, daß er bis in die Stadt vordrang; heimtückische Stürme, die Dächer abdeckten und alles davontrugen, was nicht niet- und nagelfest war.

Schwer atmend stieg er die steile Treppe hinauf. Oben fand er seine Schwester, den Magier und den Elf vor. Sie hielten einander an den Händen und schienen in stille Meditation versunken. Als Gille eintrat, blickten sie jedoch auf.

»Ich war im Tempel des Phex«, berichtete er, »und

habe ein Orakel bekommen ... Der Priester sagte, das Unwesen werde nicht getötet werden, aber es werde wieder im See verschwinden wie zuvor.«

»So wird es sein«, nickte Perdan. »Denn auch die Göttersprüche haben es nicht getötet, sondern nur in die finsterste Tiefe verbannt.« Er deutete zum Fenster, vor dem jetzt in Sturzbächen der Regen niederging. »Das ist Rohezals Kampf. Wir sollten uns ihm anschließen. Kommt, gebt mir die Hand! Wir wollen, jeder auf seine Weise, unsere Kraft und unseren Willen darein setzen, daß er den Sieg davonträgt.«

Bis in die Nacht dauerte das Ungewitter an. Als die vier schließlich aus ihrer Meditation aufschreckten, hörten sie, wie der Wind übers Dach heulte und die alten Balken unter dem Ansturm knirschten. Als Gille ans Fenster trat, sah er, daß die Straße sich in einen Sturzbach verwandelt hatte. Graubraunes Wasser gischtete in den Abläufen. Niemand war zu sehen, überall waren Fenster und Türen fest verschlossen. Am Hafen unten waren die Feuer in der tobenden Sturzflut erloschen.

»Bei den Zwölfen«, murmelte er vor sich hin, »ich hoffe, daß diese Nacht die letzte war, in der das Ungeheuer uns heimsuchte!«

»Das hoffe ich auch«, fiel Fingal ein. Seine grünen Augen leuchteten. »Ich fühle, wie eine schwere Last von meinem Herzen fällt. Liebe Freunde, seid Ihr mir böse, wenn ich Euch aufs erste verlasse? Ich will zurück nach Donnerbach und sehen, ob einer meiner Verwandten zu Schaden gekommen ist.«

Die drei übrigen waren traurig, aber sie wußten, daß man einem Elfen nur schwer etwas ausreden kann, und so ritt er in aller Frühe in Richtung Donnerbach los.

Abends lag Alwen noch lange wach im Bett. Ihre Augen waren rot vom verstohlenen Weinen. Fingal war fort – war nach Donnerbach zurückgekehrt, zu seinen Verwandten, die ihm so viel bedeuteten. Hatte sie ihm denn gar nichts bedeutet? Gut, er hatte sie immer freundlich angeblickt und liebenswürdig mit ihr gesprochen, aber darüber hinaus hatte er ihr keine Zuwendung geschenkt. Vielleicht stimmt es, dachte sie erbittert, daß Elfen kaltes Blut und kalte Herzen haben und nichts fühlen. Oder hatte er vielleicht eine Elfin zu Hause? Irgendein ätherisches, wunderschönes Geschöpf, das ihn sehnsüchtig erwartete?

Sie schrak zusammen, als an die Türe ihrer Kammer geklopft wurde. »Ja?« rief sie mit heiserer Stimme.

Gille trat ein und setzte sich zu ihr auf den Bettrand. Sein Blick glitt über ihre rotgeweinten Augen. »Nun bist du wohl sehr traurig, Schwester?« fragte er leise.

Alwen seufzte. Sie wußte, sie konnte ihren Kummer nicht mehr vor ihm verbergen. »Ja«, gab sie zu. »Er war so … schön und tapfer, und ich muß immer daran denken, wie sein Pfeil Barstopal tötete …« Sie schluchzte ungehemmt los, und Gille nahm sie vorsichtig in die Arme.

»Fasse dich, liebe Schwester«, sagte er. »Fingal war gewiß ein wundervolles Geschöpf, und ich habe ihn auch sehr lieb gewonnen, aber er ist doch ein Elf. Er gehört in eine andere Welt. Und wir … wir sollten doch unter uns bleiben. Du wirst sehen, eines Tages wirst du einen tapferen, hübschen Recken kennenlernen …«

Alwen vergrub das Gesicht in seinen Armen. »Das glaube ich nicht.«

»Doch, du wirst es sehen. Du wirst einen wackeren Burschen finden, der zu dir paßt, der mit dir Rondra verehrt und in die Schlacht zieht …«

Als Alwen weiterschluchzte, wiegte er sie sanft in den Armen, bis ihre Tränen allmählich versiegten. Dann küßte er ihr die Tränen von der Wange. »Komm«, sagte er, »leg dich zur Ruhe. Leg das Kräuterbeutelchen, das Josold dir geschenkt hat, auf dein Kopfkissen, und Bishdariel wird dir wundervolle Träume zuraunen.«

»Danke«, flüsterte Alwen, als er ihr die Decke hochzog und das Kräuterbeutelchen auf ihr Kissen legte. »Komm, gib mir einen Gutenachtkuß.«

Gille beugte sich über sie und küßte sie, dann verließ er mit leisem Schritt ihre Kammer.

Rund um den See kam es in dieser Nacht zu Zerstörungen. Das Wasser erhob sich in wilden Wogen, als würde es aufgepeitscht und durchgerührt. Beide Häfen, in Trallop wie in Donnerbach, wurden überflutet. Ein Schwall ergoß sich auf weite Strecken über die Handelsstraße nach Donnerbach und verwandelte sie in ein Schlammbad. Mehrere Kühe ertranken auf ihren Weiden, als das Wasser auf sie einstürzte; Fuhrwerke und Reiter wurden von der Straße gespült und fanden sich mit gebrochenen Armen und Beinen tief in den Wiesen wieder. Das Nebelmoor stand auf weite Strecken unter Wasser; der Schilfgürtel wurde von der Macht der Wellen plattgewalzt. Auch die Kate des Rodunk wurde niedergerissen, und so kam der alte Mann, der sich seit dem Verschwinden seines Enkelsohnes nur noch dem Schnaps ergeben hatte, zu Tode.

17. Kapitel

Im alten Fachwerkturm der *Cayserlich & Herzoglichen Examinatio & Inquisitio* auf dem Alten Markte tagte die Kommission, die Herzog Waldemar aus seinen Getreuen – zwei Männern und drei Frauen – zusammengestellt hatte. Unter der gemeinsamen Leitung des Magus Gille von Eschenstein (für die geistlichen Verbrechen) und des Oberst-Inquisitors Angbert von Schlüppen (für die Verbrechen wider den Staat) machte man sich in aller Stille ans Werk. Man wußte, daß man Erfolg haben mußte, sonst würde dem Herzog nichts anderes übrigbleiben, als der Praios-Inquisition Meldung zu machen, und die wollte niemand im Lande haben.

Alwen war zu ihrer Überraschung vom Dienst freigestellt und in die Kommission berufen worden. Bebend vor Stolz und Ehrgeiz betrat sie jeden Morgen das Amtszimmer, das sie mit einer grauhaarigen pensionierten Obristin teilte. Es gab viel zu tun, denn bei aller Geheimhaltung war im Städtchen ruchbar geworden, daß die herzogliche Kommission nach Anhängern des Namenlosen fahndete, und die beiden Stadtschreiber kamen kaum mehr nach, alle die Anzeigen niederzuschreiben, die in dem alten Turm einliefen.

›Meine Nachbarin ist eine Anhängerin des Namenlosen; wie könnte sie sonst besseres Brot backen als alle anderen?‹

›Die junge Nalle Fuchsenbrück ist ein Mitglied des Kults; wie könnte sie sonst erst sechzehn und schon so schön sein?‹

Solche und ähnliche Anzeigen landeten jeden Tag auf den Schreibtischen, bis der Herzog austrommeln ließ, jeder, der bei einer unwahren Anzeige ertappt werde, solle einen Tag an den Pranger gestellt und mit fünf Stockhieben bestraft werden. Das stopfte den Denunzianten das Maul. An Arbeit mangelte es dennoch nicht, und es war eine schwierige und riskante Arbeit, denn die Fangarme des Kults schienen bis in die höchsten Gesellschaftskreise zu reichen.

Der Ratsherr Eichenstein, dessen Frau in Gilles Haus zu Tode gekommen war, hatte sich vollkommen fassungslos gezeigt. Es war ihm unbegreiflich, wie seine Frau in dieser Maskerade in ein fremdes Haus gelangt war, und die Vorstellung, daß sie einen Mitbürger töten wollte, erschien ihm völlig absurd. Er hatte über die Tote nur zu sagen, daß sie ›ein albernes und verspieltes Weib‹ gewesen sei und daß er wegen seiner politischen Geschäfte nicht viel Zeit für sie übrig gehabt habe.

»Offenbar hat sie sich gelangweilt und verstoßen gefühlt«, meinte die Obristin, als sie mit Alwen über diese Aussage sprach. »Das mag ein Grund gewesen sein, wie sie zu den Kultisten gefunden hat.«

Der Bekanntenkreis der Toten – die mittlerweile auf Bitten der Familie in aller Stille bestattet wurde – wurde durchforscht, und bald stieß Alwen bei ihren täglichen Befragungen auf eine Frau, von der sie sagte: »Die weiß etwas.« Die Frau war eine Freundin der Verstorbenen gewesen, ein überspanntes Weib mit unruhigen dunklen Augen, die zu nahe beieinander standen. Sie verplapperte sich ein paarmal, wußte sich aber immer wieder aus der Schlinge zu ziehen. Nun forschte man in ihrem Bekanntenkreis nach, und bald stieß Alwen auf eine heiße Spur.

Die Leute, die zum Verhör bestellt waren, wurden in aller Höflichkeit von einem herzoglichen Boten in den Fachwerkturm der Inquisition gebeten. Als der Bote nun einen jungen Mann namens Ralmir abholen sollte, dem viel Übles nachgesagt wurde, kehrte er mit der Nachricht zurück, der Verdächtige habe sich in seinem Zimmer erhängt, während er auf ihn wartete.

»Reitet augenblicklich hin, Alwen«, befahl die Obristin. »Laßt niemanden in das Zimmer außer dem Arzt. Seht Euch um und forscht genau. Ich bin überzeugt, wir werden etwas finden.«

Alwen sprang auf den Rücken ihres Fuchses und ritt in aller Eile zum Haus des Selbstmörders. Dort hatte sie einige Mühe, der aufgeregten Verwandtschaft klarzumachen, daß niemand in sein Zimmer durfte. Nur den Arzt nahm sie mit sich.

Sie spürte augenblicklich, daß sie auf der richtigen Spur war. Der Tote hatte ein ganz in dunklem Purpur gehaltenes großes Zimmer als sein Schlaf- und Arbeitszimmer benutzt. Alwen krauste die Nase, als sie eintrat. Ein brandiger Geruch hing in der Luft, als sei eben eine Kerze gelöscht worden. Und wie seltsam das Zimmer dekoriert war!

Der Tote selbst hing, von seinem eigenen Halstuch erdrosselt, an einem Haken in der Wand. Er war ein blasser, verderbt aussehender Mensch gewesen mit langem dunklen Haar und einem kümmerlichen Bärtchen. Seine Zunge ragte über die Zahnschneiden hervor. Sein Gesicht war bleich wie frische Tünche.

»Könnt Ihr mir helfen, ihn abzunehmen?« fragte der Arzt, der greise Doctor Fierfeiner. Er war der Hausarzt der Familie, und man hatte ihn augenblicklich geholt.

Alwen half ihm. Es machte ihr nichts aus, sie hatte schon weit schlimmere Leichen gesehen, wenn sie irgendwo auf die Opfer eines Ork-Überfalls gestoßen waren. Gemeinsam legten sie den Toten auf sein weichlich und üppig bedecktes Bett. Während der Arzt sich an seine Arbeit machte, ging Alwen auf die Suche.

Sie wußte fast nicht, wo sie anfangen sollte! Auf den Kommoden und Truhen in dem purpurnen Zimmer standen die absonderlichsten Gegenstände zuhauf, vor allem viele Artefakte aus Ton, die das Ungeheuer vom Neunaugensee darstellten. Immer wieder hatte der junge Ralmir sich daran versucht, der unfaßbaren Gestalt des Wesens mit Hilfe von Ton eine beständige Form zu geben. Auch gemalt hatte er; eine Staffelei stand im Zimmer, und darauf hing eine Leinwand, auf der mit kräftigen, wüsten Strichen das Ungeheuer skizziert war. Eine Menge weiterer Zeichnungen lag auf einem Stapel daneben. Er mußte fieberhaft gearbeitet haben.

Alwen öffnete ein mit kostbarem Holz eingelegtes Schränkchen und entdeckte darin einen dicken Bund Rauschkräuter. Sie pfiff leise durch die Zähne. Natürlich hatte sie gewußt, daß Rauschkraut geschmuggelt wurde, aber sie hätte nicht gedacht, daß es bis Trallop gelangte. Neben den Rauschkräutern lag, in schwarzes Leder gebunden, eine Abschrift des Buches der Dreizehn Lobpreisungen des Namenlosen.

Ihre Finger zuckten zurück, als hätte sie eine Schlange berührt. Augenblicklich meinte sie zu spüren, wie die verderbliche Kraft des Buches zu wirken begann, wie es ihr zuflüsterte: *Öffne mich! Lies, nur ein wenig, und du wirst große Weisheit erlangen!* Mit aller Kraft schüttelte sie die Versuchung ab. Sie ergriff das Buch mit spitzen Fingern und schob es in ein Leinensäckchen, in das sie auch die Rauschkräuter schob.

Nun wurde der Freundeskreis der toten Holtraude – schon viel weniger höflich – vor die Inquisition geladen. Es war eine Gruppe von jungen und auch einigen älteren Leuten, die nichts mit sich und ihrem Leben anzufangen wußten. Sie schliefen lange, vertrödelten den Tag und wurden erst abends lebendig, wenn die Tavernen öffneten. Man verhörte sie streng, und einer, der seine Haut retten wollte, rückte schließlich heraus: Ja, es habe da so etwas wie einen geheimen Kreis gegeben, er selbst sei allerdings nie hingegangen, und er wisse auch nicht, was dort geschehen sei. Es blieb nichts anderes übrig, als die Gesellschaft laufen zu lassen und weitere Verhöre durchzuführen.

Mittlerweile erhielt Perdan von einem Botenreiter einen Brief. Aufgeregt riß er den Umschlag auf – ein Brief bedeutete immer eine besondere Nachricht, und dieser trug das Siegel des Magisters Radumar. Die Blätter waren mit einer großzügigen, kunstvoll kalligraphischen Gelehrtenschrift bedeckt. Er las:

Lieber Perdan,
vielleicht habt Ihr in Trallop bereits die Nachricht erhalten, daß das Ungeheuer wieder in den See verbannt wurde. Diese rettende Tat haben wir dem Verhüllten Meister, dem ehrwürdigen Rohezal, zu verdanken – und Deinem wackeren Raben, der ihn verständigt hat! Du kannst Dir nicht vorstellen, welch fürchterlicher Kampf hier tobte, bevor Rohezal den Sieg errang. Das Firmament war schwarz wie die Nacht, und die Blitze fuhren herab, als wollten sie Himmel und Erde spalten. Der Donner hallte uns wie ein erzener Gong in den Ohren. Rohezal stand zuvörderst, wir anderen – wohl ein halbes Hundert Gildenmagier und Elfen – standen mit Zittern und Zagen hinter ihm.

Keiner wollte seinen Platz verlassen, aber uns allen würgte die Angst die Kehle ab, so fürchterlich war der Anblick des Ungeheuers. Alle seine zahllosen Tentakel schwangen in der Luft und drohten uns zu ergreifen, aber es gelang ihm nicht. Rohezals Bannkreis schützte uns. Ein fürchterlicher Gestank drang auf uns ein, als es näher kam. Ich erinnere mich mit Entsetzen an diese großen rosaroten Augen, die mich anstarrten. Sie waren riesig, so groß wie ein Männerkopf, und standen aus dem Kopf vor wie die Augen einer Kröte.

Rohezal hatte begonnen, eine lange Formel im ältesten Zhayad, der Sprache der Niederhöllen, zu rezitieren. Trotz des Donners konnten wir ihn erstaunlich gut hören. Als auch das Ungeheuer die Formel hörte, verfiel es in rasende

Wut. Es schlug nach allen Seiten um sich und wölbte sich aus dem Wasser, so hoch wie zwei Häuser übereinander. Das Wasser, das es umgab, schillerte ölig; ich denke, das Wesen sonderte irgendeine schmierige Substanz ab, die sich auf dem Wasserspiegel ablagerte. Mit seinen Fangarmen langte es nach den Häusern und riß zwei oder drei ein, so daß sie in Trümmern lagen, dann ergriff es Trümmerstücke und warf diese nach uns. Sie verfehlten uns aber, denn der Bannkreis bot uns seinen magischen Schutz.

Mittlerweile hatte ein heftiger Regen eingesetzt, und durch die Regenschleier hindurch sah ich, daß das Ungeheuer von einem seltsamen Glanz umgeben war. Es schimmerte in einer kranken, irisierenden Farbe, während es tobend um sich schlug. Diese Farbe erschien mir schrecklicher als seine Mißgestalt, denn nie habe ich eine solche Farbe auf Dere gesehen. Mir wurde übel, wenn ich sie nur anschaute. Ich habe keine Zweifel, daß diese Wesen von jenseits des Sternenwalles kommen, denn nirgends gibt es etwas Vergleichbares bei uns. In Zukunft wird mir angst und bang werden, wenn ich nachts zu der namenlosen Sternenleer hinaufblicke. Gibt es dort noch mehr dieser Art? Und werden sie eines Tages wiederkommen, um uns heimzusuchen?

Drei Stunden lang dauerte der Kampf, der uns alle völlig erschöpfte. Selbst Rohezahl wirkte alt und gebeugt, nachdem es ihm endlich gelungen war, das Monstrum in die Tiefe zu bannen. Es verschwand in einem gewaltigen Wirbel von Wasser, der Wellen bis in die Stadt schickte. Wie hundertjährige Greise wankten wir, auch die Jüngsten, zurück in die Akademie und sanken auf Sesseln und Sofas hin, während Rohezal uns gratulierte. ›Ihr habt ein großes Werk getan, liebe Freunde‹, sagte er zu uns. ›Allein wäre es niemandem gelungen, dieses Ungeheuer zu besiegen, aber die Gemeinsamkeit ist die Macht der Götter.‹

In der kurzen Zeit habe ich Rohezal als einen ausnehmend liebenswürdigen und rücksichtsvollen Menschen kennengelernt. Es ist bedauerlich, daß er sich in seinen gläsernen Turm zurückzieht, anstatt unter uns zu wirken.

Nun habe ich noch eine zweite Nachricht für Dich, lieber junger Freund: Rohezal wird demnächst nach Trallop kommen, und ich bitte Dich, daß Dein Metzgermeister ihn aufnimmt. Ich wüßte sonst niemanden, und ins Kloster der Therbuniten will ich ihn nicht schicken. Auch habt ihr euch ja gewiß eine Menge zu erzählen. Er hat einen Grund für seine Reise: Er behauptet, es gäbe noch etwas, das auch zerstört werden müßte, um dem Kult jede Kraft zu nehmen. Aus alten Quellen hat Rohezal erfahren, daß es sich um ein Artefakt handelt, ein Siegel, das sich im Besitz der Kultisten befinden müßte. Wie er sagt, wurde es vor tausenden von Jahren von den Tiefseegeschöpfen in Ifirns Ozean geschaffen. Erst wenn auch dieses Siegel im See verschwunden ist, können wir wieder ruhig schlafen. Also – ich verlasse mich auf Dich, daß Du es dem Meister bequem machst. Komm nach Donnerbach zurück, sobald diese leidige Sache erledigt ist, damit wir uns wieder zum Diskutieren zusammensetzen können.

Perdan ließ den Brief sinken. Sein Herz schlug schneller vor Freude. Er ging raschen Schrittes in die Metzgerei und rief nach Gille. »Ich habe einen Brief bekommen«, verkündete er. »Wenn Ihr mehr Zeit habt, will ich ihn Euch zur Gänze vorlesen, aber jetzt nur soviel: Rohezal der Weise kommt nach Trallop, und Magister Radumar bittet Euch, ihn aufzunehmen.«

Gille blickte erschrocken auf. »Aber … wir sind nicht dazu ausgestattet, einen so hohen Würdenträger zu beherbergen. Ich habe nur noch Vaters kleine Schlafkammer frei, und was das Essen betrifft …«

»Eure neue Wirtschafterin, Frau Hennya, kocht ganz vorzüglich«, beruhigte ihn Perdan, »und an der Schlafkammer soll es nicht liegen. Er wird zufrieden sein.«

Gille zweifelte – der hohe Besuch machte ihn unruhig. Er hatte noch nie jemanden beherbergt, der höher stand als ein Tralloper Ratsherr, und er fürchtete sehr, der Weise werde sich ungehalten zeigen. »Wann wird er kommen?« fragte er mutlos.

»Wahrscheinlich bald, denn seine Reise wird nicht viel länger dauern als die des Briefes hier«, sagte Gille.

»Und was wird er hier tun? Er wird doch nicht nach Trallop kommen, bloß um uns zu besuchen.«

»Nein.« Perdan senkte die Stimme. »Er sucht etwas hier … etwas, das in Zusammenhang mit dem Ungeheuer im See steht. Es soll ein Artefakt sein, das den Kultisten als Siegel dient. Radumar schreibt, auch dieses Siegel müsse vernichtet werden, bevor wir alle wieder ruhig schlafen können.«

»Und wie will er das bewerkstelligen?«

»Das weiß ich nicht, aber ich bin sicher, er weiß es.«

Perdan behielt recht. Zwei Tage später kam Rohezal in einer bescheidenen Kutsche angefahren, begleitet von zwei jüngeren Magiern, die jedoch wieder nach Donnerbach zurückfahren wollten. Gille verschluckte sich beinahe, als ihm Frau Hennya den Besucher meldete. Er warf seine schmutzige Schürze beiseite, spülte hastig die von Schafsblut triefenden Hände im Wasserbecken und trocknete sie ab. Dann eilte er aus dem Gewölbe, brennrot bis unter die blonden Haarspitzen und so aufgeregt, daß er Schluckauf bekam, als er vor dem Weisen stand.

»Die Zwölfe zum Gruß, Meister Staffauer«, sagte Rohezal und streckte ihm liebenswürdig die Hand hin. Auf seiner Schulter saß, glatt und glänzend wie ein Rabenjüngling, Mattes. »Ich danke Euch für das Angebot Eurer Gastfreundschaft. Ich werde zusehen, daß ich Euch nicht zur Last falle, aber wie Ihr wißt, habe ich in dieser Stadt noch eine wichtige Aufgabe zu erfüllen.«

»Ja, gewiß – diese Angelegenheit mit dem Speckschwein … Speckstein«, stammelte Gille und wurde noch röter. Er verwünschte sich selber. Was stand er da wie ein großer Tölpel und schwatzte Unsinn! Er atmete tief durch – was einen neuen Schluckauf auslöste – und wies auf die Tür. »Seid so gut und tretet ins Haus. Ich werde gleich eine kleine Erfrischung für Euch bereiten lassen. Oben in der Stube könnt Ihr es Euch gemütlich machen.«

Der Weise nickte und lächelte. Er hob den Raben vorsichtig von der Schulter, hielt ihn hoch und sagte: »Nun mach dich an ein Wiedersehen mit deinem guten Herrn!«

Mattes flatterte davon, zielsicher die Treppe in den Oberstock hinauf.

Während der Zauberer von dem kleinen Imbiß aß, an den Frau Hennya ihre ganze Kunst gewandt hatte, saß Gille daneben und sah ihm nur zu, trotz der Einladung, mit zuzugreifen. Er hätte keinen Bissen hinuntergebracht. So nippte er nur hin und wieder am Ferdoker Bitterbier, das auf dem Tisch stand. Bei sich dachte er: Wo bleibt nur Perdan? Hat er mich über dem Wiedersehen mit seinem elenden Federwisch ganz vergessen? Will er sich in seiner Kammer verkriechen und mich das hier allein durchstehen lassen?

Aber nach einer Weile kam Perdan herunter, den Raben auf der Schulter, und begrüßte den Greis mit allen Höflichkeiten, die unter Magiern üblich sind. Offenbar fühlte er sich auch ein wenig eingeschüchtert, denn er sprach merkwürdig steif und gestelzt.

Je länger sie beisammensaßen, desto mehr entspannten sich jedoch die beiden Jüngeren. Rohezal hatte eine unkompliziert freundliche Art, die es einfach machte, mit ihm zu reden; ja er ließ sie beinahe vergessen, daß sie es mit einer der seltsamsten und geheimnisvollsten Gestalten Aventuriens zu tun hatten. Bald erschien er ihnen nur noch wie ein gutmütiger alter Herr, der seinen Freunden einen Besuch abstattet.

Gille war erleichtert, als der Weise an der Schlafkammer, die ihm zugedacht war, nichts auszusetzen fand, sondern sogar die hübschen roten Zwergröschen auf dem Fenstersims lobte. »Heute will ich früh zu Bett gehen und mich von der langen Reise erholen«, sagte der Zauberer. »Morgen können wir uns dann ans Werk machen.«

»Wir?« fragte Gille erschreckt.

»Nun, ich werde mich ans Werk machen, und Ihr könnt zusehen. Es wird eine erstaunliche Erfahrung werden.« Er schmunzelte vor sich hin. »Aber Ihr müßt Euren Herrn Herzog wissen lassen, daß ich da und bereit bin, ihm zu helfen.«

Perdan selbst übernahm es, die Nachricht auf die Burg zu bringen. Eine Stunde später kehrte er aufgeregt und zufrieden zurück. »Ihr sollt morgen gleich nach dem Frühstück zum Herzog kommen«, berichtete er. »Er ist höchst begierig darauf, Euch kennenzulernen und Zeuge Eurer Kunst zu werden.« Dann platzte er heraus: »Was habt Ihr vor, Meister Rohezal? Wie wollt Ihr diesen Kult vernichten? Die Inquisition des Herzogs fragt und forscht in der ganzen Stadt, aber bislang haben wir nichts anderes mit Sicherheit gefunden als einen jungen Schurken, der wohl dem Kreis angehört hat. Er hat aber Selbstmord begangen, so daß wir weiter nichts erfahren haben.«

Rohezal lächelte, wollte aber nichts dazu sagen, was er vorhatte. Statt dessen fragte er, wann das Abendessen aufgetischt würde, und so saßen sie bald in gemütlicher Runde beisammen und erzählten dem Weisen von ihren eigenen Abenteuern und Prüfungen.

Am Morgen legte Gille seine guten Kleider an und ließ den Wagen aus dem Stall holen. Rohezal erschien gutgelaunt und lobte das Bett, in dem er geschlafen hatte; dann stieg er die Treppe hinunter und setzte sich auf den Wagen. Perdan nahm auf dem Klappsitz Platz, und sie machten sich auf den Weg in die Burg. Die Sonne schien hell und versprach einen schönen, aber glühendheißen Tag. Die alten Bäume rings um den Stadtbrunnen rauschten in der leichten Brise. Überall wurden Gewölbe geöffnet, Händler schleppten ihr Ware ins Freie, Hausfrauen kehrten vor den Türen. Die Welt erschien heiter und ohne Gefahr.

Das ist der Verdienst dieses Mannes, sagte Gille sich. Er konnte aber kaum glauben, daß dieser liebenswürdige alte Herr wirklich derselbe war, der es fertiggebracht hatte, das Uralte Wesen wieder in den See zu verbannen. Er hatte sich Rohezal als einen Titanen vorgestellt, mit eherner Stirn und wild wallendem weißen Haar, der übermenschengroß dem Ungeheuer entgegenstürmte – aber der Zauberer war ein Mann von geringer Größe, er maß nur wenig mehr als eineinhalb Schritt, und sein Gesicht sprach eher von Klugheit und Güte als von übermenschlicher Macht.

»Verzeiht«, platzte Gille plötzlich heraus, »aber ich kann es kaum glauben … Ihr seht so gütig, so bescheiden aus, und doch wart Ihr es, der das Ungeheuer verbannt hat …«

»Dazu bedarf es keiner großen Fäuste, Meister Gille«, erwiderte der Weise lächelnd. »Dazu bedarf es nur des richtigen Zauberspruchs und der Kraft treuer Freunde, die einem beistehen. Alle Elfen von Donnerbach und alle Magier der Akademie standen hinter mir, als ich die Bestie bannte, sonst wäre es mir nicht gelungen. Sie hatten Angst, aber sie hielten aus, und so konnten wir siegen.«

»Ich hatte auch Angst«, sagte Gille träumerisch. »Ich meine … ich hatte die ganze Zeit furchtbare Angst, im Nebelmoor und später, als das Gespenst in meinem Hause erschien. Ich kann es jetzt noch kaum glauben, daß ich mit den Moorwesen gekämpft und einem Untoten den Kopf abgeschnitten habe.«

»Seht Ihr«, sagte Rohezal, »so habt Ihr viel getan, was Ihr Euch selbst nicht geglaubt hättet. Eure Hand ist mutiger als Euer Herz. Ihr habt schwere Prüfungen erlitten, nicht wahr?«

Gille seufzte. »Am schlimmsten war es für mich, im Gefängnis zu sitzen«, bekannte er. »Ich fühlte mich wie lebendig begraben, und ich hatte jede Nacht die entsetzlichsten Alpträume, daß ich zum Scheiterhaufen geführt würde … und nicht nur ich allein, sondern meine liebe Schwester auch …« Er brach beklommen ab.

»Ein Weilchen noch«, sagte Rohezal leise. »Dann könnt Ihr als Sieger auf diesen Kampf zurückblicken. Das letzte Gefecht führe ich allein.«

Gille konnte sich nicht vorstellen, wie der Zauberer das bewerkstelligen wollte – niemand kannte die Kultmitglieder, und selbst wenn sie aufgestört wurden, waren sie wahrscheinlich zu viele und zu gefährlich, als daß ein einzelner Mann mit ihnen fertig werden konnte, sei er auch ein noch so gewandter Zauberer. Er schwieg aber – zweifellos hatte Perdan recht, und der Weise wußte genau, was er tat.

Der Herzog erwartete sie auf seinem holzgeschnitzten Thron in der Audienzhalle. Seine Frau saß an seiner Seite, seine Ratgeber und Ratgeberinnen umstanden ihn, unter ihnen auch die Mitglieder der Untersuchungskommission. Gille warf seiner Schwester einen liebevollen Blick zu. Dann verkündete der Türsteher laut: »Seine Magnifizenz, der Erzmagier Rohezal, Meister der Weißen Kunst!« (Der herzogliche Hof war sich nicht ganz im klaren darüber gewesen, wie man eine solch ehrwürdige Person richtig ansprechen sollte.)

Der Herzog erhob sich vor Neugier, als der würdevolle Greis vor ihn hintrat. Er kraulte sich mit den Fingern den lockigen Bart und rieb sich das Kinn. »Ihr seid es, Ehrwürdiger Herr, den man Rohezal nennt?« fragte er. Offenbar wunderte er sich ebenfalls über die bescheidene Gestalt des Magiers.

»Der bin ich, und ich bringe Euch eine gute Kunde.« Dann fragte er: »Kann ich offen sprechen?«

»Vor diesen Leuten hier, ja«, antwortete der Herzog.

»Gut«, sagte Rohezal. Als er weitersprach, nahm seine Stimme einen alles beherrschenden Klang an. Er sprach ruhig, aber kein Ohr im Saal konnte sich ihm entziehen. Wie gebannt saßen die Männer und Frauen auf ihren Truhen und Bänken und lauschten. Kein Wispern regte sich.

»Ich habe das Ungeheuer in den See zurückgeschickt«, sagte er, »aber noch leben seine Anhänger auf Dere. Manche im Nebelmoor, aber manche auch hier in dieser Stadt. Es gibt hier einen Kreis von Anhängern des Großen Alten, wie sie ihn nennen. Sie bewahren sein Siegel und haben teil an seiner Kraft zu allem Bösen.«

Er blickte sich in der Runde um. Aller Augen hingen gebannt an ihm. »Dieses Siegel«, fuhr er fort, »muß zunichte gemacht werden, ehe wieder Ruhe in Trallop und Donnerbach einkehren kann. Es muß in die Stadt im See zurückkehren.«

»Aber wie wollt Ihr es finden?« wagte schließlich eine der Ratgeberinnen zu fragen.

»Ich bin gewiß«, erwiderte Rohezal, »daß der Anführer des Kreises es in seinem Hause aufbewahrt. Und nun sollt Ihr erleben, wie das Ding seinen Meister verrät.« Er wandte sich an den Herzog. »Haltet Eure Soldaten bereit, eine Verhaftung vorzunehmen. Wir wollen uns auf den Platz vor der Burg hinausbegeben.«

Der Herzog gehorchte, verblüfft und neugierig. Alle drängten auf den Burgvorplatz, einschließlich der Soldaten und Yolina, der Gattin des Herzogs. Der Burgvorplatz lag im milden Sonnenlicht, und ein sanfter Wind strich darüber.

Rohezal trat vor den Herzog. Er streckte ihm die offene Hand hin, auf der ein gläsernes Pfeifchen lag. »Ich werde pfeifen, und das Siegel wird antworten«, sagte er. »Schickt Eure Männer zu der Stelle, von der es ertönt.«

Dann setzte er die Pfeife an den Mund. Ein zarter, heller, aber durchdringend scharfer Laut erklang, der weit über den Burgvorplatz hinaus zu hören war. Erstaunte Bürger blieben stehen und drängten sich dann an die herzogliche Gruppe heran. Der Klang schwebte auf den Flügeln des Windes davon und schien sich in der ganzen Stadt zu verteilen, so daß allerorten die Leute innehielten und erstaunt horchten.

Und dann gab ein anderer Ton Antwort.

Knorrhold Erlgrimm war in den letzten Tagen kaum außer Haus gegangen. Er wußte, daß die herzoglichen Häscher fleißig an der Arbeit waren, und ihre Erfolge machten ihm Sorgen. Den jungen Ralmir hatten sie so gut wie erwischt. Zum Glück hatte der Narr Verstand genug gehabt, sich selbst das Licht auszublasen. Wenn man den gefaßt hätte – was hätte er nicht alles zu erzählen gehabt! Aber Ralmir war tot, und sie waren in Sicherheit … vorderhand noch.

Er stand eine Weile unschlüssig da, dann betrat er die schwarze Kammer. Sie war in diesen Tagen seine Zufluchtsstätte geworden. Hier erlebte er den alten Rausch, die alte Faszination wieder – allein, denn die Brüder und Schwestern vom Kreis wagten unter den gegebenen Umständen nicht, zu einem Treffen zu kommen. Er schloß die Tür hinter sich und kniete am Lesepult nieder. Die Dreizehn Lobpreisungen des Namenlosen waren ihm in diesen Tagen ein Labsal. Tod dem Verfluchten, der den Großen Alten wieder in die Tiefe zurückgebannt hatte! Aber noch besaßen sie das Siegel, noch konnten sie hoffen.

Er hob das Siegel aus der mit Samt ausgeschlagenen Lade und legte es auf das Lesepult. Es glitzerte eigentümlich. Knorrhold betrachtete es erstaunt, denn so hatte er es noch nie gesehen. Die unleserlichen

Schriftzüge an der Unter- und Oberseite leuchteten auf, als zuckten winzige grünliche Blitze über die Oberfläche. Dann begann es plötzlich zu summen.

Knorrhold sprang zurück. Er hatte nie gehört, daß das Siegel einen Laut von sich gab, und er sah ein böses Omen darin ... um so mehr, als das Summen rasch lauter wurde und sich zu einem hohlen Pfeifen steigerte. Schon gellte es ihm so in den Ohren, daß er die Hände darüber halten mußte, und noch immer wurde es lauter.

Knorrhold begriff nun, daß hier ein Zauber am Werk war, der ihn zerstören wollte. Er packte das Siegel und wollte es in der Lade verbergen, aber es brannte knisternd in seiner Hand, von einem kalten beißenden Feuer umzuckt, und er ließ es rasch wieder los. Nun war das Pfeifen so laut geworden, daß man es gewißlich bis auf die Straße hinaus hörte! In Panik sprang Knorrhold hin und her, wußte nicht, was er mitnehmen oder verbergen wollte. Draußen wurden Schreie und Pferdegetrappel laut. Schon hämmerten und pochten die ersten an die Tür, die das verräterische Pfeifen angelockt hatte.

Knorrhold verlor den Verstand. Als die Bürger und Soldaten die Tür erbrachen, fanden sie ihn in seiner schwarzen Kammer, wo er auf dem Boden hockte, die Augen mit beiden Händen weit aufgespreizt, und sie mit einem gellenden Ziegengemecker empfing.

Alwen war unter den ersten, die das Haus stürmten. Während die Soldaten die aufgebrachten Bürger davon abhielten, alles kurz und klein zu hauen und Knorrhold umzubringen, zwängte sie sich hinein und betrat die düstere Stube. Augenblicklich sah sie das offenstehende Türchen – und dann entdeckte sie den hageren Mann im Hausmantel, der darin hockte, die Zipfelmütze auf dem Kopf, und sie mit riesigen kreisrunden Käuzchenaugen anstarrte. Als sie ihn ansprach, meckerte er wie eine Ziege. Sie begriff, daß er völlig verrückt war, und machte sich augenblicklich daran, den Raum zu durchsuchen.

Mittlerweile hatten sich auch einige Soldaten zwischen den berittenen Wächtern an der Tür durchgedrängt und schafften Knorrhold fort. Als sie ihn hochhoben, gaben seine Glieder nicht nach, sondern er saß wie im Tode erstarrt da, so daß sie ihn schließlich in dieser seltsamen Haltung hinaustragen mußten. Die Obristin war Alwen auf den Fersen gefolgt, und nun fielen sie in aller Eile über die Schränkchen und Truhen in der gespenstischen Kammer her. Alwen fühlte, wie ihr der kalte Schweiß ausbrach, als sie unter den Insignien des Namenlosen ihre Suche vollzog – aber bald wurde sie belohnt. In einer Truhe fand sich ein Packen Pergamente, mit purpurner Chorhoper Tinte beschrieben, die sich als Verträge herausstellten – jedes Mitglied des Kreises hatte auf einem solchen Papier einen Pakt mit den Namenlosen unterschrieben.

Die Obristin war begeistert, als sie die gut leserlichen Unterschriften betrachtete. »Nun, meine liebe Alwen«, sagte sie, »in den nächsten Tagen werden wir gewiß bis über die Ohren in Arbeit stecken – und danach wird der Henker alle Hände voll zu tun haben.« Augenblicklich gab sie Befehl, die Brückenwachen zu verständigen; sie sollten fürs erste niemanden aus der Stadt lassen. Dann schickte sie einen Boten mit den Verträgen zum Herzog und bat ihn, sofort die Verhaftungen vorzunehmen.

Mittlerweile stand Rohezal vor dem Herzog und wies ihm das Siegel. »Niemand weiß, wann es gemacht wurde oder von wem; es muß in der Morgendämmerung der Zeiten entstanden sein. Es hat große Kraft in sich, und wenn es dem See nicht zurückgegeben wird, wird es immer neue Seelen an sich binden.«

»Was wollt Ihr damit tun?« fragte Herzog Waldemar.

»Ich werde es in den See zurückschicken. Mattes«, sagte er und streckte dem Raben, der auf Perdans Schulter saß, das Siegel hin, »komm her, du mußt für dieses Ding den Henker machen. Trag es weit auf den See hinaus und wirf es hinab, damit es in die Stadt in der Tiefe zurückkehrt.«

Der Rabe ergriff den Seestern mit seinem kräftigen Schnabel und schwang sich auf. Sie sahen ihm nach, wie er in Richtung See verschwand.

Nach einer Viertelstunde war er wieder da. »Mattes hat es zurückgegeben«, berichtete er. »Die Neunaugen sprangen aus dem Wasser, und schwarze Hände griffen aus dem See, es aufzufangen. Dann tauchten sie damit unter.«

Perdan nahm ihn zurück auf seine Schulter und kraulte ihm lobend die Brust. »Du bist ein wunderbarer Bursche, Mattes«, flüsterte er ihm zu. »Was täten wir ohne dich?«

»Sag wunderbar!« rief der Rabe geschmeichelt. »Sag immer wieder wunderbar!«

Ganz Trallop erlebte einen Schock, von dem das Städtchen sich nicht so rasch wieder erholte. In allen Gassen klapperten plötzlich die Hufe der Herzoglich Weidenschen Reiterei, und mit einem persönlichen Haftbefehl des Herzogs drangen die Soldaten in Bürgerhäuser und Tavernen ein, in das Kloster der Therbuniten ebenso wie in das reiche Patrizierhaus der Ibendorns. Am Abend saßen mehr als dreißig Gefangene in den Burgverliesen, von einem Sohn der Familie Ibendorn angefangen bis hinunter zu einigen trüben und zwielichtigen Gestalten, die bei den Therbuniten und Badilikanern Unterschlupf gefunden hatten.

Eine Schreckensnachricht nach der anderen erschütterte die Stadt. Als man Knorrholds Hof durchsuchte, fand man darin einen zugedeckten Brunnen, der bis hoch hinauf mit Knochen gefüllt war. Obenauf lag die frische Leiche einer jungen Frau – jener Frau mit den engstehenden, unruhigen Augen, die Alwen schon beim Verhör aufgefallen war. Aus ihren Schenkeln waren große Stücke herausgeschnitten.

Mittlerweile hatte auch Knorrholds taubstumme Magd – die man durch einen Peraine-Geweihten befragen ließ – erklärt, ihr Herr habe ihr gelegentlich ›seltsam Fleisch‹ zum Zubereiten gegeben; sie hätte sich aber weiter keine großen Gedanken darüber gemacht, sondern es wie Schweinernes verkocht. Als sie nun erfuhr, was es gewesen war, brach sie ohnmächtig zusammen.

Gille hatte sich mit dem Heimkommen beeilt, und stand nun breitbeinig vor seinem Gewölbe, um möglichst viel Klatsch mitzubekommen. In den folgenden Stunden wurde er auch reichlich damit bedient. Einige der verhafteten Kultisten hatten nicht auf die Folter gewartet, um ein Geständnis abzulegen, und da die Soldaten und Kerkermeister alles brühwarm weitererzählten, erfuhr rasch die ganze Stadt, was in ihren Mauern vorgegangen war.

Lähmendes Entsetzen breitete sich über die Tralloper. An äußere Feinde waren sie gewohnt, aber hier hatte ein dämonischer Feind im Herzen ihrer Stadt gewirkt, unerkannt und im Dunkel verborgen. Plötzlich fiel ein neues Licht auf das Verschwinden des einen oder anderen Kindes oder eines jungen Menschen. Hatte man früher gedacht, daß diese Kinder entlaufen oder dem See zum Opfer gefallen waren, so dachte man nun ahnungsvoll an den mit Gebeinen gefüllten Brunnen hinter Knorrhold Erlgrimms Haus.

In ihrer Wut steckten die Bürger das Haus in Brand und hätten damit beinahe eine Katastrophe auf Hohenufern herabbeschworen, denn die Häuser links und rechts drohten ebenfalls Feuer zu fangen, und zuletzt mußten Brandstifter und Zuschauer gleichermaßen um Wasser laufen, um die glosenden Mauern zu löschen.

Es war ein Glück, daß die herzogliche Inquisition das Haus bereits gründlich durchforscht und einen Zeichner beauftragt hatte, die schwarze Kammer mit ihren götterlästerlichen Inschriften und Abbildern zu skizzieren.

Alles, was an Beweismaterial gefunden worden war, stapelte sich nun auf den Schreibtischen im alten Fachwerksturm der Inquisition. Alwen stand mit pochendem Herzen vor einem großen Tisch, auf dem sich Knochen, eine purpurschwarze Robe, ein Dolch und unzählige Papiere häuften, daneben Rauschkräuter, die seltsamen Figuren, die der verstorbene Ralmir aus Ton geformt hatte, und die verbotenen Bücher. Knorrhold hatte außer einer Abschrift der *Dreizehn Lobpreisungen des Namenlosen* noch andere Bücher besessen; die meisten waren allerdings so alt, daß sie beim Öffnen auseinanderfielen. Es war aber unverkennbar, daß es sich um Zauberbücher der übelsten Art handelte.

Nach drei Stunden lebhaften Geplauders mit jedem, der des Weges kam, war Gille mit Klatsch eingedeckt wie eine Biene mit Blütenstaub. Zufrieden stieg er in seine Wohnstube hinauf und wartete darauf, daß Perdan und Rohezal zurückkehrten, die der Herzog zum Essen geladen hatte. Plötzlich bedauerte er, daß Frau Hennya ein schweigsames Weib war, das seine Arbeit tat und kein Wort zuviel redete – ein Klatschmaul wie Frau Birsel hatte auch seine Vorzüge gehabt.

Arme alte Birsel ... Plötzlich mußte er an die wohligen Träume denken, die aus dem Kräuterbeutelchen des Boronspriester aufstiegen. Hatte er vielleicht wirklich einen Blick in die Hallen des Todes getan? Wandelte Frau Birsel mit ihren trippelnden kleinen Schritten da unten in den schweigsamen Wandelgängen, in die der Duft von Lotus und Ebenholz drang und die das silberne Madalicht erleuchtete? Er wünschte es ihr von Herzen.

Gille schnupfte auf, um die Tränen zurückzuhalten, die ihm bei dem Gedanken an Frau Birsel immer noch recht locker saßen. Nun, dachte er, wenigstens wird sie jetzt gerächt. Es würde in nächster Zeit eine Menge Hinrichtungen geben. Das war auch gut und richtig so, nur ... Gille sah nicht gern zu dabei. Er war sehr zufrieden, wenn er hörte, daß ein Wegelagerer oder Falschspieler gehenkt worden war, aber er stand nicht gern auf dem Großen Markt und sah zu, wie einer endlos hampelte und strampelte, bis Golgari ihn endlich erlöste.

Am späten Nachmittag kehrten Perdan und Rohezal zurück. Sie hatten köstlich geschlemmt am Herzogshof, und so waren sie in bester Stimmung.

Gille setzte sich zu ihnen. Jetzt konnte er endlich den ganzen Klatsch loswerden, der sich den Tag über angesammelt hatte. Die beiden hatten auch einiges gehört, aber sie ließen ihn ruhig erzählen und gaben erst dann ihre Weisheit zum besten.

»Nun könnt Ihr fürs erste wieder ruhig schlafen«, sagte Rohezal. »Der Kult ist so gut wie verschwunden, sieht man von den Moorwesen ab, an die wir nicht herankommen können. Und ich«, setzte er augenzwinkernd hinzu, »kann mich wieder an meine Arbeit machen.«

»Woran arbeitet Ihr, Magnifizenz?« fragte Perdan vorwitzig. Manchmal wurde ihm bewußt, welchen ungeheuren Schatz an Wissen dieser alt-junge Mann in seinem Kopf aufbewahrte, und dann barst er beinahe vor Neugier.

Aber Rohezal schüttelte nur milde verweisend den Kopf. »Das würde zu weit führen, mein guter Perdan. Studiert Eure Magie nach Kräften und laßt mich die meine studieren.« Nachdenklich setzte er hinzu: »Dann werdet Ihr nie einen so teuren Preis an Einsamkeit zahlen, wie ich es tue.«

»Kann ich Euch wenigstens bis Donnerbach begleiten?« bat Perdan eindringlich. »Ich möchte meinen guten alten Magister Radumar besuchen, und vielleicht können wir auf dem Weg ein wenig plaudern ...«

Rohezal schüttelte bedauernd den Kopf. »Nein, junger Freund. Ich werde auf die Weise ins Amboßgebirge zurückkehren, in der ich gekommen bin ... auf meinem treuen Faldegorn. Er ist bereits unterwegs, um mich abzuholen. Wollt Ihr mich zu einem Platz begleiten, von dem ich gut abfliegen kann?«

Also stiegen Perdan und Gille mit ihm den steilen Weg zur Alten Veste hinauf, die auf dem Hügelkamm am höchsten Punkt der Altstadt thronte. Auf einer grasbewachsenen Fläche außerhalb der Mauern hielten sie an. Die beiden Männer setzten sich, Rohezal blieb stehen. Er hob ein kleines silbernes Horn an den Mund und blies eine unhörbare Melodie darauf.

»Ich trete nicht gern aus meinem gläsernen Turm heraus«, sagte er dann, »denn die Menschen ermüden mich. Aber ich bin froh, Euch beide kennengelernt zu haben, vor allem Euch, Gille. Denkt daran: Ihr vermögt vieles, wovon Euer Herz nichts weiß.«

Gille errötete und wandte den Blick ab. Von hier oben waren die Flußmündung und der See klar und deutlich zu sehen. Die sinkende Sonne glomm golden auf dem dunklen Wasser. Aus dem feurigen Schimmer heraus erschien die fliegende Form eines Kaiserdrachen, der rasch näher kam. Die Luft erbebte, als er aufsetzte und Rohezal auf seinen golden schimmernden Rücken stieg.

»Ich gehe jetzt«, sagte Rohezal. »Lebt wohl.«

Im nächsten Augenblick hatte sich der Drache auch schon in die Luft erhoben und breitete die mächtigen Schwingen zum Flug. Sie sahen ihn über den Rand der Mauer gleiten, dann stieg er auf, und bald war er in der sinkenden Sonne nicht mehr zu sehen.

Gille blickte ihm traurig nach. »Ich habe soviel Schreckliches erlebt, aber jetzt, da es vorbei ist, verliere ich so viele Freunde«, klagte er. »Es tat gut, den Meister Rohezal um mich zu haben, und Fingal Abendsang und Euch, Perdan ...«

Der Adeptus winkte ab. »Grämt Euch nicht, Gille. Ich werde weder im Sonnenuntergang noch in den schönen Auen verschwinden, sondern noch ein oder zwei Tage bei Euch zu Gast bleiben, und von da ab könnt Ihr mich immer in Donnerbach an der Akademie erreichen ... es sei denn, mich erwartet ein neues Abenteuer. Aber vielleicht sind wir dann wieder Gefährten.«

Er umarmte Gille herzlich und drückte ihn fest an sich, und dann stiegen beide die ausgetretenen Steinstufen der Alten Veste wieder hinab.

18. Kapitel

Nach einigen Tagen wurden die ersten fünfzehn, am Tag darauf die zweiten fünfzehn Kultisten hingerichtet. Niemand, nicht einmal die mächtige Familie Idenborn, hatte es gewagt, um Gnade zu bitten. Wie es die gesamte Geweihtenschaft Trallops gefordert hatte, wurden alle gefesselt in mit Steinen beschwerten Säcken beim Seehafen in den Neunaugensee geworfen. Die Fische machten kurzen Prozeß mit ihnen – noch ehe die letzten Säcke versunken waren, färbte sich der See trübrot von Blut.

Vielleicht fanden die Seelen der Gerichteten den Weg in Borons gnädige Hallen. Vielleicht zogen sie aber auch hinab in die Stadt unter dem See, um bis zur Erneuerung der Welt dem Großen Alten zu dienen.

Anhang

Erklärung aventurischer Begriffe

Die Götter und Monate

1. Praios = Gott der Sonne und des Gesetzes, gilt als der oberste der Zwölfgötter (sein Monat entspricht dem irdischen Juli)
2. Rondra = Göttin des Krieges und des Sturmes (ihr Monat entspricht dem irdischen August)
3. Efferd = Gott des Wassers, des Windes und der Seefahrt (sein Monat entspricht dem irdischen September)
4. Travia = Göttin der Gastfreundschaft, des Herdfeuers und der ehelichen Liebe (der ihr geweihte Monat entspricht dem irdischen Oktober)
5. Boron = Gott des Todes und des Schlafes (sein Monat entspricht dem irdischen November)
6. Hesinde = Göttin der Gelehrsamkeit, der Künste und der Magie (ihr Monat entspricht dem irdischen Dezember)
7. Firun = Gott des Winters und der Jagd (sein Monat entspricht dem irdischen Januar)
8. Tsa = Göttin der Geburt und der Erneuerung (der ihr geweihte Monat entspricht dem irdischen Februar)
9. Phex = Gott der Diebe und Händler (der ihm geweihte Monat entspricht dem irdischen März)
10. Peraine = Göttin des Ackerbaus und der Heilkunde (ihr Monat entspricht dem irdischen April)
11. Ingerimm = Gott des Feuers und des Handwerks (sein Monat entspricht dem irdischen Mai)
12. Rahja = Göttin des Weins, des Rausches und der Liebe (der ihr geweihte Monat entspricht dem irdischen Juni)

Die Zwölf = die Gesamtheit der Götter

Der Namenlose = der Widersacher der Zwölfgötter

Rastullah = nach dem Glauben der Novadis der Weltenschöpfer und einzige Gott; erschien vor ca. 250 Jahren in Keft und verkündete 99 Gebote, hat neun Frauen, die z. T. als Schutzpatroninnen gelten.

Angrosch = der von den Zwergen verwendete Name für Ingerimm, den Gott des Feuers und der Schmiedekunst

Maße und Gewichte

Meile = 1 km
Schritt = 1 m
Spann = 20 cm
Finger = 2 cm

Unze = 25 g
Stein = 1 kg
Quader = 1 t

Das Schwarze Auge
„Deutschlands bekanntestes Rollenspiel“
Das Schwarze Auge
Fantastische Fantasie-Spiele
Abenteuer Basis-Spiel
Die Helden des schwarzen Auges
Regelbuch II
Schmidt Spiele
Hotline: 08165/924260
Schmidt Spiele

Schwarzes Loch
Zukunft
Science Fiction Tage
im ORF Dornbirn
Was? Schlaglichter auf eine
schlecht verstandene Literatur:
Lesungen, Vorträge,
Diskussionen, Hörspiele ...
Wo? ORF Radio Vorarlberg,
Dornbirn, Österreich
Wann? 9. bis 11. Mai 1997